KB114378

잉그리 빈데르의
아주 멋진 불행

잉그리 빈테르의
아주 멋진 불행

The Marvelous Misadventures of Ingrid Winter

얀네 S. 드랑스홀트 장편소설

손화수 옮김

소소의책

2011년, 나는 첫 소설을 출간했다. 『뒤영벌 사냥꾼』이라는 그 책은 인간의 공포심에 대한 것으로, 우리의 삶에 알게 모르게 영향을 주는 신비하고 이해 불가하며 낯선 것들을 다루었다. 후편을 집필하기로 마음먹었지만 펜을 잡을 수가 없었다. 내가 진정으로 쓰고 싶어 하는 소설이 어떤 것인지 명확히 모르기도 했거니와, 당시 내가 처한 상황이 너무나 힘겨워 도저히 글을 쓸 수 없었던 것이다. 결국 나는 잉그리 빈테르에 대한 글을 끼적거리기 시작했다. 하지만 그 또한 주인공인 잉그리가 학부모회와 직장에서 갖가지 갈등을 겪고, 집을 팔지도 못하고, 더군다나 자신의 삶은 물론 타인과의 만남을 두려워하는 상황에 이르게 되자 다시 글이 막혀버렸다. 한마디로 잉그리 빈테르는 자신이 속한 시스템 속에 갇혀 오도 가도 못하게 되어버렸던 것이다.

잉그리 빈테르의 이야기는 삶의 통제력을 잃어버리고, 타인과의 관계조차 엉망으로 만들어버리는 한 여자를 생각한다면 비극적이라고 할 수도 있을 것이다. 하지만 나는 그런 소설을 쓰고 싶지 않았다. 문득, 소설을 처음 시작했을 때 주인공의 성격과 인간성에 매료되었던 나 자신을 떠올렸다. 그녀를 비참하고 우울하며 딱한 존재로 묘사하고 싶지 않다는 생각이 뒤를 이었다. 그래서 나는 소설에 유머적 요소를 가미하기 시작했다. 결과적으로 『잉그리 빈테르의 아주 멋진 불행』은 코미디적 요소를 주축으로 해서 엮어낸 이야기, 즉 한 여인이 매일 부딪히게 되는 도전적인 일상에서 좌충우돌하며 웃음을 자아내는 이야기로 변해버렸다.

이러한 관점에서 본다면, 이 소설은 일반적으로 유머라고는 찾아볼 수 없는 묵직하고 어두운 노르웨이 문학의 성격을 살짝 벗어난 새로운 소설이라고도 할 수 있다. 2018년, 문학 비평가인 프레벤 요르달Preben Jordal은 노르웨이 문학에는 장난기와 유머가 부재한다고 말했다.

'많은 노르웨이 작가들의 작품 속에서는 조금의 유머도 찾아볼 수 없다. 예술은 항상 진지하고 가치 있는 것이라야 한

다는 생각에서 벗어나지 못해 결국 너무나 묵직하고 진중한 것으로 변하고 말았다.'

비야르테 아르네손Bjarte Arneson 또한 이와 비슷한 관점의 글을 〈아프텐포스텐Aftenposten〉(노르웨이의 일간지 - 옮긴이)에 실은 적이 있다. 그는 '노르웨이 문학은 항상 심각성과 진지함과 슬픔을 담아왔다'고 말했으며, 비평가들에게서 좋은 평을 받았거나 문학상을 받은 작품은 모두 '강렬함', '영혼을 파고드는 깊은 슬픔' 등의 단어로 포장이 되어 있다고 덧붙였다. 국제 시장에서의 노르웨이 문학도 유머와는 거리가 먼 것으로 알려져 있다. 국제적으로 이름을 떨친 노르웨이 작가 중에는 요 네스뵈Jo Nesbø, 칼 오베 크나우스고르Karl Ove Knausgård 등이 있다. 이들의 문학작품 또한 어둡고 심각하며 우울하고 비관적이다. 그들의 작품은 노르웨이 현대문학은 물론 스칸디나비아 현대문학의 일반적 추세에서 벗어나지 않는다.

하지만 나는 '잉그리 빈테르'가 주인공인 책을 쓰면서 무언가 다른 방식으로 접근해보려 했다. 내가 생각했던 주인공은 자주 삶의 곤경에 부딪히며, 문제를 해결할 때 항상 이성적이고 합리적인 방법으로 다가가진 않는다. 나는 독자들이 주인공에게서 스스로의 모습을 반추해내며 함께 민망해하고 함께 소리 내어 웃을 수 있기를 바랐다. 주인공이 겪는 일들은 많은 독자들이 익숙하게 받아들일 수 있는 평범한 것이다. 잉그리 빈테르는 노르웨이의 한 대학에서 일하며, 변호사 남편인 비외르나르와 함께 딸 셋을 키우는 여인이다. 그녀의 일상은 갖가지 걱정거리와 직장 내에서의 갈등은 물론이고, 해야 할 일을 미루고 하고 있는 일마저 마음대로 진행되지 않아 속을 졸이는 것으로 일관된다. 그녀의 남편은 퇴근하고 집에 들어서며 항상 미소를 짓는 사람이지만, 잉그리는 그마저도 부정적인 면에 초점을 맞추는 경향이 있다. 우리는 그녀의 이러한 모습을 보며 울기도 하고 웃기도 한다. 문학작품이 우리를 웃기기도 하고 울리기도 하는 것과 같은 이치이다. 잉그리 빈테르의 책을 쓰며, 나는 코미디가 문학의 한 장르라는 것을 깨달았고, 우리의 삶을 이루는 것은 진지함과 비극뿐 아니라 유머도 큰 부분을 차지한다는 것을 이해했다. 오스트리아의 신경학자이자 심리학자인 지그문트 프로이트는 유머를 주제로 글을 쓰기도 했다. 그는 코미디가 반항적인 성격을 지니고 있다고 했다. 우리는 한번 웃음을 터뜨림으로써 무자비할 정도로 우리를 조여오는 존재의 틀에서 벗어날 수 있다. 우리는 웃음으로 세상의 어려움과 역경에 굴하지 않는다는 것을 표현할 수 있는 것이다.

또 다른 관점에서 보자면, 웃음은 세상이 단지 정의와 도덕만으로는 돌아가지 않는다는 것을 현실화하는 방법이며, 언젠가는 우리가 죽을 수밖에 없는 미미한 존재라는 것을 인식하는 방법이기도 하다. 즉 웃음은 세상의 진실된 얼굴을 보여주는 방법이며, 동시에 우리는 웃음을 통해 역경과 고난을 이겨낼 수 있다. 우리는 그 어느 때보다 더 웃음과 코미디가 필요한 현실을 살아가고 있다. 바로 그 때문에, 나는 잉그리 빈테르를 통해 사랑하는 독자들에게 삶을 풍성하게 만들 수 있는 웃음 한 조각을 전해주고 싶다는 생각을 해보았다. 이 책을 통해 나의 희망과 바람이 독자들에게 전해지기를 바라며.

2019년 9월
얀네 스티겐 드랑스홀트

당신은 어디로 가고 있는가?
모든 것은 이미 이곳에 있는데.

_테드 휴스(영국의 시인)

1

마림바 소리가 끊임없이 들려왔다. 성가신 소리를 무시해
보려 몇 초간 정신을 집중하고 나니 여느 때와 마찬가지로
금방 힘이 쭉 빠져버렸다. 눈을 뜨고 오늘이 무슨 요일인지
생각해보았다. 수요일 같다는 느낌이 스쳤다. 한 주가 시작
된 날로부터 꽤 오래 지난 날인 동시에 주말까지는 한참이나
기다려야 하는 날.

옆으로 돌아누웠다.

"당신 먼저 샤워할래?"

비외르나르가 베개에 머리를 묻으며 말했다.

"아니."

"왜?"

"조깅부터 할 거야."

"정말?"

침묵.

"아니."

나는 옷으로 뒤덮여 빈틈을 찾을 수 없는 옷걸이에 나이트 가운을 걸쳐놓고 욕조에 들어갔다. 샤워기에서 떨어지는 찬물을 피하기 위해 얼른 몸을 돌렸다. 집 설계 도면상에는 욕조 맞은편 구석에 샤워 캐비닛이 자리하고 있었지만, 우리는 도면을 무시하고 샤워 캐비닛을 없애버렸다.

"공간을 효율적으로 사용하기 위해 샤워 캐비닛은 따로 설치하지 않을 거예요. 욕조 안에서 샤워를 해결하면 되거든요."

우리는 집을 짓기 전 배관공과 만났을 때 그렇게 말했다.

"정말 그렇게 하실 생각입니까?"

"네."

"하지만 만약을 위해서 샤워 캐비닛이 들어갈 수 있도록 기초공사는 해두는 게 좋지 않을까요?"

배관공은 고집을 부렸다.

"언젠가 이 집을 매입할 사람이 샤워 캐비닛을 원할지도 모르잖아요. 미리 앞날을 생각해두는 건 현명한 일이에요."

기억하건대, 그날 나는 비외르나르의 의견을 물어보기 위해 그에게 전화를 해보려 했으나, 그는 배관공과의 만남을 피하기 위해 이미 다른 약속을 잡아두고 바쁜 척하고 있었다. 때문에 나는 천연덕스럽게 내가 원하는 대로 결정을 내릴 수 있었다.

물론 나는 내가 원하는 것이 무엇인지 너무나 잘 알고 있었다. 우리의 미래는 바로 이 집에 있다 해도 과언이 아니었다. 이 집은 우리의 마지막 종착역이나 마찬가지였으니까. 원하는 수의 침실과 거실이 있고, 대황을 심고 장미꽃과 체리나무를 가꿀 수 있는 작은 정원도 있었다. 한마디로 완벽한 보금자리였다.

바로 그 때문에 나는 짐짓 거만한 미소를 지으며 욕조 안에서 샤워를 해결할 것이라고 배관공을 향해 단호하게 말할 수 있었던 것이다. 샤워 캐비닛은 필요 없다고 말이다.

새집에 이사를 온 다음 해에 알바가 태어났다. 갓난아기가 생기니 갑자기 조그만 소리도 크게 들리는 것만 같았고 집도 비좁게 느껴지기 시작했다. 그러다 보니 서로 부딪히는 일도 잦아졌다. 결국 알바가 첫돌을 맞이하는 해가 되자 제니는 차라리 엡바와 함께 방을 쓰겠다며 자신의 방을 포기해버렸다. 그 이후, 매일 저녁마다 말다툼이 끊이지 않았다. 창문을 열고 닫는 일, 불을 켜고 끄는 일, 자기 전에 책을 읽겠다거나 또는 읽지 않겠다는 일, 심지어는 잘 때 누가 더 조용히 자는가 하는 것으로도 둘은 말다툼을 했다.

"엡바는 잘 때 숨을 너무 크게 쉬어서 짜증 나!"

"제니는 시도 때도 없이 방귀를 뀌는 걸. 에잇, 더러워!"

그건 그렇고, 대황을 무성하게 기르고 가꾸는 일은 거의 불가능하게만 여겨졌다. 비료를 아무리 많이 줘도 볼품없이 가늘기만 했다. 심지어는 질기기까지 해서 수확을 해도 먹을 수가 없었다. 장미꽃도 피지 않았으며, 체리나무는 아예 구입할 생각조차 못했다.

새집에 들어온 지 보름쯤 지나자 비외르나르가 샤워 캐비닛을 언급하기 시작했다.

"샤워 캐비닛이 있었으면 좋았을 텐데. 왜 우린 그 생각을 못했을까?"

할 말을 찾지 못한 나는 묵묵히 서서 그를 바라보기만 했다.

"응…… 샤워 캐비닛……."

결국 나는 그가 했던 말을 되풀이할 수밖에 없었다.

"아주 실용적이라고 생각하지 않아? 이웃집엔 있던데. 그 사람들 말로는 집을 지을 때 처음부터 설계 도면에 있었다고 하더군. 그런데 우린 왜 없지? 우리가 거절했었나?"

"아냐."

"그럼 아예 처음부터 도면에 없었던 거야?"

"응."

"정말?"

"응."

"그렇군. 도면에 포함되어 있었어야 했는데…… 난 욕조 안에서 샤워하는 걸 별로 좋아하지 않아."

"그래? 왜?"

"그냥. 욕조에 서서 샤워하는 건…… 좀 이상해. 팔을 뻗치

16

면 벽에 닿는 딱 그 정도의 공간 속에서 샤워하는 게 좋아."

"그래? 커다랗고 확 트인 욕조 안에서 샤워하면 오히려 더 좋지 않아? 샤워 캐비닛이 들어갈 자리에 서랍장이나 선반을 설치해두면 훨씬 좋잖아. 샤워 캐비닛이 있으면 그 공간을 적절하게 활용할 수가 없어."

"어쨌든 샤워 캐비닛이 있었어야 했어."

이런 대화가 몇 번 이어지다 보니 말다툼을 하는 횟수도 점점 늘어났으며, 결국은 이 집이 진정 우리가 평생 살 수 있는 집인가 하는 의구심도 생겨났다. 나이가 들어 오래도록 살 수 있는 그런 보금자리 말이다.

처음에는 1주일에 한 번 정도만 확인을 해보았지만, 날이 갈수록 그 횟수가 조금씩 늘어났다. 결국 중고 매물 시장인 'finn.no' 홈페이지를 확인하는 일은 아침에 눈을 뜨자마자 가장 먼저 하는 일, 그리고 저녁에 잠자리에 들기 전 마지막으로 하는 일로 변해버렸다.

그토록 자주 중고 매물 시장 사이트를 들락날락했지만 새로운 것은 발견할 수 없었다. 매번 비슷한 동네에서 나오는 비슷한 매물이 전부였고 가격차도 없었다.

우리는 항상 선택의 폭이 좁다는 것에 대해선 그다지 신경을 쓰지 않았다. 우리에겐 넉넉한 시간이 있다고 믿었기 때문이다. 하지만 날이 갈수록 이미 때는 늦었다는 생각이 들기 시작했다. 마치 수많은 레스토랑을 지나쳐 온 후 막다른 길에서 만난 음식점은 맥도날드밖에 없을 때처럼 말이다.

뜨거운 물이 흘러내렸다. 흘러내린 물의 일부는 욕조 가장
자리에 웅덩이를 이루며 모였다. 복잡한 머릿속을 비워보려
눈을 감고, 혹시나 있을지도 모르는 혹을 찾기 위해 젖가슴
안쪽으로 손가락을 움직여보았다. 여느 때와 마찬가지로 젖
샘과 종양을 가려내긴 쉽지 않았다.

비외르나르가 욕실 안으로 들어왔다.

"바닥에 흘린 물 닦는 거 잊지 마."

그가 말을 이었다.

"도대체 우리가 무슨 생각을 했는지 이해할 수가 없어. 왜
샤워 캐비닛을 설치할 생각을 못했던 거지?"

"글쎄, 나도 모르겠어."

나는 말을 얼버무렸다.

"설계 도면에 처음부터 있었어야 했는데 말이야."

"어쨌든 때는 이미 늦었어. 그건 그렇고, 오늘은 당신이 아
이들을 깨울래?"

"참, 당신, 내 한쪽 젖가슴 좀 만져볼래? 여기 혹이 생겼는
지 의심이 되어서 말이야. 겨드랑이 바로 밑에."

"싫어. 얼른 가서 아이들이나 깨워."

나는 첫째와 둘째아이를 흔들어 깨우고, 반쯤 눈을 뜬 알
바를 안고 계단을 내려왔다. 알바에게선 아직까지 갓난아기

에게서 맡을 수 있는 고무 냄새와 젖내가 섞인 듯한 냄새가
났다.

비외르나르는 그새 여러 종류의 과일을 예쁘게 썰어 식탁
위에 늘어놓았고, 각각의 접시 위에는 빵을 올려두었다. 나
는 비외르나르가 그 짧은 시간에 어떻게 이토록 많은 일을
할 수 있었는지 이해할 수가 없었다.

"텔레비전……."

노리개 젖꼭지를 입에 문 알바가 중얼거렸다.

"지금은 텔레비전을 볼 수 없어, 아가야. 아침식사를 해야지."

"나는 아가가 아냐!"

"나도 알아, 작은 친구야. 하지만 지금은 식사를 할 시간이
야. 얼른 아침식사를 하고 유치원에 가야지."

"오늘 월요일이야?"

"아냐, 오늘은 수요일이란다."

"목요일……."

비외르나르가 중얼거렸다.

"목요일! 그리고 내일은 금요일이고, 금요일이 지나가면
주말이 와."

"내일은 언제야?"

"오늘 다음 날이 내일이지."

"오늘이 가고 나면 내일이 온다고?"

"응."

"그렇구나. 아이패드를 봐도 돼?"

"응."

알바는 한 손으로 시리얼을 떠서 입으로 가져갔고, 다른 한 손으로 음식을 흘리지 않기 위해 턱을 받쳤다. 아이의 두 눈은 아이패드의 화면을 뚫어지게 바라보고 있었다. 제니는 잠에서 덜 깬 눈으로 창밖을 멍하니 바라보았다. 엡바는 도시락 속에 방울토마토를 하나하나 옮겨 넣고 있었다. 맞은편에서 신문을 읽으며 커피를 마시던 비외르나르는 콧잔등에 주름살을 만들었다. 분명 진흙탕 맛이 나는 커피 때문이리라.

나는 두 눈으로 내 가족들의 움직임을 빨아들였다.

바로 이 순간.

지금. 파카를 찾아 입고 신발을 신으며 신경질을 내는 사람이 아무도 없는 시간, 모두가 그럭저럭 만족하고 있는 이 순간. 체육복 혹은 수영복을 챙겨야 한다며 허둥대지 않고 모두들 제자리를 조용히 지키고 있는 이 순간. 평화와 조화와 안정감으로 가득 찬 지금 이 순간. 내가 바라는 것은 이러한 순간이 오래도록 지속되는 것이다.

문득, 오늘 아이들 중에 누군가가 체육복인지 수영복인지를 챙겨야 한다는 사실을 깨달았다. 동시에 비외르나르는 곁눈질로 시계를 바라보았다. 그 순간, 나는 이 평화롭고 조화로운 순간이 끝을 향하고 있다는 것을 알아차렸다.

모든 일에는 끝이 있는 법이다.

2

재활용 봉지에 넣어두었던 바롤로(북이탈리아의 네비올로 포도를 이용해 생산하는 고급 와인 - 옮긴이) 병에 적어도 한 잔 정도의 와인이 남아 있었던 것 같다. 재활용 봉지를 차 안으로 옮기는 순간, 내 외투의 소매 부분이 짙은 붉은색으로 변해버렸다.

"팔이 왜 이렇게 축축해, 엄마?"

알바에게 안전벨트를 매어주려는 찰나, 아이가 내게 물었다.

"와인을 쏟았어."

"어휴."

아이는 못마땅한 듯 코를 찡긋하며 주름살을 만들어냈다.

나는 순식간에 차에 배어든 와인 냄새를 없애기 위해 양쪽 유리창을 활짝 열었다.

"얼른 창문을 닫아줘."

롤프 유스트 닐센인지 무언지 하는 이름을 가진 어린이 가

수가 부르는 노래를 듣고 있던 알바가 소리를 꽥 질렀다.

"얼른 창문을 닫으란 말이야. 시끄러워서 노래를 들을 수가 없어!"

나는 유치원으로 향하는 마지막 오르막길에 이르렀을 때 창을 닫았다.

"거미 노래는 하나도 못 들었어."

알바는 유치원 안으로 들어가며 투덜댔다.

"오후에 집에 갈 때 다시 들으면 되잖아."

나는 알바의 장화를 신발장 안에 넣은 후 함께 안으로 들어갔다.

"안녕하세요!"

언젠가는 내게 필요할지도 모르는 상대방의 선의를 위해 미리 보험을 들어놓자는 마음에서, 나는 조금 과하다 싶을 정도의 밝은 목소리로 원장에게 인사를 건넸다.

"안녕하세요! 그런데 알바는 오늘 무엇을 가지고 왔니?"

"오늘 무엇을 가지고 와야 하나요?"

"꼭 그런 건 아니에요. 하지만 무언가를 가져왔다면 더 좋았겠죠. 오늘은 자기가 아끼는 물건을 가져와서 친구들에게 보여주는 날이거든요."

알바가 움찔했다. 동시에 나는 커다란 돌덩이를 삼킨 듯 배 속이 답답해져왔다.

"괜찮아."

나는 무덤덤하게 말하며 한 손으로 알바의 뺨을 쓰다듬어 주었다.

"다음번에 가져오면 되잖아, 그렇지?"

"하지만 난 '플러터샤이'를 가져오고 싶었단 말이야!"

"알아, 나도 알아."

순간, 나는 당장 집으로 가서 아이가 말하는 '마이 리틀 포니'를 가져올까 생각해보았지만 얼른 마음을 바꾸었다.

"다음번에 장난감을 하나 더 가져오면 되잖니."

나를 바라보는 아이의 커다란 눈이 금세 젖어오기 시작했다. 나는 환한 미소를 지으며 아이를 원장 선생님의 무릎 위에 앉혀두고 거의 뛰다시피 그곳을 벗어났다. 복도에 나오니 라켈이 가방에서 무언가를 하나씩 꺼내 선반 위에 차곡차곡 올려두고 있었다.

"제가 가져온 걸 보여드릴까요?"

아이는 나를 잡아끌어 녹색 갈기가 달린 빨간 장난감 포니를 자랑스레 보여주었다. 그것은 알바가 집에 두고 온 장난감 포니와 쌍둥이라 해도 될 정도로 똑같은 것이었다.

"플러터샤이 벨이구나."

"알바는 오늘 무엇을 가져왔나요?"

"아무것도 안 가져왔어."

"왜요?"

"음…… 나도 몰라."

"제가 잘하는 걸 보여드릴까요?"

"아니."

"왜요?"

"음…… 나도 몰라."

"그런데 이게 무슨 냄새죠?"

"글쎄…… 나도 몰라."

"무슨 냄새가 나는데…… 아휴, 이게 무슨 냄새예요?"

"와인."

나는 피곤한 듯 힘없이 대답했다.

"와인이라고요?"

재활용 쓰레기를 버릴 때 와인을 쏟았다고 설명해주려는 찰나에 원장 선생님이 복도로 나왔다.

"아직 여기 계셨군요."

"예……."

"알바의 기분은 많이 나아졌어요. 마침 카렌이 장난감 포니를 두 개 가져왔기에 하나를 빌려주었어요."

"잘하셨어요! 다음번엔 잊지 않도록 꼭 달력에 적어둬야겠어요."

나는 웃음을 터뜨리며 말했다. 그녀의 입은 내게 미소를 돌려주었지만 두 눈은 무덤덤하기만 했다. 그 모습을 보노라니 긴장이 되기 시작했다.

"아침 간식을 먹을 시간이야."

그녀는 플러터샤이 벨의 주인을 향해 말했다.

"안녕히 계세요."

인사를 건네고 등을 돌려 나오려는 찰나, 라켈이 그녀를 향해 '알바 엄마에게서 술 냄새가 나요'라고 말하는 것을 들어버렸다.

찻길에는 길게 이어진 차들의 행렬이 느릿느릿 움직이고 있었다. 나는 연구실에 도착하자마자 문 앞에 '시험 중'이라는 팻말을 내걸고, 이미 마감일을 넘긴 컨퍼런스 리포트를 작성하기 시작했다. 오전 중 몇 번이나 내 연구실 앞을 서성이는 사람들의 발걸음 소리를 들을 수 있었다. 묵직하게 질질 끄는 발소리를 들으면 문밖에 서 있는 그들의 절망감을 느낄 수 있을 정도였다. 누군가와 대화를 하고 싶어 필사적으로 대상을 찾아다니는 절망감. 게으른 학생들과 관료적인 행정 정책, 솔직하지 않은 동료들, 그리고 퇴짜를 맞은 원고나 필요 이상으로 과한 작업량 등에 대한 불만을 토로하고 싶은 욕구를 억누르지 못해 생기는 절망감 말이다.

최악의 날은 당연히 월요일이다. 주말이면 영혼을 위협하는 심리적 불안감과 근심이 스멀스멀 피어올라 우울증의 형태로 자리 잡기에 장기 병가를 내고 싶은 욕망마저 생겨난다. 목요일은 시간적으로 토요일과 상당히 가까운 날이기 때문에 눈가와 입가에서 실룩실룩하는 움직임을 느낄 수 있다.

때문에 목요일은 고무적이며 조금씩 기분이 들뜨기 시작하는 날이라는 불문율이 지배하는 날이기도 하다.

나는 일반적으로 어울림과 인류애를 요구하는 사회공동체적 요구에 부응하기 위해 개인적인 시간을 충분히 할애하는 편이다. 하지만 그날은 예외였다. 그날은 모든 사회적 규칙을 깨고 쥐 죽은 듯이 조용히 앉아 숨을 죽인 채 문밖의 절망적인 발걸음 소리가 얼른 사라지기만을 바랐다. 물론 그것은 긍정적인 태도와는 거리가 멀었다. 하지만 그날만큼은 그들의 어둠과 차가움을 견뎌낼 수 없을 것만 같았다.

굽 높은 하이힐 소리는 금방 자취를 감추었지만 불쌍하게까지 들리는 운동화 소리, 실내화 소리, 또는 양말 신은 발을 집어넣은 샌들 소리는 꽤 오랫동안 문밖에 머물렀다. 나는 닫힌 문을 통해 그들의 숨소리까지 들을 수 있을 것 같았다. 문 앞에 서서 정말 이곳에서 시험이 치러지고 있는 중인지 귀를 기울이며 확인하는 그들의 숨소리 말이다. 결국 그들은 무거운 한숨 소리를 남기고 구내식당이나 복사실로 향했다.

그럼에도 불구하고 나는 계획했던 일의 반밖에 못했다. 때문에 연구실을 나서 집으로 향할 때는 환경친화적으로 제작된 면 가방 속에 서류첩과 책들을 넣어 가야만 했다.

회의실을 지나치며 찻잔을 손에 든 페터 왈쉬와 마주쳤을 때, 그제야 1주일 전부터 반짝반짝 빛을 발했던 컴퓨터 메모장의 회의 일정이 떠올랐다.

"보아하니 우리가 가장 먼저 온 것 같군요."

그가 말했다.

"······ 네······??"

"다들 늦는 것 같아요. 게으른 사람들 같으니. 가끔은 왜 아예 정각에서 15분 정도 지난 시각에 회의를 시작하겠다고 공지하지 않는지 이해할 수가 없을 정도예요. 우리는 모두 학문적으로만 생각하도록 세뇌를 당한 사람들이라 해도 과언이 아니에요. 왜 결과는 고려하지 않을까요?"

"아, 네······."

나는 머뭇거리며 말을 이었다.

"회의······ 그런데 저는 사실······."

"오, 오셨군요."

등 뒤에서 또 다른 목소리가 들려왔다.

"얼른 들어갑시다."

학과장이 등을 살짝 떠미는 바람에 나는 엉겁결에 창문이라곤 하나도 보이지 않는 방 안으로 들어서버렸다. 곧 회의 참석자들이 하나하나 들어와 자리를 잡고 앉았다. 회의에 불참하겠다는 의사를 지금 당장 전하지 않으면 끝까지 앉아 있어야만 할 것이 뻔했다. 결심을 한 나는 심지어 입까지 열어보았지만 다시 닫아버리고 말았다.

나는 회의를 좋아하지 않는다. 요점을 찾을 수 없는 지리 멸렬한 토론, 무미건조하고 뻔한 유머, 한번 옆으로 새면 끝이 보이지 않는 여담과 사담, 본론에 이어 잡무를 이야기할 때가 오면 온갖 잡다하고 중요치 않은 세세한 것까지 모두 언급해야 만족하는 참석자들의 태도 등, 그 이유는 여러 가지이다.

바로 그 때문에 내가 학과목 코디네이터로 있을 때는 회의를 열어본 적이 거의 없다. 당시 나는 하루가 멀다 하고 왜 우리는 회의를 하지 않는지, 이러저러한 안건이 있으니 회의를 해야 한다는 이메일을 받았다. 하지만 나는 그런 메일이 오면 바로 '삭제' 버튼을 눌러 지워버리고 아무 일도 없었던 것처럼 천연덕스럽게 행동했다. 그들은 회의에 참석하지 않아도 되기에 오히려 기뻐해야 한다. 또한 회의에 참석하는 대신 여러 당면한 사안에 대해 각자 결정을 내리고, 맡은 일을 하는 데 시간을 할애할 수 있으니 오히려 내게 고마워해야 한다. 논문 작성과 출간, 학생 지도와 강의 등 그들이 할 일은 많다. 그들은 바로 그런 일을 하며 월급을 받는 사람들이 아닌가.

그 결과로 나는 코디네이터 자리에서 물러나야만 했다.

"학과목 코디네이터 자리는 당분간 다른 사람이 맡는 것이 좋을 거라 생각합니다."

학과장은 생각에 잠긴 채 신중하게 말을 이었다.

"아시다시피 그간 여기저기서 불만이 대두되어왔습니다. 공동체 의식과 소통이 결여되었다는 보고가 올라왔고, 심지어 어떤 이는 '독재'라는 단어까지 사용했습니다."

나는 그들이 각자 맡은 일을 하지 않으려는 수단으로 회의를 이용하기 때문이라고 생각했다.

나는 잉빌이 자리를 잡고 앉으려는 탁자 맞은편을 무거운 눈빛으로 바라보았다. 그녀가 몸을 숙이니 양 갈래로 땋은 머리가 앞으로 흘러내렸다. 그녀의 앞에는 독일에서 열린 컨퍼런스에 참가했을 때 구입했던, 프탈레이트를 함유하지 않은 텀블러가 놓여 있었다. 그녀는 그 텀블러를 마치 신체의 일부이기라도 한 듯 어딜 가나 가지고 다녔다.

내가 학과목 코디네이터로 일할 때 그녀는 내가 멋대로 일을 처리한다는 뉘앙스를 직간접으로 풍겼으며, 심지어는 학과장에게 보고서를 올리기도 했다.

"당신이 실제로 그렇다는 말은 아니지만, 다른 사람들이 그런 생각을 하고 있다는 사실은 문제가 아닐 수 없습니다. 제안하건대, 타인과의 관계에 대해 좀 더 생각을 해보는 건 어떨까요?"

"잉빌은 모든 이들이 자기를 하급자처럼 다룬다고 생각하는 사람이에요. 그녀의 삶은 바로 그런 생각을 바탕으로 이루어져 있어요. 때문에 그녀는 자신이 영원한 희생자라고 생각하고 있죠."

"우리는 지금 잉빌에 대해 이야기를 하는 게 아니잖아요."

학과장이 말을 이었다.

"게다가 당신도 알다시피 내겐 직장에서 비밀을 지켜야하는 의무가 있습니다."

잉빌은 환경친화적인 텀블러에 담긴 커피를 한 모금 마신후 회색 연필과 지우개, 그리고 물품 창고에서 가져온 우울하기 짝이 없는 노트를 꺼냈다. 그녀는 언제라도 회의를 할준비가 되어 있는 사람처럼 보였다.

"이제 모두 모였군요."

학과장이 말을 이었다.

"그럼 바로 본론으로 들어가겠습니다. 이미 몇몇 분은 알고 계시리라 믿습니다만, 강의 과목에 변경이 있을 예정입니다. 이미 윗선에서 그러한 결정을 내렸기에 따라야만 합니다. 따라서 이 자리에서 찬반 토론을 하는 것은 아무런 의미가 없습니다. 지금 우리가 해야 하는 일은 진행 중인 프로젝트를 어떤 식으로 마무리할지, 또 어떤 과목의 강의를 취소할지를 결정하는 것입니다. 이 결정은 빠른 시일 내에 내려야 하며, 이왕이면 이번 학기 중에 결론을 내리는 것이 좋습니다."

무거운 한숨이 회의실 안을 휩쓸고 지나가자 머릿속이 어질어질할 정도의 정적이 그 뒤를 이었다. 내가 그곳에 앉아있을 수 있는 시간은 5분이 전부였고, 그 5분은 거의 사라져가고 있었다.

잉빌은 이미 노트의 한 면 중 반 이상에다 무언가를 적은 후였다. 어쩌면 그녀는 끊임없이 자가 정신 진단을 하고 있는지도 모르는 일이었다. 잉빌의 세계에는 단 한 명만 존재할 뿐이다. 다른 모든 이들은 소모품에 불과할 뿐.

페터가 손을 들었다.

"염치 불고하고 한 가지만 상기시켜드려도 될까요? 이전에도 꽤 큰 규모의 구조조정 작업이 있었습니다. 불과 2년 전의 일입니다."

"네, 맞습니다."

학과장이 대답했다.

"그런데……."

"이번에는 새로운 학부 구조조정이 있을 예정입니다."

페터가 콧방귀를 뀌었다.

"그렇다면 우리가 실질적으로 해야 하는 일은 무엇인가요?"

잉빌이 긴장된 목소리로 물었다.

"가장 먼저 10학점에 해당하는 과목을 15학점으로 변경해야 합니다. 다른 대학과의 연계성을 더욱 강화하기 위해서입니다."

"한 가지 더 상기시켜드려도 되겠습니까?"

페터가 말을 이었다.

"2년 전에도 바로 그러한 이유 때문에 15학점짜리 과목을 10학점으로 수정하지 않았습니까?"

그의 목소리는 떨리고 있었다. 학과장은 구조조정의 여러 긍정적인 이유를 하나씩 열거하기 시작했다. 그녀는 꽤 중립적인 태도를 취하고 있었지만, 대부분의 다른 학과장들과 마찬가지로 전문적이고 실력 있는 강사들을 그리 선호하는 것 같지 않았다. 우리를 성가시고 귀찮으며 불평불만만 늘어놓는 과도한 노이로제 환자처럼 생각하고 있으며, 사회적으로는 아무짝에도 쓸모없는 그저 그런 사람들로 여기고 있는 것이 분명했다.

잉빌을 보니 그들을 책망할 수만은 없다는 생각이 스쳤다. 그녀의 얼굴은 점점 발갛게 상기되기 시작했고, 학과장이 늘어놓는 복잡하고 광범위한 단어가 점점 많아지자 그에 발맞추어 그녀의 텅 빈 머리도 점점 표면에 드러나기 시작했다. '학문적 질과 수준 보장'이라는 말은 '강의의 질과 수준' 및 '질과 수준을 위한 양'이라는 말과 함께 몇 번이나 언급되었다. 결국 잉빌은 혼수상태에 빠져든 것 같았다.

"이미 말씀드렸지만, 오늘 회의는 공지하는 차원에서 열린 것입니다."

학과장이 회의를 마치며 말을 이었다.

"이제 여러분은 무엇을 해야 할지 인지했을 겁니다. 앞으로 해야 할 일은 각자의 위치로 돌아가 어떤 부분을 줄일 것이며, 또 나머지 부분은 어떤 식으로 재조정할지 생각해보는 것입니다."

나는 시간을 확인하기 위해 휴대폰 화면을 슬쩍 보았다. 아직도 시간이 조금 있었다. 만약 지금 아무도 말을 하지 않는다면 말이다.

숨을 죽였다.

"이번 일은 대학의 국제화와 어떤 관계가 있습니까?"

프랑크가 질문을 던졌다.

나는 페터가 손으로 이마를 짚는 모습을 보았다. 나 역시 책상에 머리를 박고 싶은 심정이었다. 학과장은 만족한 듯한 미소를 지었다. 대학의 입장에서 '국제화'라는 말은, 교회에 있어 '보편적 공회公會'라는 말과 같다는 것은 누구나 다 알고 있다. 따라서 이 주제를 화두에 올리는 이는 토론에 무게를 더한다는 의미에서 자동적으로 점수를 따게 마련이며, 그에 응답하는 사람 또한 대학이 앞으로 어떠한 과제에 집중해야 하는지 잘 알고 있다는 점에서 점수를 따게 되는 건 당연하다.

학과장은 당면한 개혁 과제를 실행할 경우 얼마나 많은 외국인 학생들을 유치할 수 있는지 등, 군더더기 가득한 온갖 사항을 자세히 거론하며 대답을 길게 이어갔다. 프랑크는 심각한 표정으로 고개를 끄덕이며 가지고 온 노트에 열심히 메모를 했다. 나는 프랑크를 향해 경멸의 눈빛을 던졌다. 프랑크는 일종의 상어 이빨 같은 것을 가죽끈에 매달아 목걸이를 만들었고, 그것을 자랑스럽게 스웨터 밖으로 내놓고 있었다. 그것은 거들먹거리며 세상에 자신을 내어 보이기 위한 그의 남성호르몬 수치를 단적으로 보여주고 있는 것이라는 생각이 들었다.

그는 진정 세상을 속일 수 있다고 믿고 있을까? 나는 볼펜을 들고 있는 그의 가늘기 그지없는 손목을 보며 마음만 먹으면 단 한 방에 그를 때려눕힐 수 있을 것 같다는 생각을 했다. 그의 작은 머리를 거머쥐고 그의 얼굴을 향해 내 무릎을 쳐올리면 그는 이마와 코에서 피를 쏟아내며 순식간에 널브러지지 않을까.

그가 고개를 드는 찰나에 눈이 마주쳤다. 나는 얼른 시선을 돌렸다.

"국제화에 도움이 된다면 저는 적극적으로 참여하겠습니다."

그가 학과장을 돌아보며 말을 이었다.

"우리는 볼로냐 프로세스(유럽의 대학들이 국제경쟁력을 높이고자 제휴를 통해 단일한 고등교육제도를 설립하고 인재 확보를 꾀하며 2010년까지 대학 개혁을 완성하는 것을 목적으로 한다는 선언 - 옮긴이)의 요구 사항을 수용할 의무가 있습니다. 여러분도 이미 아시겠지만, 저는 바로 이 사항을 논의하기 위해 이번에 러시아로 떠나는 상트페테르부르크 사절단의 일원이 되었습니다."

학과장은 잘 알고 있다는 표정으로 고개를 끄덕였고, 나는 못마땅하다는 듯 눈동자를 휘휘 굴렸다. 비록 그런 행동을 하면 안 된다는 지적을 받은 지 얼마 되지 않았지만 말이다.

"아무리 상대방이 바보처럼 보인다 하더라도 면전에서 눈동자를 굴리는 일은 삼가주세요."

언젠가 학과장과의 면담에서 눈동자를 굴리다 들은 소리다.

"본인이 다른 이들보다 항상 현명하고 지적 우위에 있을 수는 없다는 생각을 해보는 것도 좋지 않을까요?"

"무슨 뜻인가요?"

나는 학과장을 향해 되물었다.

"학생들과의 불필요한 접촉에 대해선 생각해보셨나요?"

"잉빌의 말만 듣고서 질책하시는군요?"

나는 화를 내며 말했다.

"노코멘트입니다."

"한 학생이 제 팔을 살짝 쓰다듬은 적은 있었습니다. 하지만 그 행동은 일종의 아이러니를 포함하고 있었다고요!"

"그건 당신의 관점일 뿐입니다. 우리 학교에서는 이미 내가 부임해오기 전부터 학생들과의 관계에서 그러한 행위는 성희롱이라 간주되었습니다. 내 임기는 이제 2년밖에 남지 않았습니다. 이 시점에서 나는 적어도 내 임기 동안에는 그러한 일이 반복되지 않도록 최선을 다할 것입니다. 아시겠습니까?"

"알겠습니다."

나는 주저하며 말을 이었다.

"성희롱은 없을 겁니다."

"또 눈동자를 굴리는군요."

"알았어요. 앞으로는 성희롱을 연상시키는 행위도 없을 것이고 눈동자를 굴리는 일도 없을 것이라 약속드리겠습니다. 하지만 이 모든 것이 너무나 부조리하다는 생각은 지울 수가 없군요. 솔직히 학과장님께서는 제 외모를 눈여겨본 적이 있으신지 묻고 싶습니다. 저는 지난여름 이후 겨드랑이 털을 단 한 번도 깎지 않았어요. 그건 제가 민소매 옷을 거의 입지 않기 때문입니다. 제 젖가슴도 어디 있는지 찾을 수가 없을 정도예요. 파운데이션이나 마스카라도 전혀 사용하지 않는 건 물론이거니와 립스틱은 1997년에 구입했던 것을 단 하나 가지고 있을 뿐입니다. 미용실에도 가지 않아요. 와인을 한 잔 마신 후에 직접 머리를 자르곤 하죠. 그리고 저는 이제 곧 마흔에 접어드는 사람입니다!"

그녀는 내게 짧은 시선을 던진 후 한숨을 푹 내쉬었다.

"적어도 눈동자를 굴리는 일만큼은 삼가주세요."

가끔 나는 겉으로 드러내지 않고 생각만으로 눈동자를 굴려보려 하지만 성공하지 못할 때도 있다. 바로 그때가 그랬다.

침묵이 흘렀다. 나는 다시 시계를 향해 눈길을 던졌다. 잉빌은 양 갈래로 땋은 머리를 책상 위로 늘어뜨린 채 여덟 장이나 가득 채운 메모를 읽고 있었다.

"기존의 강의 체계로 되돌아가보는 건 어떨까요?"

나는 얼른 회의를 마무리하고 싶은 마음에 어떤 결론이라도 내야겠다고 생각했다.

"그렇게 한다면 문제는 해결된 것이나 다름없지 않습니까. 지난번 개정이 있기 전에 유지되었던 체제니까 잘 찾아보면 우리 시스템 어딘가에 보관되어 있는 것을 발견할 수 있지 않을까요?"

페터는 웃음을 참느라 딸꾹질을 연상시키는 소리를 냈다. 학과장은 그에게 엄한 눈길을 던졌다.

"불행히도 그건 고려할 만한 사항이 아닙니다. 왜냐하면 지금의 우리는 그 당시와 비교해 강의 인력이 충분하지 않습니다."

학과장이 말했다.

"무슨 뜻인가요?"

"강의 시간은 더 늘어나고 연구 시간은 더 줄어든다는 말이겠죠."

페터가 비꼬는 듯 날카롭게 말을 이었다.

"그리고 남는 인력은 이동 배치되겠죠."

"꼭 그렇지만은 않습니다."

학과장이 말문을 열었다. 그러자 페터는 고개를 절레절레 저으며 다시 킥킥 웃음을 참는 소리를 냈다.

"앞서 말한 바와 같이 몇몇 강의는 폐지해야 합니다. 학사과정에서는 적어도 세 개 과정이 사라질 것이고, 석사과정에서는 네 개 과정이 폐지될 것입니다."

"그렇다면 이동 배치는 어떻게 되는 겁니까?"

잉빌이 숨이 찬 듯 급히 질문을 던졌다.

"그 문제는 지금 논의할 사항이 아닙니다. 어쨌든 유아교육학부에 더 많은 강사 인력이 필요한 것은 사실입니다."

회의장은 점점 열기를 더해갔고 결국 페터를 비롯한 두세 명의 참석자는 화를 내기까지 했다. 잉빌은 점점 자신의 메모에 집중하는 모습을 보였고, 그녀의 양 갈래로 땋은 머리는 마치 간질병에 걸린 환자처럼 흔들렸다.

"물론 이것은 쉬운 일이 아닙니다. 하지만 이 문제를 실질적으로 해결하기 위해 여러분이 창의적인 의견을 내준다면 더 바랄 것이 없겠습니다."

학과장의 말이 끝나자마자 나는 손을 번쩍 치켜들었다.

"예, 말씀하세요."

학과장이 기대에 가득 찬 눈길을 내게 던졌다.

"얼른 가봐야 해서요……."

"지금 말입니까?"

"예…… 유치원에서 행사가 있어서요."

"연구원들도 일정 시간 업무를 봐야 한다는 규칙이 있다는 것을 잘 알고 계시죠? 또한 우리가 당면한 문제를 해결하기 위해 이 회의는 아주 중요합니다."

"예, 잘 알고 있습니다. 하지만 저는 지금 당장 일어나야 하는데 어떡하죠……? 죄송합니다."

나는 미안한 듯 겸연쩍은 미소를 지으며 자리에서 일어났다. 누군가가 내 입장을 충분히 이해한다는 눈길을 보내주길 기다렸으나, 회의장을 벗어날 때까지도 그러한 눈빛은 찾아볼 수 없었다. 목요일에 '시험 중'이라는 팻말을 내걸고 연구실 문을 걸어 잠갔으니 그럴 만도 했다.

3

이른 아침부터 소낙비가 쏟아졌고, 차도에는 이미 퇴근길의 차로 가득했다. 나는 신경질적으로 운전대를 손가락으로 두들기며, 하늘에서 조그만 물방울이라도 떨어지면 자전거를 내팽개치고 차를 끌고 나오는 사람들을 향해 화를 냈다. 유치원으로 향하는 모퉁이를 돌며 라디오를 켜니 오늘 이미 여섯 번이나 들은 「티르 나 누아Tir n'a Noir」가 흘러나왔다.

"엄마!"

유치원에서 연중행사로 치르는 팬케이크 파티에 부모들이 제시간에 맞춰 도착하지 않을 경우, 그 아이들만 따로 모여 기다리는 방으로 들어섰다. 알바가 내게 뛰어와 몸을 반만 겨우 가린 외팔 바비 인형을 집어던지며 말을 이었다.

"우리도 저기 가서 음식을 먹을 수 있어?"

"응, 팬케이크를 사 먹자."

"그런데 우리도 음식을 먹을 수 있냐는 말이야!"

"응, 팬케이크."

"음식도?"

"응, 음식도."

나는 아이의 작은 손을 거머쥐고 팬케이크 파티가 벌어지는 커다란 방으로 들어섰다. 창가에는 세 개의 커다란 식탁이 나란히 자리하고 있었고, 창틀에는 트롤(스칸디나비아와 스코틀랜드의 전설에 등장하는, 인간의 모습을 닮은 거인족 - 옮긴이) 인형이 줄지어 늘어서 있었다. 알바는 노란색과 검은색 머리카락, 가느다란 분홍색 눈, 그리고 하얀 코를 가진 트롤 인형 하나를 집어 들었다. 나는 아이가 빈 아이스크림 통에 넣을 수 있도록 10크로네(약 1,500원. 1크로네는 약 150원이다 - 옮긴이)짜리 동전 하나를 건네주었다.

동전이 떨어지는 소리와 함께 덮치는 엄청난 만족감에 나는 등골이 서늘할 지경이었다. 덕분에 알바는 팬케이크를 두 번이나 사 먹을 수 있었고, 과일 주스는 세 번이나 사 먹을 수 있었다. 이전에는 해마다 유치원에서 팬케이크 파티가 있을 때마다 매번 동전을 가져오는 것을 잊었기에, 엡바와 제니는 팬케이크는커녕 몇 시간이나 옆방에 외롭게 앉아 있어야만 했다. 하지만 오늘은 미리 100크로네 지폐를 10크로네 동전으로 바꾸어왔기에 알바가 팬케이크를 사 먹을 수 있었다. 세 번째 도전에 마침내 성공한 셈이었다.

"엄마, 팬케이크도 음식이야?"

알바가 온 얼굴에 딸기잼을 묻힌 채 물었다.

"응, 팬케이크도 음식이란다."

"팬케이크를 처음 먹어보니?"

테이블을 돌아다니며 복권을 팔던 원장 선생님이 말을 걸었다. 나는 그녀에게 마지막으로 남아 있는 10크로네짜리 동전 두 개 중 하나를 주어야만 했다.

알바가 고개를 저었다.

"우린 집에서 주로 케이크나 롤빵, 또는 머핀을 만들어 먹어요."

나는 얼른 말을 가로챘다.

"팬케이크는 자주 만들어 먹지 않아요. 팬케이크를 구울 만한 적당한 석쇠가 없거든요."

원장 선생님은 알바에게 눈을 찡긋해 보이며 말했다.

"그렇다면 유치원에서 팬케이크를 먹어보는 것도 좋은 경험이겠구나."

나는 어색한 미소를 띠며, 복권이 들어 있는 광주리를 들고 옆 테이블로 발을 옮기는 그녀를 뚫어지게 바라보았다. 대부분의 아이들은 어머니와 아버지는 물론 할아버지, 할머니까지 모셔와 함께 앉아 있었다. 문득, 우리도 대가족으로 살아간다면 얼마나 신경 써야 할 일이 많을까 싶어 머리가 지끈지끈 아파오기 시작했다.

"알바, 이제 집에 갈 시간이야."

나는 나직하게 말하며 아이의 등을 부드럽게 쓰다듬었다.

"벌써? 왜?"

"예술학교에서 제니와 엡바를 데려올 시간이거든. 언니들에게 네가 산 트롤 인형을 보여주자. 어때?"

알바는 고개를 끄덕였다. 아이는 종이접시에 마지막으로 하나 남아 있는 팬케이크를 조심스레 들어 올리고, 신기에 가까운 맛의 세계를 조금이나마 더 오래 경험하기 위해 방을 나서면서 발을 옮기는 동안에도 조금씩 뜯어 먹었다.

텅 비어 있는 휴대품 보관실에는 티투스와 새로 온 필리핀인 보모밖에 보이지 않았다. 티투스의 아버지는 양질의 가정생활을 즐기기 위해 보모를 구했다고 말했다.

"나는 내 삶의 노예라 해도 과언이 아닙니다. 아이를 유치원에 데려다주고, 식사 준비를 하고, 운동을 하러 가고, 집 청소를 합니다. 내가 원하는 삶은 이런 것이 아닙니다. 스트레스 없는 삶, 아이들과 함께 양질의 시간을 함께 보낼 수 있는 삶을 원하죠. 바로 그런 이유 때문에 보모를 고용했답니다."

"그렇군요. 아주 잘하셨어요."

티투스는 '팬케이크, 팬케이크, 팬케이크'를 쉬지 않고 외쳤고, 보모는 참을성 있게 아이에게 모자를 씌우고 외투를 입히고 신발을 신겼다.

가능한 한 빨리 유치원을 나서고 싶었지만 어느새 마음을 바꿔먹은 나는 고등 영장류의 역할을 다하기 위해 그 자리에 남았다. 타인의 삶에 도움을 주기 위해서였다. 더욱이 그날은 목요일이었으니까.

"안에 카페가 운영되고 있어요."

보모는 당황한 표정으로 나를 쳐다보았다.

"…… 네……?"

"오늘은 카페가 열리는 날이에요. 콜롬비아의 고아원 후원금을 모금하기 위해서죠. 아이들이 직접 만든 트롤 인형을 구입하는 방법으로 후원하실 수 있답니다. 인형 하나에 10크로네예요. 그건 그렇고, 트롤에 대해서 아시나요? 우~ 우~!"

나는 트롤이 어떻게 생겼는지 보여주기 위해 인상을 찌푸려 보였다. 보모는 깜짝 놀라 한 발짝 뒤로 물러섰다.

"오, 미안해요. 놀라게 할 생각은 없었어요. 어쨌든 안에 카페가 운영되고 있으니 들어가보세요. 팬케이크도 팔아요."

"아, 알겠습니다."

보모는 여전히 티투스에게 외투를 입혀주느라 진땀을 흘렸고, '팬케이크'를 외치던 아이는 이제 '카페'를 연거푸 외치며 그녀의 얇은 후드스웨터를 잡아당겼다.

"맞아요. 카. 페. 얼른 들어가보세요. 아이를 위해서라도 그렇게 하는 게 좋을 거예요. 그러지 않으면 이기적이라고밖에 말할 수 없겠네요."

그녀는 천천히 몸을 돌려 꼼짝도 않고 나를 바라보았다.

마치 내게 불평을 늘어놓는 것만 같았다. 하지만 나는 오로지 좋은 의도에서 그렇게 말했을 뿐이었다. 이곳에선 어떤 식으로 사회가 돌아가는지 설명해주고 싶었고, 그녀가 좋은 보모가 될 수 있도록 조언을 해주었을 뿐이다. 그녀는 오히려 내게 감사해야 하지 않는가. 그런데도 그녀는 불만 가득한 눈빛으로 나를 바라보고 있었다.

나는 무거운 한숨을 내쉬고 성난 몸짓으로 알바를 안아 올려 유치원을 나섰다.

"난 티투스가 싫어."

유치원 문을 나서자마자 알바가 말했다.

"티투스는 나쁜 아이야."

"다 이유가 있겠지."

4

집에 이르러 차를 세우니, 알바는 이미 잠에 빠진 후였고 엡바와 제니는 말다툼을 하고 있었다. 아이들이 무엇 때문에 말다툼을 하는지는 알 수 없었다. 아이들의 말다툼은 자주 아무것도 아닌 한마디 말이나 불평으로 시작되게 마련이다. 부정적인 기운을 담고 있는 갖가지 소리는 나의 두개골을 갉아먹고, 급기야는 온갖 심신의 병에 저항할 수 있는 면역력마저 없애버린다.

아동보호장치를 제거하자마자 아이들은 양쪽 문을 동시에 열고 차에서 내려 우편물을 가지러 가기 위해 우체통을 향해 뛰기 시작했다. 나는 알바의 무거운 숨소리를 들으며 차벽을 멍하니 바라본 후, 심호흡을 하며 아이들이 남기고 간 바이올린과 악보, 도시락과 젖은 수영복, 체육복이 들어 있는 가방, 그리고 잠에 빠져 있는 세 살짜리 아이에게 눈을 돌렸다.

알바를 안아 올리고 입에 물고 있는 인공 젖꼭지를 빼냈다. 이미 오래전에 인공 젖꼭지 사용을 그만두었어야 했는데 나는 그 일을 시작할 엄두도 내지 못했다.

"아가, 이제 집에 왔어. 일어나."

아무런 반응도 없었다. 아이는 내 어깨 위에 머리를 축 늘어뜨리고 무거운 숨을 쌕쌕 몰아쉴 뿐이었다. 현관에 들어선 나는 아이를 조심스레 바닥에 내려놓고 잠을 깨우려 힘껏 몸을 흔들었다.

"이제 집에 왔다니까. 얼른 일어나."

아이의 눈은 살짝 열리는 듯하더니 다시 스르르 감겨버렸다. 머리를 앞으로 축 늘어뜨린 아이는 두 발로 서 있는 것도 힘겨워했다. 나는 아이의 몸을 더욱 힘껏 흔들었다.

"알바, 일어나! 지금 일어나지 않으면 밤에 잠을 자기가 힘들어진단 말이야. 알바!"

아이는 짜증 섞인 소리를 지르며 내 팔에서 벗어나 비틀비틀 몇 발짝을 옮겼다. 얼른 아이를 붙잡아 무릎 위에 앉히니, 아이는 사지를 버둥거리며 더 크게 소리를 질러댔다.

"아가……"

나는 아이의 볼에 입을 맞추었다.

아이의 짜증 섞인 소리가 사그라졌다.

"비스킷을 먹고 싶어. 우유도! 디에고도 먹고 싶어!"

"알았어."

아이를 안아 소파로 옮기던 나는 아이의 부드러운 머리카락에 얼굴을 묻었다. 문득 형언할 수 없는 감정이 생겨났고, 심장은 자리를 벗어날 듯 뒤흔들리기 시작했다. 마치 가느다란 실 한 가닥이 심장을 관통하는 것 같은 느낌이었다.

"사랑스러운 알바……."

나는 혼잣말로 중얼거리며 아이를 눕혔다.

"비스킷!"

"알았어. 담요를 덮어줄까?"

알바가 고개를 끄덕였다. 나는 아이에게 담요를 덮어주고 텔레비전을 켰다. 아이가 몸을 움직일 수 있도록 무언가 할 일을 찾아내야 했는데…… 예를 들어 두 언니와 함께 놀도록 한다든지, 그림을 그릴 수 있도록 종이와 색연필을 준다든지, 또는 실과 구슬을 가져다준다든지 말이다. 중성적인 장난감인 레고 블록은 더 좋을 것이다. 대신 나는 텔레비전의 소리를 높이고 부엌으로 향했다.

쌓여 있던 작은 절망감들이 가슴을 헤집었다.

조깅을 했어야 했는데…… 조깅을 하면 체액의 균형을 이루고 담즙의 수위를 낮출 수 있을 것이다. 그러고 보니 조깅을 한 지도 꽤 오래되었다. 벌써 1주일 전이다.

하지만 조깅을 하러 밖에 나가기도 싫었다. 내 몸은 마치 힘이라곤 전혀 없는 몰랑몰랑한 젤리처럼 느껴졌다.

그래서 비외르나르에게 모든 것을 미루어버렸다. 일을 마치고 돌아온 그는 양팔을 걷어붙이고 도마 앞에서 칼질을 해야만 했다. 그의 이마에 솟아난 땀방울은 저녁 뉴스가 끝난 후에도 사라지지 않았다.

"짜증이 나 죽겠어. 보아하니 티투스의 보모는 아무런 생각이 없는 것 같아. 게다가 아이의 부모는 보모에게 양육을 맡기고 자신들의 책임을 회피하고 있잖아. 양질의 시간이라고? 참 내…… 그게 도대체 무슨 뜻이지? 주변의 모든 사람들은 모두 바쁘게 살고 있잖아. 그건 삶의 한 부분이라고! 물론 그건 부모들의 잘못이기도 하지만 보모라면 유치원 일에 좀 더 관심을 보여야 하지 않을까? 난 단지 도와주고 싶었을 뿐이라고! 난 사회생활을 하는 고등 영장류의 역할을 해내고 싶었을 뿐이라고! 그리고 아이를 돌보는 건 그 여자의 의무이기도 하잖아!"

"그녀에게 개인적으로 신경 써야 할 일이 있다는 건 생각해보지 않았어?"

그는 방울양배추를 씻으러 싱크대로 다가가며 조용하고 침착하게 물어왔다. 평소 그는 방울양배추를 끓는 물에 살짝 데친 다음 해바라기유를 사용해 볶은 후 굵은 소금을 뿌렸다. 그가 만든 방울양배추 요리를 생각하니 절로 입에 침이 고였다.

"무슨 뜻이야?"

"그녀가 어느 나라에서 왔다고 했지?"

물론 내가 뉴스를 보지 않는 건 아니다. 나는 비교적 정보에 민감한 사람으로서 이미 몇 번이나 텔레비전 화면을 통해 참담한 자연재해로 인해 가루가 되듯 처참하게 파괴되어버린 필리핀의 모습을 본 적이 있었다.

단지 내 머릿속에는 미처 연결되지 않은 빈자리가 있었을 뿐. 그것은 일종의 미싱링크였다. 유치원과 지구 반대편에서 일어난 자연재해 간의 간격은 너무나 크다. 마치 거대한 우주의 양끝에서 쳇바퀴처럼 도는 두 개의 위성처럼 말이다.

지금까지는 그랬다.

나는 주먹 쥔 손으로 내 머리를 톡톡 두드리며 입술을 꽉 깨물었다.

"이기적인 당신의 모습이 부끄럽지 않아?"

비외르나르가 물었다.

"난 그 여자가 필리핀에서 왔다는 걸 잊고 있었어."

"가끔은 먼저 생각을 한 후에 말을 하는 것도 나쁘지 않아."

"하지만 난 지엽적인 삶을 살고 있어."

나는 얼른 말을 돌렸다.

"만약 매번 세계적인 관점에서 삶을 봐야 한다면 어떻게 견딜 수 있을까. 자연재해, 전쟁, 기아, 인신매매, 포르노, 성매매. 서구의 여러 나라들은 개발저해국들을 이용해 이익을 취하고 있어. 난 그런 것들까지 생각할 여유가 없다고!"

"개발저해국? 그런 말도 있었어?"

"대부분의 사람들이 개발도상국이라고 하는데, 그건 틀린 말이야."

"어쨌든 당신이 사과를 해야 한다는 것쯤은 알고 있지?"

"보모에게?"

"응."

"꼭 그렇게 해야 할까?"

"응."

창밖을 뚫어지게 바라보았다. 체리나무가 있어야 할 텅 빈 정원을.

"알았어."

난 한숨을 쉬며 말했다.

"다음에 보면 사과할게."

그렇다. 사과를 해야겠지.

그렇겠지. 난 사과를 해야만 한다.

하지만 그녀를 만나야 사과를 할 수 있을 게 아닌가. 그녀와 마주치지 않는다면 사과를 한다는 것은 물리적으로 불가능한 일이다. 심지어 비외르나르도 그쯤은 이해할 것이다.

5

다음 날, 나는 회의실 앞을 지나치지 않으려고 일부러 열람실을 통해 퇴근을 했다. 혹여 누군가와 마주칠지도 모르니까. 몇 시간 전, 나는 얼굴이 벌겋게 상기된 페터를 복도에서 만났다.

"방금 베르겐 대학에서 15학점을 10학점으로 줄였다는 소식을 들었어요."

그는 흥분한 나머지 연신 딸꾹질을 해대며 말을 이었다.

"우리와는 반대로 가고 있다고요. 대학에서 일자리를 줄이기 위한 방법은 그것밖에 없어요. 내 말을 기억하세요!"

"무슨 뜻이죠? 우리도 그렇게 될 거라는 말인가요?"

"해고, 이직…… 짐을 싸는 직원이 줄줄이 나올 거예요. 어떤 과목이 될지는 모르죠. 우리 대학의 행정은 왔다 갔다 하느라 정신이 없으니…… 어쨌든 결과적으로는 제 손으로 제 눈을 찌르는 격이 될 거예요."

"무슨 말인가요?"

"기다려보면 알게 될 겁니다."

그는 의미심장한 표정으로 고개를 끄덕이며 말했다.

"기다려보면 다 알게 될 거예요."

그와 대화를 한 후 조금씩 불안해지기 시작했다. 나는 이곳에서 가장 최근에 고용된 직원이다. 만약 누군가가 이직을 해야 한다면 그건 내가 될 것이 분명했다. 특히 학과목 코디네이터로서 이루어냈던 보잘것없는 성과를 고려한다면 더욱 그러했다. 나는 이곳에서 일을 시작한 후 단 한 번도 논문을 발표하지 않았다.

"0.7포인트."

학과장이 말을 이었다.

"처음이니 괜찮아요. 하지만 이 점수로 오래 버틸 수는 없습니다. 우리는 결과물로 평가를 받는다는 걸 아시죠? 출판지수 시스템이 최상의 시스템이라 할 수는 없지만, 현재 우리에겐 그것밖에 없으니 어쩔 수 없습니다."

나는 열심히 고개를 끄덕였지만 사실을 고백하자면 박사논문을 끝낸 후 새로운 주제로 논문을 쓰는 일엔 전혀 관심이 없었다. 문제를 해결하기보다는 오히려 미루는 방법을 선택했던 나는 각종 컨퍼런스에 참가하는 것으로 논문 작업을 대신했다. 그렇게 하면 적어도 무언가를 했다는 걸 내보일 수 있기 때문이었다. 하지만 몇 달 후로 다가온 컨퍼런스를 생각하니 걱정이 되기 시작했다. 비행기가 추락할 수도 있고, 성폭행을 당하거나 살인을 당할 수도 있지 않은가. 나는 어떤 일을 시작하기도 전에 필요 없는 생각을 너무나 많이 해 종종 스트레스를 받곤 했다. 내 이름은커녕 내 전공이나 연구 분야가 뭔지도 모르는 동료들, 그리고 학과장의 눈에 들기 위해 쓸데없는 점수를 따려고 신경을 쓰다 보면 삶이 산산조각 날 것 같았다.

다행히 날씨가 좋았기에 자전거로 퇴근하는 사람이 적지 않았다. 덕분에 나는 30분도 채 안 되어 알바의 유치원에 도착할 수 있었다. 밖에서 놀고 있던 알바는 환한 표정을 지으며 내게 다가왔다. 나는 얼른 알바의 모자와 장갑, 오버롤과 스웨터, 그리고 두꺼운 양말을 벗기기 시작했다.

"과일을 먹기도 전에 나를 데리러 오면 어떡해!"

"응, 가끔은 과일 먹는 시간 전에 데리러 올 때도 있어."

"매일 그러진 않잖아."

"맞아, 매일 있는 일은 아니지."

"토요일은 아냐."

"응, 하지만 토요일은 유치원 가는 날이 아니잖아. 이제 안으로 들어가서 가방을 가져오자."

고개를 드니 티투스의 수납함을 뒤적이는 보모가 눈에 들어왔다.

일찍 서둘렀기에 그녀를 피할 수 있으리라 생각했는데, 일은 내 마음과 정반대로 돌아가고 있었다. 나는 무겁게 침을 삼키고 복식호흡을 해야만 했다.

몸을 일으켜 그녀를 향해 몇 발짝 다가갔다.

"안녕하세요."

나는 멋쩍은 미소를 지으며 말을 건넸다.

보모는 깜짝 놀라 얼른 몸을 돌렸다.

나는 그녀에게 더 가까이 다가가 손을 내밀었다. 물론 그녀를 만지기 위한 것은 아니었다. 선의를 보여주기 위한 행동이었을 뿐.

"어…… 어제 일…… 말인데요…… 난 당신이 필리핀에서 왔다는 걸 미처 생각지 못했어요. 큰 태풍이 지나갔다는 걸 알고 있어요. 가족들은 괜찮나요?"

그녀는 내가 무슨 말을 하는지 전혀 알아듣지 못하고 있다가 '가족'이라는 단어를 듣자마자 입술을 바들바들 떨며 눈시울을 적시기 시작했다.

"연락을 할 수가 없어요."

그녀가 떨리는 목소리로 말했다.

"1주일 내내 연락이 되지 않아요."

머릿속이 멍해지는 듯한 느낌이 스쳤다.

그녀의 뺨에 눈물이 흘러내리기 시작했다. 문득 나는 그녀에게 어떤 식으로든 도움을 주어야 한다고 생각했다. 라디오에서 트위터를 언급하지 않았던가? 무사히 구조된 사람들의 명단이 트위터로 발표되었다고 했던 것 같은데?

"트위터 계정을 가지고 있나요?"

"누구요?"

그녀는 손수건을 꺼내 여전히 뺨에 흘러내리는 눈물을 닦았다.

"트위터. 소셜미디어 말이에요."

"트위……?"

"트위터."

"트윗?"

"트-위-터. 인터넷 말이에요. 구조자 명단을 볼 수 있다고 했어요. 거기 들어가서 가족의 이름을 찾아보세요."

"연락이 안 돼요."

"티투스의 부모님에게 한번 물어보세요. 도와줄 거예요. 트위터로."

내 머릿속에는 이쯤에서 입을 다물어야 한다고 말하고 있었다. 제발 트위터 이야기는 이제 그만하라고! 하지만 나는 말을 그칠 수가 없었다. 왜냐하면 나도 그 상황에서 뭘 어찌해야 할지 갈피를 잡을 수 없었으니까. 그녀에게 포옹을 건넬까? 혹여 필리핀 사람들은 친밀한 사람들끼리만 포옹을 주고받는 건 아닐까? 주제넘는다고 생각하면 어떡하지?

그래서 나는 트위터라는 말만 쉴 새 없이 내뱉고 있었던 것이다. 그녀는 어느새 마음을 가다듬은 듯 흐느낌을 멈추었다.

"트위터를 찾아봐요. 트윗이 아니라 트위터."

"전화를 해보려고 했어요."

"아니, 트위터로는 전화를 할 수가 없어요. 트위터는 인터넷이에요."

"기도도 했어요."

"그렇군요."

나는 고개를 끄덕이며 말을 이었다.

"기도를 하는 건 좋아요. 아주 좋아요……."

우리는 한참 동안 말없이 우두커니 서 있었다. 인내심을 잃은 티투스는 그녀의 팔을 잡아당기기 시작했고, 나는 그 자리를 벗어날 적절한 이유를 찾기 위해 머리를 굴렸다.

6

팬케이크 카페와 필리핀 보모에 대한 일로 머릿속이 복잡했던 나는 지난 며칠 동안 컨퍼런스 준비를 전혀 못했다. 저녁 시간은 눈 깜짝할 사이에 흘러가버렸고 눈을 붙이려고 보면 어느덧 다음 날 새벽 5시가 되기 일쑤였다. 연구실의 랩탑 옆에는 페이스북을 한 바퀴 돌고 난 후에 펼쳐보려고 마음먹었던 책이 산더미처럼 쌓여 있었다. 페이스북을 열면 새로운 소식과 함께 생일을 맞은 이들의 명단이 쭉 늘어서 있었고, '알지도 못하는 사이에 물 흐르듯 흘러가버리는 일상' 이야기와 속담 및 격언은 물론 생일 파티를 하는 아이들의 사진과 스타벅스 커피 잔을 담은 사진들이 줄지어 눈에 들어왔다. 나는 페이스북 지인의 프로필에 생일 축하한다는 말과 함께 우연히 눈에 들어온 포스팅 세 개에 '공감' 버튼을 차례차례 누르고, 여느 때와 다름없이 거의 자동적으로 'finn.no/eiendom'이라는 중고시장 광고 버튼을 눌렀다. 289개의 부동산이 시장에 나와 있었다. 새로운 것은 없었다. '널찍한 발코니가 포함된 아파트' 또는 '현대식 저택' 등이 대부분이었다.

매물들은 하나같이 비슷비슷하기만 했다.

바로 그 때문에 그 집을 본 순간 무심히 넘길 수가 없었다.

평범한 일상에서 볼 수 있는 집과는 너무나 달랐다. 꿈속에서나 볼 수 있는 집. 나는 시간 가는 줄도 모르고 멍하니 앉아 화면만 바라보았다. 붉은색 페인트칠을 한 거대한 저택의 벽에는 아이비 덩굴이 늘어져 있었고, 정원에는 하얀 조약돌이 깔려 있었다. '도심에서 새소리를 들을 수 있는 곳'. 나는 화면 속의 글자들을 생각 없이 눈으로 따라갔다. '다시 볼 수 없는 기회'.

화면 속의 사진들을 하나하나 클릭해가며 훑어보는 동안 나의 뇌는 즐거운 긴장감으로 간질거리기까지 했다. 널찍한 지하층의 거실, 창고, 넉넉한 침실, 커다란 정원, 서재와 식당, 다락. 심지어는 영국식 벽난로, 샹들리에, 형형색색의 조류 무늬 벽지 등 우리가 미처 생각지 못했던 것들까지 볼 수 있었다. 미처 잠에서 깨지 못한 비외르나르가 부엌에 들어올 때까지 나는 몇 번이나 사진들을 반복해가며 들여다보았다.

"이것 좀 봐!"

나는 그에게 가까이 와보라고 거의 발작적으로 손짓을 했다.

"여기! 브록마케르 거리!"

도로명을 입 밖에 내자마자 나는 그제야 꿈이 아니라는 것을 깨달았다. 브롬마케르 거리. 아스트리 린드그렌Astrid Lindgren(「말괄량이 삐삐」 등 수많은 동화를 쓴 스웨덴의 작가 - 옮긴이)의 책에서 볼 수 있는 노란 집은 아니지만 그와 견주어도 전혀 손색이 없을 정도로 비스듬한 지붕을 지닌 멋진 집과 굴뚝, 예쁜 울타리, 아름다운 정원을 지닌 집. 여기에 더해 사진 속의 집은 현대식 욕실과 바닥은 물론 새로운 벽지로 단장한 집이 아닌가. 비록 나는 그때까지만 하더라도 미니멀리즘과 실용주의적 삶을 지향해왔지만, 마음속 깊은 곳에는 항상 이런 집을 꿈꾸어왔다는 것을 깨닫게 되었다. 고즈넉한 성탄절 저녁, 가족들만이 나눌 수 있는 밀접하고 친밀한 순간을 아스트리 린드그렌만큼 훌륭하게 묘사한 사람은 없다. 가정의 의미를 그녀만큼 잘 표현할 수 있는 사람이 있을까.

우리는 매물로 나온 집의 소개글을 함께 읽었다.

"수준 높은 삶을 원하는 이들을 위해 저명한 건축가 에드바드 브로흐만이 명예를 걸고 설계한 호화로운 저택."

"영혼이 담긴 집."

"도심에서 새소리를 들을 수 있는 집."

나는 숨을 멈추고 비외르나르를 향해 돌아보았다.

그도 내게 고개를 돌렸다.

"당신도 알다시피 이 집은 우리와 어울리지 않아."

그가 말했다.

"우리와 어울리지 않는다고?"

나는 당황해서 되물었다.

그의 말은 내 머릿속에서 메아리가 되어 반복되었고, 나는 그제야 그가 무슨 뜻으로 그렇게 말했는지 알 수 있었다. 그는 1919년에 지어진 집은 손보아야 할 곳이 너무나 많을 것이라고 말했다. 우리로 말할 것 같으면 고작 페인트칠을 하거나 테이프를 붙이는 것 외에는 스스로 할 수 있는 일이 거의 없었다. 우리는 규칙적인 일상, 예상 가능한 정상적인 삶을 추구하는 평범한 시민이 아닌가.

다시 말하자면 앞만 바라보고 수평적인 삶을 살아가는 우리에겐 높낮이나 깊이 있는 삶이 어울리지 않는다는 말이었다.

그렇다. 나는 그의 말을 이해할 수 있었다.

하지만 이번만큼은 그가 잘못 알고 있다고 확신했다.

온몸에 전율이 흘렀다.

"하지만 다시 한 번 잘 생각해봐."

나는 말을 돌렸다.

"너무나 아름답지 않아? 게다가 벌써 꽤 많은 부분을 수리한 뒤라 우리가 손볼 것은 거의 없어. 난, 이 집이 우리를 위한 집이라고 생각해. 단지 우리만 이 사실을 모르고 있을 뿐이라고! 우린 항상 우리의 새로운 면을 찾아내며 살고 있잖아. 예를 들어 난 예전엔 염소젖 치즈를 아주 싫어했어. 하지만 지금은 그보다 더 좋아하는 음식이 없어."

그는 아무 말도 하지 않은 채 나를 지그시 바라보았다. 순간, 나는 터무니없는 예를 들었다는 생각에 얼굴이 붉어졌다.

"감당해야 할 리스크가 너무 많아."

"하지만 가격은 그다지 높지 않아. 만약 여기 명시된 매매가격 그대로 이 집을 살 수 있다면 나쁠 것도 없어."

"글쎄."

"우린 새로 이사 갈 집을 찾고 있었잖아? 더 큰 집으로 이사 가려고 하지 않았어?"

"그건 그래."

"하지만 우리 입맛에 맞는 집은 아무리 찾아도 없었어! 이집은 우리에게 안성맞춤이라고. 음…… 거의 그렇다고 할 수있어. 어쨌든 이토록 내 눈에 쏙 들어오는 집은 지금껏 하나도 없었단 말이야! 게다가 실용적이기까지 하잖아. 샤워 캐비닛도 있고."

그는 다시 한 번 사진을 찬찬히 들여다보았다. 현관에는 푸른색과 흰색이 섞인 이탈리아 타일이 깔려 있었고, 대들보는 밝고 환한 색으로 페인트칠이 되어 있었다. 아늑한 색의 벽지가 발린 커다란 침실. 생각하면 할수록 그가 잘못된 판단을 하고 있다는 것이 확실해졌다. 설사 리스크가 크다 할지라도 얼마든지 감당해낼 수 있을 것 같았다. 우린 지금껏단 한 번도 제대로 된 리스크라는 것을 경험해보지 않았으니섣불리 단정할 수는 없지 않은가.

그건 우리가 살 집이 분명했다.

"이건 현실이야."

나는 혼잣말처럼 중얼거렸다.

"우리의 미래라고."

그는 아무 대답도 하지 않았다.

"지나가는 척하며 슬쩍 한번 살펴보는 건 어떨까? 오늘 저녁 산책길에 말이야."

"그러든지…… 어쨌든 난 지금 나가야 해. 아침 회의가 있거든. 당신이 아이들 등교를 도와줘."

"알았어."

"커피만 들고 갈게."

"아이쿠."

"아직 커피도 안 끓였어?"

"미안해."

그가 크넥케브뢰(북유럽에서 흔히 먹는 딱딱하고 납작한 빵 - 옮긴이)에 버터를 바르는 동안, 나는 발을 동동 구르며 얼른 물이 끓기만을 기다렸다. 정확히 30초가 지난 후, 나는 거뭇거뭇한 커피 찌꺼기를 거르지도 않은 채 작은 보온 텀블러에 커피를 넣어 종종걸음으로 그의 뒤를 따라 현관으로 나갔다.

"생각을 해봤는데 말이야……."

"뭘?"

"만약 어디선가 도플갱어가 나타나 내 자리를 차지하는

일을 막기 위해 우린 서로를 제대로 알아볼 수 있는 신호를 만들어야 해."

"어떤 신호?"

"예를 들어 내가 '위 아 더 월드'라고 말하면 당신은……."

"'위 아 더 칠드런'?"

"바로 그거야."

"하지만 그건 우리만의 신호라고 하기엔 적당하지 않아. 아마 모두들 그렇게 대답할 걸?"

"아냐. 대부분의 사람들은 어리둥절한 표정으로 '뭐?'라고 대답할 거야."

그가 나를 멀뚱멀뚱 바라보았다.

"당신이 뭐라 하더라도 우린 그 집을 사지 않을 것이라는 걸 잘 알고 있겠지?"

나는 아무 말도 하지 않고 미소를 지으며 그에게 텀블러를 건넸다.

그는 한숨을 푹 내쉬며 고개를 절레절레 저었다.

"기회를 봐서 다시 이야기하도록 해. 오늘 저녁에 퇴근해서 보자고."

"좋아!"

아직 10월 초순에 불과했지만 벌써 하얀 눈송이가 날리기 시작하는 하늘 아래 발을 옮기는 그의 뒷모습을 눈으로 따랐다.

"위 아 더 월드!"

나는 소리를 질러보았다.

그는 내 목소리를 듣지 못했다. 적어도 그는 아무런 대답도 하지 않았다.

나는 이미 그때 이것이 예시라는 것을 깨달아야만 했다.

어쩌면 내가 그의 나직한 목소리를 듣지 못했을 수도 있었다.

7

고속도로에서 추돌사고가 생겨서 출근하는 데 45분이나 소비했다. 학교에 도착한 나는 문 앞에 '시험 중'이라는 팻말을 걸어놓고 문을 걸어 닫았다. 이처럼 며칠 연이어 잔꾀를 부리면 자칫 일을 그르칠 수도 있다. 이미 다음 날이 되면, 사람들은 내가 팻말 내리는 걸 잊었으리라 짐작하고 팻말을 무시하게 마련이고, 결국은 사람들의 무심함 속에 팻말은 몇 주 동안이나 그 자리를 지키게 된다.

하지만 지난번에 팻말을 걸어놓았을 때부터 벌써 여러 날이 지났기에 나는 다시 도박을 해보려고 팻말을 내걸었다. 무슨 일이 있어도 컨퍼런스를 위한 강연 자료 작성을 마쳐야 하기 때문이었다. 컨퍼런스 주최 측에서는 이미 강연 자료를 보내달라고 여러 번 재촉해왔다. 독촉 이메일에 적힌 '일전에 제출하신 간략한 정보를 바탕으로 주최 측에서는 테홈

tehom에 대한 귀하의 강연을 포스트모던 페미니스트 신학을 주제로 한 패널에 포함시킨 것을 알려드립니다'라는 이 한 문장에는 나를 불안하게 만드는 단어가 여러 개 포함되어 있었다. 예를 들어 포스트모던이라는 단어가 바로 그것이다. 비록 이 단어는 이미 수십 년 동안이나 돌고 돌아 매우 익숙한 단어이지만, 이 단어의 진정한 의미를 아는 사람은 아무도 없을 것이다. 이 단어를 중심으로 한 대화는 자주 호전적인 으르렁거림으로 끝나게 마련이다. 이 단어를 자신의 논문이나 강연 자료에 사용하는 학자들 중 열에 아홉은 '가능하면 모호한 단어를 사용하며 현명하게 보이기'라는 전략을 바탕으로 자신의 학문적 커리어를 쌓아올린 사람이 분명하다.

나를 불안하게 만든 두 번째 단어는 바로 '신학'이었다. 따져보면 문학이라는 학문 내에서도 신학적 개념을 바탕으로 한 지류 학문이 존재한다. 하지만 신학이라는 단어는 신학자들조차도 깊이 곱씹어본 적이 없는 단어이기에 누군가가 이 단어를 끄집어낼 때면 그들만이 독자적 권리를 가지고 있는 단어라고 생각해 괜한 짜증을 부리곤 한다. '딜레탕트'라는 단어는 이러한 상태를 잘 묘사하는 적절한 단어라고도 할 수 있다.

게다가 페미니스트라는 단어는 또 어떠한가. 이 세상에서 연쇄살인범을 제외하고 나를 두렵게 만드는 것은 페미니스트들밖에 없다. 나 또한 페미니스트임에도 불구하고 말이다. 나는 이론만 들먹거리는 페미니스트와는 거리가 멀다. 예를 들어 나는 매우 오랫동안 남자아이들의 옷을 파는 매장에서 딸아이의 옷을 구입하곤 했다. 반짝거리는 장식과 리본이 달려 있는 꽉 끼는 청바지를 딸아이에게 입히고 싶지 않았기 때문이다. 게다가 일반적으로 사용하는 '여직원'이라든가 '여승무원' 등의 단어 대신 의식적으로 '직원' 또는 '승무원'이라는 단어를 사용하려 노력했으며, '교수'나 '의사'라는 단어를 들을 때면 언뜻 그들이 남자라고 생각하게 되는 일상적인 실수를 하지 않으려 애를 써왔다. 심지어 겨드랑이와 다리의 털을 깎는 일도 자주 하지 않았다. 나의 박사논문조차도 남녀의 성별에 관계된 기본적 인식과 일반적 사고 현상에 대한 인식론을 중요하게 다루고 있다.

그러니 나는 누가 봐도 페미니스트가 분명하다.

하지만 이조차도 충분치 않은 것 같은 느낌이 스치는 건 무엇 때문일까.

어쩌면 내가 충분히 화를 내지 않기 때문일지도 모른다.

정치적으로.

또는 구체적으로 말이다.

어쨌든 나는 그들이 나를 좋아하지 않는다는 느낌에 사로잡혀 있다.

논문 심사관들은 내가 입을 벌릴 때마다 내가 하는 말을 오해했고 경직된 눈빛으로 나를 쏘아보기까지 했다.

"포스트 테홈이라는 말은 무슨 뜻으로 사용하셨습니까?

여기에서 왜 버틀러를 언급하셨는지요? 오히려 브라이도티를 언급하는 게 더 자연스럽지 않았을까요? 귀하는 자주 물이 여성성과 관련 있다고 했는데, 그 이유는 무엇인지 대답해보시겠습니까? 제가 보기에 이것은 꽤 일반적인 실재론의 본질을 언급하고 있을 뿐인데, 혹시 귀하는 스스로를 딜레탕트(여기서 또 딜레탕트라는 말이 나오다니!)라고 생각지 않습니까?"

솔직히 탁 까놓고 말한다면 그들의 질문은 내가 지난 수년간 엄청난 시간과 노력을 들여 연구했고, 덕분에 누구 못지않은 전문적 의견을 담아놓은 내 논문의 주된 논지에서 완전히 벗어난 것들이었다.

테홈.

'거대한 심연' 또는 '끝없이 깊은 구렁, 깊고 깊은 해저'를 의미함과 동시에 '휘젓다, 뒤흔들다, 말살시키다, 파멸시키다' 또는 '혼돈을 야기하다'라는 뜻도 가지고 있는 단어.

성경의 가장 첫머리인 창세기 1장 2절에도 나와 있는 단어. 어둠이 황폐하고 텅 비어 있는 심연을 덮고 있다고 했던가.

어둠이 덮고 있었던 것은 바로 테홈이다.

신의 영은 이 황폐하고 텅 비어 있는 땅 위를 미끄러지듯 배회했다. 하지만 땅은 전적으로 텅 비어 있다고는 할 수 없었다. 그곳에는 이미 무엇인가가 존재하고 있었다.

그것은 직접적인 무無의 전초 현상이라 할 수도 있고, 또는 무의 전초 현상을 포함하는 그 무언가를 의미할 수도 있을 것이다.

완전한 어둠 속에 존재하는 그 무엇.

항상 그곳에 존재해왔으며, 앞으로도 영원히 존재할 그 무엇.

마치 지구를 감싸고 있는 지붕창과 같은 그 무엇.

그것은 기다리고 있었다.

다가올 혼란 또는 완벽한 무의 상태가 이 땅을 지배할 것을 기다리고 있었던 것이다.

테홈에서는 시간을 찾아볼 수 없다.

질서도 찾아볼 수 없다.

선과 악을 가늠하는 잣대도 없다.

그것은 단지 테홈일 뿐.

테홈은 이 세상에서 가장 무시무시하고 두려운 것이라 할 수 있다.

내가 왜 테홈을 주제로 논문을 쓰게 되었는지는 나 자신도 이해할 수가 없다. 어쩌면 내 삶에 질서를 부여하기 위해서였을지도 모른다. 또는 내가 가장 두려워하는 것들과 직접적으로 부딪쳐보겠다는 시도였을 수도 있다.

결과는 뻔했다. 나는 테홈에서 벗어날 수가 없었다. 어딘가에 잠복해서 나를 기다리고 있을 것이라는 의식적인 깨달음은, 현존하는 부재 또는 부재적 현존의 느낌으로 나를 짓밟았다.

때문에 나는 이러한 의식이 내게 가까이 다가오지 못하도록 내 주변에 마법의 보호막을 치는 것으로 대부분의 시간을 소비했다. 연구 작업을 하는 중이든 그렇지 않든 말이다.

　노크 소리를 애써 무시했다. 하지만 노크 소리의 주인공은 문에 걸려 있는 팻말을 읽지 못했는지 끝까지 문을 두드리는 것을 포기하지 않았다.

　"네?"

　나는 여드름이 듬성듬성한 얼굴을 향해 짜증 섞인 말을 건넸다.

　"늦어서 죄송합니다. 연구실을 찾느라 한참 헤매는 바람에……."

　여드름 가득한 얼굴이 대답했다.

　나는 영문을 모르겠다는 듯 멍한 표정으로 연구실을 들어서는 낯선 얼굴을 바라보았다. 그를 문밖으로 다시 내보내려는 순간, 그가 누구인지 깨닫게 되었다. 며칠 전 전화를 해서 『호빗』에 대한 작문 숙제를 한다며 내게 '약간의' 도움을 요청했던 고집 센 고등학생이었다.

　"오전 10시 30분까지 오도록 해요."

　전화를 받으며 나도 모르게 대답을 해버렸던 기억이 났다.

　"하지만 오전 11시에 전화상 회의가 있으니 30분밖에 시간을 낼 수가 없을 것 같네요."

　그와 대화를 하면 할수록 그가 무엇을 원하는지 알아내기가 점점 더 어려워졌다.

"톨킨은 널리 알려진 책을 여러 권 썼잖아요?"

그가 말문을 열었다.

"제가 『호빗』을 선택한 이유는 그 책의 분량이 가장 적기 때문이에요. 제가 용을 좋아하기 때문이기도 하지만……."

"그렇군요."

"그래서 말인데, 교수님의 도움을 받았으면 좋겠어요."

"무엇에 대한 도움이 필요한가요?"

"제 과제를 작성하는 데 도움이 필요해요."

"그러니까 내 말은 구체적으로 무엇에 대한 도움이 필요한지 알고 싶다는 거죠. 과제를 더 잘 이해하기 위해 부수적 도서가 필요한가요? 아니면 톨킨의 '심볼리즘'을 이해하기 위해 도움이 필요한가요?"

"부수적 도서는 무엇인가요?"

나는 한숨을 푹 내쉬었다.

"어디선가 들었는데, 교수님이 『호빗』에 대한 논문을 발표 했다고 하더군요. 인터넷에 확인해보니 정말 그렇게 나와 있었어요."

"내 논문을 읽어봤나요?"

"아니요."

"그렇다면 『호빗』은 읽어보았나요?"

"아니요. 꽤 무거운 책이라서…… 하지만 첫 번째 영화는

봤어요."

11시 5분이 되자 비외르나르가 전화를 했다.

"오!"

나는 안도의 한숨을 내쉬었다.

"전화 회의를 할 시간이 되었어요."

학생은 일어날 기미를 보이지 않았다. 나는 수화기를 귀에 대고 얼른 자리를 비켜달라는 뜻으로 고갯짓을 했다.

"과제물 작성하는 데 행운을 빌게요."

"아마 교수님을 다시 찾아뵙게 될 것 같아요. 그때까지 교수님께서 요점을 정리해주셨으면 좋겠어요. 전화 드릴게요."

"여보세요?"

나는 피곤한 목소리로 비외르나르의 전화를 받았다.

"이건 전적으로 당신 잘못이야. 때에 따라선 단호하게 거절할 수도 있어야 해."

나는 한숨을 쉬었다.

"다시 전화 회의를 해야 한다고 거짓말을 하면 안 될까?"

"그건 안 돼. 난 당신과 다시 가짜 회의를 할 마음이 없다고. 내게 도움이 될 게 하나도 없잖아."

나는 다시 한숨을 쉬었다.

"어쨌든 당신이 시간 맞춰 전화하는 걸 기억하고 있어서 다행이야. 난 그 학생이 오는 것도 깜빡 잊고 있었거든. 그건 그렇고, 오늘 저녁에 아이들의 '친구 모임' 시간에 맞춰서 퇴근할 수 있어?"

"노력해볼게. 난 퀴즈도 만들어야 하잖아. 상품은 당신이 마련하는 걸로 이야기가 되었지?"

"맞아."

아이들의 '친구 모임'은 스리슬쩍 지나갈 수도 있었다. 담임 선생님이 학부모 회의에서 '친구 모임'을 언급했을 때만 하더라도, 여기에 대해 나 말고도 이러한 모임을 반대하는 학부모가 꽤 있을 것이라 믿었다. 하지만 공인중개업을 하는 디나의 아버지가 거만한 말투로 모임의 중요성을 언급하고, 여기에 더해 엠마의 어머니가 학교 내에서의 왕따를 방지하기 위해선 모임이 꼭 필요하다고 덧붙이자, 갑자기 모든 학부모가 한 명도 빠짐없이 찬성하는 쪽으로 분위기가 전환되었다.

그렇게 시작된 아이들의 모임이 우리 집에서 열리게 되었고, 이미 학부모 두 명은 약속 시간 20분 전에 아이들을 대문 앞에 내려놓았다. 아이들은 인사도 하지 않고 거실로 달려들어가 탁자를 사이에 두고 술래잡기 놀이를 시작했다. 다른 아이들이 모두 모이기 전까지 그들은 술래잡기 놀이를 멈추지 않았다. 나는 아이들을 거의 쫓다시피 하며 둥근 식탁 앞에 앉혀놓고 홍두깨와 밀가루, 반죽과 틀을 건넸다.

"성탄절 과자를 굽기엔 이르지 않나요?"

꽁지머리를 정수리까지 올려 묶고 항상 디즈니랜드 만화

영화에 나오는 공주처럼 행동하는 마틸데가 물었다.

"아냐, 그렇지 않아."

"반죽은 직접 만드셨나요?"

"응."

"언제 만드셨죠?"

"어제 오후에."

"오후? 오후라면 정확히 언젠가요?"

"하루 중 좀 느지막한 때지."

"얼마나 느지막한 때인가요?"

"5시."

"낮엔 일을 하러 가시나요?"

"응."

"무슨 일을 하시죠?"

"난 문학과 교수야."

"그게 뭔가요?"

"내가 하는 일은 책과 관련된 일이란다. 책을 읽으며 현명한 생각을 해내려고 노력하고, 가끔은 그 생각들을 적어놓기도 하지. 한마디로 책을 읽고 생각하고 글을 쓰는 일이란다. 그게 바로 내가 하는 일이야."

"아주 지루할 것 같아요."

"음…… 그래……."

침묵.

"난 학생들을 가르치는 일도 해. 대학교에서 말이야."

"뭘 가르치나요?"

"책에 대한 것들이야."

"단지 책에 대한 것들만 가르치나요?"

"응."

"수학은 안 가르치나요?"

"응."

"어쨌든 아줌마는 굉장히 지루한 일을 하는 것 같아요. 나 같으면 그런 일을 하느니 차라리 동물 가게에서 일을 하겠어요."

"그건 그렇고, 네 반죽을 밀어서 평평하게 만들어줄까?"

아이의 반죽은 끈끈하기 짝이 없었다. 나는 밀가루 한 움큼을 반죽 위에 뿌리며 왜 진작 이케아IEKA에서 파는 완성된 반죽을 사지 않았는지 후회했다. 하지만 그것은 원리 원칙을 따르겠다는 순전한 나의 의도 때문이기도 했다. 물론 가끔은 그러한 원리 원칙 때문에 스스로 일을 어렵게 만드는 건 아닌가 하는 의문에 사로잡히기도 한다.

반죽덩이를 홍두깨로 밀어 평평하게 만드는 동안, 아이들은 기다리다 지쳐 식탁 너머로 서로에게 반죽을 던지며 장난을 치기 시작했다.

"반죽을 너무 조그맣게 떼어내는 건 좋지 않아."

나는 조그마한 자투리 반죽을 밀며 말을 이었다.

"틀을 사용해 여러 가지 모양의 과자를 만들려면 반죽을 적당하게 떼어내는 게 좋아."

"아줌마는 난쟁이인가요?"

카이가 뜬금없이 내게 물었다.

"아냐."

"내가 보기엔 난쟁이 같아요. 우리 엄마는 아줌마보다 훨씬 키가 크거든요."

"텔레비전을 볼래?"

"'친구 모임'에서는 텔레비전을 보면 안 돼요."

마틸데가 소리쳤다.

"우리는 함께 시간을 보내면서 우정을 쌓기 위해 모인 거예요."

"괜찮아. 제니의 아빠가 올 때까지만 보는 건 어때? 텔레비전을 보고 난 후엔 퀴즈를 시작하자!"

"팀을 짜서 하는 거예요?"

카이가 신이 나서 물었다.

"아냐, 일대일로 퀴즈 대결을 하는 거야."

"아……."

"하지만 모두 상품을 받을 수 있어."

나는 서둘러 말을 이었다.

"퀴즈 대결에서 1등을 한 사람은 특별한 상품을 받게 될 거야."

"우와!"

아이들은 내 말이 떨어지기가 무섭게 1등 상품이 무엇일지 궁금해하며 재잘거리기 시작했다.

"어쩌면 아이패드일지도 몰라!"

"레오 장난감 가게의 상품권이 아닐까?"

"커다란 과자 봉지일 수도 있어!"

내 머릿속에서 윙윙거리던 소리는 점점 커지기 시작했다. 혹여 집에 있는 물건들 중에서 상품으로 활용할 만한 것이 없을까 생각하다, 앞마당에 회색 자동차가 들어오는 것을 보고 비외르나르를 맞이하기 위해 서둘러 현관으로 달려 나갔다.

"정말 미치겠어."

나는 현관으로 들어오는 비외르나르의 귀에 대고 나직이 속삭였다.

"견딜 수가 없어. 싫어! 아이들도 싫고 다 싫어! 제발 나 좀 도와줘!"

비외르나르는 평소 퇴근을 할 때면 그렇듯 오늘도 얼굴에 미소를 머금고 있었다. 마치 행복해 죽을 것처럼. 고된 하루 일과를 마치고 마침내 가족들과 함께 보낼 수 있는 이 시간은 아무도 파괴시키지 못한다고 믿고 있는 것처럼. 문득, 그의 행복한 순간을 매번 파괴시키는 것은 나라는 생각이 스쳤다. 그가 현관에 발을 들이는 순간, 나는 내 동료들이 얼마나 머저리 같은지, 나의 하루가 얼마나 불행했는지, 또는 차에서 잠든 알바를 깨우기가 얼마나 힘들었는지, 말다툼을 하는 엡바와 제니를 말리는 일이 얼마나 힘들었는지 등등의 불만 가득한 소리를 매일 폭포수처럼 쏟아냈던 것이다.

물론 난 더 나은 사람이 되겠다며 수도 없이 다짐하지만 항상 다짐에 그칠 뿐 실행한 적은 거의 없다.

비외르나르도 잘 알고 있다.

그럼에도 그는 매번 퇴근할 때 얼굴 가득히 미소를 머금고 온다.

"안녕!"

현관까지 뛰쳐나와 품에 안겨오는 알바에게 비외르나르 가 인사를 건넸다.

"알바가 아빠를 마중 나왔구나. 오늘은 특별히 더 예쁜 걸! 이젠 너무 자라서 아빠가 안아주기도 힘들 것 같아! 성탄절 과자는 다 구웠어?"

알바가 진지한 표정으로 고개를 끄덕였다.

"아빠에게 줄 과자도 남겨두었니?"

알바는 고개를 저었다.

"내게 줄 과자가 없다고? 그렇다면 벌을 받아야겠군!"

비외르나르가 알바를 마구 간질이기 시작하자 아이는 소 리 높여 웃음을 터뜨렸다. 거실에 앉아 텔레비전을 보던 아 이들은 궁금해하며 모두 현관으로 몰려왔다.

"내게도 해줘!"

제니가 말했다.

"나도 해줘요!"

카이도 지지 않고 말했다.

"아냐, 너희는 너무 커서 안 돼. 그런데 텔레비전을 보고 있었니? '친구 모임'에선 텔레비전을 보지 않기로 했던 걸로 아는데?"

비외르나르가 나를 곁눈질로 바라보았다.

"잠깐만 봤을 뿐이야."

나는 서둘러 변명을 늘어놓았다.

"그건 그렇고, 이제 피자를 먹으며 퀴즈 대결을 할 거야. 퀴즈 문제는 당신이 만들었지?"

"응."

비외르나르가 자못 심각한 표정을 지으며 말을 이었다.

"그런데 퀴즈 문제가 너무 어려워. 아마 아무도 풀지 못할 거야."

하지만 남편의 농담에 넘어가는 아이는 아무도 없었다. 심지어는 카이마저도 그것이 농담이라는 것을 알고 있었다. 아이들은 눈 깜짝할 사이에 부엌 식탁에 둘러앉았다.

나는 비외르나르에게 모든 책임을 떠넘긴 채 가끔 피자를 아이들에게 가져다주는 일만 하며 최대한 모습을 드러내지 않으려 애썼다. 아이들이 즐거워하는 모습을 보며, 나는 비외르나르를 향한 질투심과 감사한 마음을 동시에 느꼈다.

그는 인간이 무시무시한 존재일 수도 있다는 사실을 전혀 믿지 않는 것 같았다. 그에게 난쟁이냐고 묻는 아이도 없었다.

"누가 이겼니?"

퀴즈 대결이 끝난 후 물어보았다.

"제니가 1등 했어요."

제니가 자랑스럽게 팔을 번쩍 치켜들자 옆에 있던 카이가 제니의 팔을 툭 쳤다. 카이는 속임수를 써서 2등을 차지했음에도 불구하고 말이다.

"아얏!"

제니가 소리쳤다.

"그런데 제니는 1등 상품을 받을 수가 없어. 왜냐하면 그 상품은 제니가 이미 가지고 있는 것이거든. 대신 2등을 한 카이가 상품을 받는 게 어때?"

"예스! 얼른 상품을 주세요!"

나는 제니의 책 몇 권을 카이에게 건네주었다. 제니는 성난 표정으로 팔짱을 낀 채 나를 째려보았다.

"책이잖아? 젠장!"

카이가 불평을 하기 시작했다.

"이런 상품은 필요 없어요."

"내 상품은 어딨어?"

알바가 소리쳤다.

"네게 줄 상품은 없단다."

나는 최대한 부드러운 목소리로 말했다.

"넌 '친구 모임'의 일원이 아니잖아, 그렇지?"

"다른 아이들에게 줄 상품은 마련해놓았어?"

눈썹을 치켜뜨며 내게 질문을 던진 비외르나르는 울고 있는 알바를 안아 올리며 달래는 동시에 마르쿠스의 허벅지를 툭툭 치는 카이에게 주의를 주었다.

"근처 슈퍼마켓에 가서 상품이 될 만한 것을 사 오는 게 어때? 알바를 달랠 만한 조그만 상품도 같이 사."

그가 내게 말했다.

"나도 다른 언니 오빠들과 똑같은 상품을 받고 싶어!"

"알았어, 알았어. 똑같은 상품을 줄게."

"그런데 슈퍼마켓에서 뭘 사야 하지? 상품이 될 만한 게 없을 텐데……. 과자 봉지를 사 올까? '친구 모임'에선 군것질도 금지되어 있는 것으로 아는데?"

"어쨌든 당신이 알아서 해결해!"

몇 시간 후 녹초가 된 나는, 옆으로 비스듬히 누워 벌린 입술 사이로 침을 흘리며 자고 있는 알바를 가만히 바라보았다. '친구 모임'에 참가했던 아이들은 각자 과자 한 봉지씩을 상품으로 받은 후 모두 집으로 돌아갔다. 아니나 다를까, 마틸데의 어머니는 생일 파티도 아닌 일상적 모임에서 군것질 거리를 받아온다는 것을 이해할 수 없다는 내용의 문자메시지를 내게 보내왔다.

나는 알바의 뺨에 묻은 침을 닦아주고 조심스레 침대로 옮겨 눕힌 후 발소리를 죽여 아이의 방을 빠져나왔다.

"그 집 앞으로 잠깐 산책을 다녀오는 게 어때? 다녀와선 와인 한잔을 하는 것도 좋겠지?"

나는 싱크대 앞에 서서 과자 틀을 헹구고 있는 비외르나르에게 제안했다.

"첫 번째 질문에 대한 대답은 노, 두 번째 질문에 대한 대답은 예스."

"에이…… 그러지 말고…… 잠깐 바람도 쐴 겸 나갔다 오자, 응?"

"피곤해."

"부탁할게, 응? 난 오늘 하루 종일 오로지 그 생각만 하고 있었단 말이야."

"그렇다면 당신만 나갔다 오면 되겠네."

"혼자 가긴 싫어. 잠깐만 나갔다 오자, 응? 가서 바깥 부분만 한번 슬쩍 보고 온 다음에 오픈 하우스에 갈지 결정해도 되잖아? 오픈 하우스는 토요일에 있을 예정이래."

그가 한숨을 푹 내쉬었다.

"알았어."

우리는 아이들의 침실로 함께 올라갔다.

"잠시 밖에 나가서 산책하고 돌아올게. 우리가 돌아올 때까지 책을 읽든지 잠을 자든지 하렴. 아빠가 휴대폰을 가져가니까 무슨 일이 생기면 전화해."

"오디오북을 들어도 되나요?"

제니가 물었다.

"난, 오디오북 싫어!"

엡바가 반항했다.

"오디오북을 들어도 좋아. 하지만 엡바에게 방해되지 않
도록 소리를 한껏 낮춰서 들으렴. 알바가 잠에서 깰지도 모
르니까."

제니가 진지한 표정으로 고개를 끄덕였다. 나는 아이의 맑
디맑은 푸른 눈동자를 보며 다시 바늘에 꿴 실 한 오라기가
심장 한가운데를 관통하는 듯한 느낌을 가졌다.

우리는 목도리와 두꺼운 외투로 중무장을 하고 소리 없이
집을 나섰다. 나는 항상 저녁 공기가 살갗에 닿아오는 느낌
을 좋아했다. 시원한 저녁 공기를 들이마시면 엉망진창으로
보냈던 하루의 찌꺼기들이 모두 씻겨나가는 것 같았기에 다
시 상쾌한 하루를 시작할 수 있을 것 같았다.

나는 비외르나르의 손을 살며시 잡았다. 우리는 세상 속으
로 가볍게 발걸음을 내디뎠다. 우리가 무엇 때문에 집을 나
섰는지도 잊고 있는 순간, 비외르나르가 발을 멈추고 손가락
으로 무언가를 가리켰다.

그가 가리킨 것은 집이었다. 환하게 불이 켜진 그 집을 보

는 순간, 나는 숨이 멎을 것만 같았다.

내 직감은 틀림이 없다는 것을 확신했다.

그 집은 바로 우리의 운명이었다.

의심의 여지라곤 조금도 없었다. 내 눈앞에는 앞으로 우리의 보금자리가 될 집이 서 있었다. 올해, 내년뿐만이 아니라 돋보기안경이 있어야 신문을 읽을 수 있고 침대 옆 램프 불을 끄기 전에 물컵에 틀니를 넣어두어야 할 만큼 나이가 들 때까지 살게 될 우리의 집!

"우리 집이야!"

"부동산 중개업자가 알려준 예상 가격보다 훨씬 높아질 것 같군."

비외르나르가 말을 이었다.

"우리 능력으로는 어림도 없을 것 같아. 어쨌든 꽤 근사한 집이라는 건 인정해."

"우리 집이라고!"

"우리 집은 아냐."

그가 내 말에 토를 달았다.

"근사한 집이라는 건 확실하지만……."

우리는 한참 동안 말없이 그 자리에 서 있다가 언덕길을 내려가기 시작했다. 부엌 창문을 통해 설거지를 하는 여인의 모습을 볼 수 있었다. 그녀의 등 뒤로는 따스한 불빛이 비추어 내렸다. 그 모습을 보니 마치 인테리어 잡지에 나오는 사진 같다는 생각이 스쳤다. 현실에서는 존재하지 않는 집. 믿을 수 없을 정도로 아름다운 집.

동화나 소설에서나 나옴직한 것들을 원한다는 것은 위험하기 그지없는 일이다. 내 머릿속에는 아예 시작도 하지 않는 게 좋을 것이라는 경고의 메시지가 슬금슬금 고개를 들기 시작했다. 너무 욕심을 부리면 안 돼. 필요 이상으로 태양 가까이 날아가면 몸이 타버리는 불행이 따를 거야. 하지만 나는 여느 때와 마찬가지로 이번에도 내 머릿속에 자리를 잡아 오는 경고의 메시지가 뿌리를 내리기 전에 모두 뽑아버렸다.

8

주말이 가까워질수록 나의 의심스런 생각들은 점점 틀이 잡히기 시작했다. 지금 우리가 살고 있는 이 집은 제대로 된 집이 아니라는 생각. 사방의 벽은 무르고 취약한데도 불구하고, 우리는 이 벽이 우리를 물리적으로 보호해줄 수 있는 복잡다단하고 튼튼한 벽이라 상상하며 살고 있는 게 아닐까.

우리가 이 집을 구입했던 것은 완전히 잘못된 결정이었다.

우리는 스스로에게 거짓말을 하며 억지로 만족감을 갈구했던 건 아닐까.

상상 속의 생각들이 틀을 잡아가기 시작하자 뒤돌아갈 곳은 보이지 않았다.

어두컴컴한 동굴 속에서 발목을 잡고 있던 쇠사슬을 풀어내고 햇살이 내리쬐는 바깥세상으로 발을 디딘 이상, 동굴 속으로 되돌아간다는 것은 있을 수 없는 일이 되어버린다.

동굴 속의 그림자는 단지 그림자에 불과하다.

진실과 빛은 동굴의 반대편에 존재한다.

그렇다면 이젠 뒤돌아보지 않고 앞으로 나아갈 일만 남아 있다.

노크 소리가 들렸다.

"네? 들어오세요!"

문을 살짝 열고 고개를 들이미는 잉빌을 보며, 나는 속으로 한숨을 내쉬었다.

"5분 정도…… 시간을 낼 수 있나요?"

그녀는 눈치를 보듯 느릿느릿 말했다.

"사실 그 정도의 시간을 내기도 쉽지 않아요. 20초는 어때요? 괜찮겠어요?"

그녀는 미소를 지으며 손님용 의자에 앉았다.

"학부 개편과 구조조정에 대해서 말인데요……."

잉빌이 조심스레 말문을 열었다.

"저는 이번 개편을 받아들일 수 없다고 생각합니다."

"우리가 선택할 수 있는 문제가 아니라고 생각하는데요?"

"물론! 우리가 선택할 수 있습니다! 우리는 개편에 반대하는 교직원들의 모임을 만들었습니다. 일종의 노조가 되겠죠."

"무엇에 반대하는 모임인가요?"

"학부 개편……."

"어떤 식으로 반대 입장을 피력할 생각인가요?"

"그건 지금 당장 제가 답변할 수 있는 게 아니라고 생각합니다. 다음 주 월요일에 여기에 대해 회의를 할 예정입니다."

"회의에는 누가 참석하죠?"

"수강 과목 개편에 반대하는 교직원들입니다."

"그래요?"

"때문에 지금 제가 이 자리에서 무슨 말을 하든, 그건 저의 개인적인 입장에 불과할 뿐입니다."

"그런가요?"

그녀는 침묵을 지키며 한동안 가만히 앉아 있었다.

"나를 찾아온 건 노조원이 되어달라고 부탁하기 위해선가요?"

"아니에요."

"좋아요. 어쨌든 이번 개편은 대학 이사회에서 이미 결정을 내린 사안이기 때문에 몇 명의 교직원이 반대 입장을 피력한다고 해서 결과가 달라질 수는 없다고 생각해요."

"정말 그렇게 생각하시나요?"

나는 한숨을 내쉬었다.

"당신이 말하는 교직원들의 모임에서 주창하는 요점은 도대체 뭔가요?"

"이미 말씀드렸지만 이번 개편에 반대하는 거죠."

나는 눈을 반쯤 지그시 감은 채 그녀의 둔감하고 무기력하게까지 보이는 얼굴을 자세히 살펴보았다. 오늘은 양 갈래로 땋은 머리를 볼 수 없었다. 대신 여러 가지 보라색 톤이 섞인 스카프가 그녀의 목을 둘러싸고 있었다. 귀에도 평소와 달리 긴 진주 귀걸이 대신 보라색 귀걸이가 달려 있었다. 보아하니 오늘은 외모에 꽤 많이 신경 쓴 것 같았다. 나는 그녀의 눈물겨운 노력에 연민의 감정마저 느낄 지경이었다. 어쩌면 나는 지금까지 그녀에게 필요 이상으로 모질게 대했을지도 모른다는 생각이 스쳤다.

"그건 그렇고, 페터도 프랑크와 함께 상트페테르부르크로 간다고 하더군요."

나는 목소리에 호의와 관심을 담뿍 담아 그녀에게 말을 걸었다.

순간, 잉빌이 너무나 힘차게 움찔하는 바람에 그녀가 항상 가녀리고 느릿느릿하다는 나의 선입견은 한순간에 사라져 버렸다.

"당신이 그 자리에 앉아 내게 혹독한 질문을 퍼붓고, 내 등 뒤에서는 온갖 음모와 책략을 꾸미는 것을 내가 모를 줄 알았나요?"

"그게 무슨 말이죠? 나는 음모와 책략과는 전혀 관계없는 사람이에요! 나는 단지 당신에게 호의를 전하고 싶었을 뿐이라고요! 더욱이 나는 지금 당신이 왜 나를 찾아왔는지도 모르고 있어요! 말이 나왔으니 말인데, 왜 나를 찾아왔나요?"

"시간이 지나면 알게 될 거예요."

"좋아요."

"흥!"

그녀는 연구실을 나서며 문을 소리 내어 쾅 닫으려 했지만, 그 문이 항상 그랬듯이 문틀에 걸려 나직하고 묵직한 소리를 내며 천천히 닫히는 바람에 원하는 것을 얻지 못했다.

9

토요일은 젖은 잔디 위로 내리쬐는 화창한 가을 햇살과 함께 시작되었다. 비외르나르는 아침 일찍 일어나 크로아상을 구웠다. 나는 식탁 위에 신문과 커피 한 잔을 올려두고 갓 구운 크로아상에 딸기잼을 발라 늦은 아침식사를 했다. 제니와 엡바는 거실 바닥에 누워 그림을 그렸고, 알바는 소파에 앉아 오디오북을 듣고 있었다.

햇살이 스며든 집 안은 꽤 아늑한 분위기를 자아냈다.

"도저히 안 되겠어."

비외르나르가 혼잣말처럼 중얼거리며, 신문을 내려놓고 나를 바라보았다.

"너무 비싸. 게다가 시간이 지나면 생각지도 못했던 문제가 하나둘 생겨날 거야. 끈기 있게 기다리다 보면 우리에게 적당한 새집도 찾을 수 있을 거라고 확신해. 지은 지도 얼마

되지 않고, 우리가 봤던 집보다 훨씬 더 좋은 위치에 있는 집 말이야. 그 집은 거의 시내 중심에 있잖아. 우리가 거기로 이사 가면 알바는 언니들과는 다른 학교로 전학을 해야 될 거야. 그렇다면 모두들 너무 힘들지 않겠어?"

그의 시선 속에서 나는 하마터면 그의 말에 동의한다고 말할 뻔했다. 새로운 집으로 이사를 가는 건 항상 위험 부담이 있게 마련이라고 말이다. 어쩌면 우리는 가지고 있는 모든 것을 잃어버릴지도 모른다. 우리가 익숙하게 여겨왔던 화목하고 안정감 있는 가정, 낯설지 않은 일상의 소리들마저 잃어버릴 수 있다는 생각이 스쳤다. 또 새로운 이웃이 예의 바르고 친절한 사람들일 것이라 장담할 수도 없지 않은가.

어쨌거나 새로운 보금자리를 찾아 이사를 간다는 것은 두려운 일임에 틀림없다. 새로운 집에서의 삶이 지금보다 더 나아지리라는 보장도 없다. 어쩌면 지금보다 나빠질 수도 있을 것이다. 아주 많이.

우리 가족의 삶이 현재의 집에 근거를 두고 있다는 것을 모르는 사람은 없다. 사람들은 흔히 집의 개축 공사가 부부 간의 이혼으로 이어질 확률이 높다고 말한다. 그러니 새집을 찾아 이사 가는 일이 이혼으로 이어지지 않는다는 확신도 없지 않은가? 어쩌면 특정한 집이 아닐 경우 한집에 사는 사람들의 인간관계가 틀어질 수도 있을 것이다. 그렇다면 그곳을 떠날 경우 가족 간의 인간관계를 보듬어주는 집의 마법적인 역할마저도 버리고 떠나야 된다는 말이 아닌가?

물론 이러한 생각들은 미신과 다를 바 없는 헛된 망상에 불과하다. 하지만 솔직히 나는 이것들이 망상에 불과하다고 장담할 수가 없었다.

더욱이 비외르나르는 나와 비교할 수 없을 정도로 현실적인 사람이다. 따라서 그가 예상하는 문제점들도 상당히 현실적이라 할 수 있다.

하지만 언덕 아래 환한 불빛 속에 잠겨 있던 그 집의 인상은 너무나 강렬하기만 했다. 우리도 언젠가는 나이를 먹을 것이다. 물론 지금은 젊고 건강하지만 언젠가는 나이를 자각할 때가 올 것이다. 그때, 우리에게 필요한 것은 진정으로 아늑하고 편안한 집이다. 널찍하고 튼튼하며 보금자리라 이름 붙이기에 전혀 모자람이 없는 공간 말이다.

"당신, 혹시 엡바가 얼마나 자주 창고에 혼자 앉아 있는지 알아?"

나는 넌지시 비외르나르에게 말을 걸어보았다.

"오후만 되면 베개를 들고 창고 선반 사이에 앉아 책을 읽거나 그림을 그려. 가끔은 아이패드를 들여다보기도 하지. 왜 그런지 알아? 이 집 안에서 엡바가 혼자만의 시간을 만끽할 수 있는 공간이 없기 때문이야."

"창고가 되었건 어디가 되었건 혼자 있을 수 있으니 된 거 아냐?"

"그렇게 말한다면 나도 할 말은 없어. 하지만 그곳은 창문도 없고 어두컴컴한데다 비좁기 그지없어. 게다가 제니는 친구들을 집으로 데려오지 않아. 친구와 단둘이 앉아 있을 공간이 없기 때문이야. 우리 집은 바로 그런 공간이야. 우리는 아침부터 저녁까지 함께 있을 수밖에 없어. 오직 우리만."

"우린 함께 있는 걸 좋아하잖아."

"물론 그렇긴 하지만, 가끔은 선택을 할 수 있는 여유를 갖는 것도 좋다고 생각해."

그는 한숨을 쉬며 신문을 읽던 눈을 들어 올렸다.

"좋아. 정 그렇다면 당신 혼자 가. 당신도 알다시피 난 오픈 하우스를 좋아하지 않아."

"하지만 나 혼자 집을 보고서 어떻게 결정을 내려? 함께 가자, 응? 시간이 많이 걸리진 않을 거야. 산책한다고 생각하고 잠깐 다녀오는 것도 좋을 거야. 햇살도 이렇게 화창하니 자전거를 타고 가는 건 어때?"

그는 다시 한숨을 쉬었다. 결국 우리는 알바를 데리고 자전거로 오픈 하우스까지 가기로 결정했다. 친구들과 노느라 정신이 없던 제니와 엡바는 집 구경을 간다는 사실이 영 탐탁지 않은지 집에 남아 있겠다고 했다.

언덕 아래에 자리한 집이 가까워지자 가슴이 마구 벌렁거렸다. 집은 마치 우리를 환영하는 듯 햇살을 머금고 반짝반짝 빛을 발하고 있었다. 나는 어느새 성대한 성탄절 파티를 여는 내 모습과, 대문 앞에서 신발에 묻은 흙을 툭툭 털고 들어서는 손님들을 상상하고 있는 나를 발견했다. 오랜 시간 동안 익힌 거위 요리와 보글보글 끓고 있는 소스 향, 그리고 온갖 이국적인 향이 마법처럼 은은하게 퍼져 있는 집을 상상하긴 어렵지 않았다.

동시에 내 가슴속에서 자라는 설명할 수 없는 불안감도 지울 수가 없었다. 코앞에 닥친 일과 부딪쳐 어떤 식으로든 결정을 내려야 한다는 불안감이었다. 이것은 내 속에 잠자고 있던 테홈적인 에너지를 깨우는 역할을 했다. 지금까지 가능하면 남들의 눈에 띄지 않으려 있는 듯 없는 듯 조심스레 살아왔기에 나의 테홈적인 에너지조차도 휴지기를 가졌던 것이리라.

문득, 바로 이 순간 얼마나 많은 사람들이 이 집에 눈독을 들이고 있을까 하는 데 생각이 미치니 나의 불안감은 점점 더 커졌다. 인테리어 블로거들과 오일 산업의 부흥으로 벼락부자가 된 이들, 인테리어 건축가들과 카페 주인들의 관심이 몰릴 것은 두말할 나위도 없었다. 이 집을 손에 넣기 위해 유명 브랜드인 '베르간'이나 '카리 트로'에서 생산한 캐나다 거위털 외투마저도 포기하려는 사람들이 줄을 설 것이다. 나를 더욱더 불안하게 만든 것은 힘들이지 않고 집을 매입한 후 필요한 경우 수리나 개축 공사마저도 할 수 있는 현실적인 부자들이 존재한다는 사실이었다.

"왜 한숨을 쉬었어?"

비외르나르가 말을 걸었다.

"인테리어 블로거들 말이야……."

나는 자전거에 앉아 있는 알바를 안아 올리며 말을 이었다.

"오픈 하우스에 많이 올 것 같아. 요즘은 셰비 칙(새 가구를 고풍스런 멋이 나도록 페인트칠을 다시 하는 등의 인테리어 디자인 용어 - 옮긴이)이 유행이잖아."

"두고 보면 알 거야."

그는 알바를 받아 안으며 말했다.

"어쩌면 두 눈으로 직접 보고 난 후엔 집이 마음에 들지 않을 수도 있잖아."

나는 코를 훌쩍거렸다. 대문 앞에 이르는 진입로에 나란히 진열된 커다란 화분에는 푸른빛과 보랏빛이 감도는 수국들이 자리하고 있었다. 그것들을 보는 순간 다시 형언할 수 없는 불안감이 등줄기를 타고 스멀스멀 올라왔다. 부동산 중개업자 광고 사이트에서 보았던 사진보다 훨씬 아름다웠다.

우리는 신발을 벗고 거실로 들어갔다. 알바는 비외르나르의 손을 뿌리치고 탁자 위 초콜릿이 가득 담긴 그릇을 향해 뛰어갔다.

"논스터!"

알바는 논스톱 초콜릿을 커다랗게 한 줌 쥐어 입으로 가져가며 소리쳤다.

"안 돼, 알바! 그건 먹으면 안 돼! 그건 장식품이란 말이야!"

나는 알바를 나무랐다.

"내가 아이를 볼게. 당신은 집을 한번 둘러보고 와."

비외르나르가 나를 진정시켰다.

나는 고개를 끄덕이며 식당과 거실이 연결된 공간으로 발을 옮겼다. 그곳에는 담당 부동산 중개업자가 나이 지긋한 여인 두 명과 대화를 하고 있었다. 그중 한 명은 우아한 식탁 옆에 자리를 잡고 앉아 있었고, 다른 한 명은 부엌문 앞에 서 있었다. 두 명 모두 인테리어 블로거와는 상관없는 사람들처럼 보여 안도감이 생겨났다.

"우리 딸이 며칠 있으면 집으로 와요."

식탁 옆에 앉아 있던 여인이 말을 이었다.

"그날, 개인적으로 집을 한 번 더 둘러볼 수 있을까요?"

"문제없습니다. 그런데 오퍼가 이미 들어왔답니다. 월요일까지 집이 팔리지 않는다면 집을 한 번 더 볼 수 있을 거예요."

갑자기 숨이 막히는 것 같아 비외르나르를 찾았다. 그는 얼굴에 초콜릿을 가득 묻힌 알바를 안고 벌써 집에 가려는지 현관으로 나가고 있는 중이었다.

"초콜릿이 맛있었니?"

낯선 목소리가 들려왔다.

고개를 돌려보니 조금 전 부엌문 옆에서 보았던 여인이 비외르나르 앞에 서 있었다.

"아이들에겐 세상에서 가장 맛있는 음식이죠."

비외르나르는 알바가 샹들리에로 손을 뻗칠 수 있도록 높이 안아 올리며 말했다.

여인은 입꼬리를 올리며 미소를 지은 후 주머니에서 작은 병을 꺼내 한 모금 마셨다.

"목감기 약이에요."

여인이 나를 돌아보며 말을 이었다.

"요즘 감기 때문에 고생이랍니다."

나는 입을 앙다물고 비외르나르에게 몸을 돌렸다.

"위층으로 가서 한번 둘러보는 건 어때?"

"논스터를 더 먹을래."

알바가 비외르나르에게 손을 뻗었다.

"먼저 가. 난 뒤따라갈게."

그가 말했다.

카펫을 깔아놓은 계단에 발을 올리니 따스하고 부드러운 기운이 느껴졌다. 2층에 자리한 침실 세 개는 이케아 카탈로그에서나 볼 수 있는 정갈한 방이었다.

수리를 하기 위해 엄청난 시간과 돈을 들인 것이 분명했다. 우리 부부에겐 생각도 할 수 없는 일이었다. 줄무늬 벽지, 예쁜 새 무늬로 장식된 벽지, 아름다운 손잡이가 달린 내장형 옷장, 짙은 갈색의 바닥재, 작은 타일로 장식한 욕실, 호텔에서나 볼 수 있는 넓적하고 큰 샤워기.

2층에서 여기저기 둘러보고 있으려니 곧 비외르나르의 어깨에 앉아 있는 알바의 초콜릿 범벅이 된 얼굴이 눈에 들어왔다.

"논스터를 모두 먹은 거야?"

아이는 만족스런 표정으로 고개를 끄덕였다. 문득, 아이의 옷차림이 너무나 너저분하다는 생각이 스쳤다. 알바는 유치원의 진흙탕에서 1주일 내내 사용했던 장화를 그대로 신고 있었고, 양모 스웨터에는 구멍이 나 있었으며, 재킷 아래로 보이는 두 다리는 내복 차림이었다. 이곳으로 데려오기 전에 치마나 바지를 입혔어야 했다는 생각이 들었다. 적어도 깨끗한 옷으로 갈아입혔어야 했는데…… 지금의 옷차림이라면 잠옷이나 오버롤을 입혀 데려오는 것과 다를 바가 없었다.

솔직히 내 옷차림도 자랑할 만한 것은 아니었다. 낡고 펑퍼짐한 바지에는 무릎에 구멍이 나 있었고, 회색 H&M 재킷에는 단추가 두 개나 떨어져 있었으며, 머리는 감지도 않은 채 헐렁한 꽁지머리로 묶고 있었기 때문이었다.

우리의 옷차림은 멋이라곤 전혀 찾아볼 수 없었고 너저분하기까지 했다.

좋은 점도 없지 않았다. 집을 보러 온 사람들이 우리를 경쟁자로 볼 이유가 없었으니까.

이것을 깨달은 사람은 나밖에 없었다.

부동산 중개업자가 우리에게 인사도 건네지 않았던 것은 전혀 이상한 일이 아니었다.

그는 분명 속으로 실망하고 있을 것이 틀림없었다. 집을 보러 온 사람이 대리인 한 명, 알코올중독자 한 명, 가난한 한 가족으로 이루어져 있다면 집을 팔 수 있는 가능성도 크지 않을 것이다. 어쩌면 그는 속으로 그 많던 인테리어 블로거들은 다 어디로 갔는지 궁금해할지도 모른다. 사실 나도 그 점이 궁금하긴 했다.

"다락문은 어디 있을까?"

나는 비외르나르에게 물어보았다.

"이것일 것 같은데?"

그가 작은 벽장문을 잡아당기니 비좁은 계단 하나가 나왔다.

나는 숨이 멎을 것만 같았다. 벽장처럼 생긴 출입문이라니! 내 말이 맞았어! 이 집은 절대 평범한 집이 아냐! 미래와 또 다른 세상에 대한 혜안을 담은 문. 이곳에서는 그 어떤 일도 일어날 수 있을 것 같았다. 어쩌면 이 집은 더 큰 마법의 보호막을 가지고 있는 집이 아닐까? 햇살을 향한 출구?

심장이 더욱 세게 뛰기 시작했다. 나는 이 집이 우리 집이 될 수 없을지도 모른다고 생각하며 침착해보려 애를 썼다. 하지만 내 머릿속의 또 다른 목소리는 우리가 이 집에 살 운명이라고 소리 높여 말하고 있었다. 이건 우리가 우리에게 주는 선물이야! 돈? 우리도 돈이 있잖아! 비외르나르가 밤낮으로 일을 하는 이유도 돈을 벌기 위해서잖아? 남편과 함께 사는 이유가 뭔데?

그는 2층 침실을 둘러보고 있었다.

"창문에서 보이는 경치가 너무 좋지? 이런 곳에서 잔다고 생각해봐."

나는 비외르나르에게 다가가 말을 건넸다.

"이 창문은 꽤 오래된 것 같아."

그가 창틀을 만지작거리며 말을 이었다.

"바꿔야 할 것 같아. 전부. 그러려면 돈이 많이 들 거야."

"음……."

나는 건성으로 대답했다.

나는 꿈을 꾸는 듯한 기분으로 계단을 내려왔다. 지하층으로 내려가 낯선 한 가족과 맞닥뜨리는 순간, 경쟁이 더욱 심해졌다는 것을 깨달았다. 매우 짧은 옆머리에 긴 앞머리를 뒤로 잘 빗어 넘긴 헤어스타일의 남자는 짙은 색의 파커 점퍼와 그에 잘 어울리는 바지를 입고 있었다. 꼭 끼는 바지를 입은 여자는 펠트 재질의 스웨터 위에 커다란 스카프를 두르고 있었다. 두 사람 옆에 서 있는 금발의 곱슬머리 노부인은 회색빛이 감도는 분홍색 재킷과 역시 같은 색의 레깅스를 입고 있었고, 매우 깨끗하고 예쁜 가죽 부츠를 신고 있었다.

"여긴 소파가 들어갈 자리가 없을 것 같아."

여인이 남편을 향해 말했다.

"벽을 옮기면 안 될까?"

그가 벽을 쿵쿵 쳐보았다.

"판자벽이군. 쉽게 옮길 수 있겠어. 주방도 확장시키고 싶어. 조리대와 식탁을 한 중앙에 섬처럼 배치하고, 조리대 상판은 대리석 느낌이 나는 복합재료로 꾸밀 생각이야."

진지한 표정으로 고개를 끄덕이는 여인을 보며, 나는 입을 쩍 벌릴 수밖에 없었다. 그들은 석유 때문에 벼락부자가 된 사람들이 틀림없었다. 엔지니어 또는 그래픽디자이너일 가능성도 컸다. 그들이 집을 사면 다락문의 손잡이부터 떼어낼 것이고, 또 다른 세상으로 향하는 문은 반대편에서부터 잠겨버릴 것이다. 마법의 보호막도 사라질 것이다. 어쩌면 영원히 사라져버릴지도 모른다.

공황 상태에 빠진 나는 비외르나르를 향해 급히 몸을 돌리다가 서른도 채 안 된 부부와 부딪혔다. 여인은 임신 중이었다.

"앗, 미안합니다."

나는 멋쩍은 미소를 건넸지만, 그들은 나를 본 척도 하지 않았다.

"아이들을 위해 따로 만들어놓은 공간이 있어서 참 기능적이라는 생각이 드는군요."

여자는 손가락으로 따옴표를 그리며 말했다.

"아이들의 친구가 오면 지하실로 들어오는 문을 이용하면 되잖아."

남자가 덧붙였다.

나는 코웃음을 쳤다. '아이들을 위한 공간'이라…… 그들이 이 집을 사면 집 안 곳곳에 부모의 역할에 대한 책을 수백

권, 아니 수천 권이나 꽂아놓을 것이라는 생각이 스쳤다. 게다가 내가 보기엔, 이 집을 사기엔 그들이 너무 어려 보였다. 첫아이를 낳기도 전에 이런 집으로 이사를 오는 사람은 없다. 첫아이를 기다리는 젊은 부부는 아파트나 작은 정원이 딸린 연립주택에서 삶을 시작하는 게 일반적인 법칙이 아니었던가. 이처럼 거대하고 오래된 빌라는 꿈도 꾸지 말라고 말하고 싶었다. 벼락부자 부부도 마찬가지였다. 도대체 그들은 이처럼 많은 공간을 어떻게 활용할 생각일까? 내장형 옷장? 와인 창고?

속이 부글부글 끓어오르기 시작했다. 정말 이 바보 같은 사람들은 이 집이 내 집이 될 것이라는 걸 모르고 있단 말인가? 나와 비외르나르, 엠바와 제니, 그리고 알바의 집. 우리 집!

문득, 왔던 집으로 되돌아가야 한다는 사실을 깨달으니 견딜 수가 없었다. 신문을 앞에 두고 크로아상을 먹으며 아침을 시작했던 조용하고 평화로운 기분은 어디론가 사라지고 없었다.

심호흡을 하며 마음을 가라앉혀야 한다고 혼잣말을 하고 있을 때, 비외르나르가 다가와 내 팔을 잡아끌었다.

"집을 다 둘러봤어?"

"응, 그런 것 같아."

"그렇다면 우리 집으로 돌아갈까? 오퍼 리스트에 이름을 올려놓는 걸 잊지 마."

"정말이야?"

"응, 일단 이름을 올려놓자."

나는 너무나 기뻐 부동산 중개업자와 노부인이 대화를 하고 있는 거실로 가기 전, 급히 비외르나르에게 입맞춤을 했다.

부동산 중개업자는 물론 노부인조차도 내가 들어왔다는 것을 알아차리지 못했다. 하지만 상관없는 일이었다. 결국 이 집의 주인은 우리가 될 테니까. 벼락부자 부부도 다른 세상으로 향하는 마법의 다락이 존재하는 이 집으로 이사 올 생각은 아예 하지 않는 것이 좋을 것이다.

"우리가 오퍼를 낼 수 있는 최대 금액을 얼마로 생각하고 있어?"

자전거를 타고 집으로 돌아갈 때 나는 비외르나르에게 슬쩍 물어보았다.

"부동산 중개업자가 제안하는 적정가격을 많이 넘기지 않는 게 좋을 것 같아. 한번 계산해볼게. 그런데 월요일 날은 하루 종일 법정에 있어야 해. 우리가 제안할 수 있는 최대 금액을 미리 정해놓으면 당신이 오퍼를 넣으면 되잖아."

"좋아! 그렇게 하지 뭐."

나는 환호하지 않을 수 없었다.

10

월요일 아침, 나는 연구실 문 앞에 다시 '시험 중'이라는 팻말을 걸어놓고 책상에 앉아 일을 하는 척했다. 마침내 내게 전화를 걸어온 부동산 중개업자는 이미 여러 차례 반복되었던 전화 통화 때문에 흥미를 잃은 듯 메마르고 건조한 목소리로 말을 시작했다.

"오퍼를 넣으실 건가요?"

"그럴 생각이에요. 벌써 실질적인 오퍼가 들어왔나 보죠?"

"하나 들어왔어요. 685만 크로네입니다."

"얼마나 오랫동안 그 가격을 유지하고 있었나요?"

"이 가격은 정오까지 변동이 없었습니다."

나는 그 가격을 넘어선 오퍼가 들어오면 당장 내게 전화를 해달라고 부탁했다. 불과 5분 후, 그가 다시 전화를 걸어왔다.

"방금 710만 크로네의 오퍼가 들어왔습니다."

"뭐라고요? 그렇게나 많이……? 현재 오퍼 경쟁에 참여하는 사람이 여러 명인가요?"

"그렇습니다. 처음으로 오퍼를 넣었던 분도 다시 오퍼를 넣을 거라고 하더군요. 고객님 의향은 어떠하신지요?"

"그 가격에서 5만 크로네를 더한 가격으로 재오퍼를 넣겠습니다."

나는 전화를 끊자마자 비외르나르에게 보낼 문자메시지를 작성하기 시작했다.

'715만 크로네로 오퍼 넣었어. 앞으로 진행 상황은 수시로 알려줄게.'

비외르나르와 나는 이미 최대 725만 크로네까지 오퍼를 넣고, 그 가격에서 넘어가면 손을 떼기로 약속한 터였다.

"그 가격을 넘어가면 생활하기가 어려워져."

우리는 예산을 세 번이나 반복해서 검토한 후 이러한 결정을 내렸다.

"그 가격을 넘어서게 되면 예상치 못했던 각종 수리비 등을 지불하기가 쉽지 않아. 그 집은 겉으로 보기엔 그럴듯해 보였지만, 사실은 거의 100년이나 된 집이라는 걸 기억해야해. 그러니 여기저기 생각지도 못했던 공사비나 수리비가 들어가게 될 거라고."

비외르나르에게 미처 문자메시지를 보내기도 전에 부동산 중개업자로부터 경쟁자가 10만 크로네를 더 얹어 재오퍼를 넣었다는 연락이 왔다. 나는 그 가격에서 다시 5만 크로네를 더해 오퍼를 넣고, 급히 은행의 인터넷 사이트에 들어가 융자금과 이자액 등을 산출하는 프로그램을 돌려보았다. 어느 정도의 여유가 더 있는지 확인해보기 위해서였다. 하지만 화면에 보이는 천문학적인 숫자는 내게 추상적으로만 다가왔고, 현실적으로 나와 무슨 관계에 있는지도 알 수가 없었다.

부동산 중개업자가 다시 전화를 걸어왔을 때, 나는 아무 생각 없이 덜컥 10만 크로네를 더 얹은 금액을 말해버렸다. 비외르나르와 약속한 금액을 훨씬 벗어난 금액이었다. 어쩌면 수리할 곳이 하나도 없을지도 모르는 일 아닌가. 비외르나르는 모든 일에 필요 이상으로 신중한 편이다. 이제 우리의 앞날은 내 손에 달린 셈이었다.

그런 식으로 얼마간의 시간을 보냈다.

나도 나름대로 계산을 해보고 머리를 쥐어짜보았다.

다시 어느 정도 시간이 흐르자 내 머릿속은 덧셈과 뺄셈도 할 수 없을 정도로 뒤죽박죽되어 있었다.

부동산 중개업자가 전화를 해서 축하의 말을 건넸을 때, 나는 그가 무슨 말을 하는지 이해할 수 없을 정도로 멍한 상태였다.

"많은 분이 오퍼에 참여하셨습니다만, 대부분은 이미 예산에서 10만 크로네나 초과한 상태라 포기하셨습니다. 따라서 그 집은 이제 고객님의 소유가 되었습니다."

나는 오퍼를 넣을 때마다 제안했던 금액을 적어놓은 종이를 내려다보았다. 하지만 750만 크로네를 넘어서면서 종이 위의 숫자들은 알아보기 힘들 정도로 휘갈겨져 있었다. 언뜻 그것들은 숫자가 아니라 호빗을 그린 그림 같다는 생각이 스쳤다.

나는 부동산 중개업자에게 내가 마지막으로 넣은 오퍼 금액이 얼마인지 물어볼까 고민했다.

결국 그것은 생각에 그치고 말았다.

"부동산 인계 일자를 지금 결정하시겠습니까, 아니면 계약서를 쓸 때 결정하시겠습니까?"

"잘 모르겠네요. 제가 다시 전화를 드리는 건 어떨까요?"

"좋습니다. 그렇게 하시죠."

전화를 끊은 나는 책상에 엎드려 생각이라는 것을 해보려 애를 썼다.

도대체 내가 마지막으로 오퍼를 넣은 금액이 얼마였지?

머릿속은 텅 비어 있었다. 내가 기억하는 마지막 금액은 725만 크로네였다. 하지만 종이에는 750만이라는 금액이 적혀 있었다. 너무나 큰 금액이었다. 문제는 그 금액이 이미 꽤 오래전에 내가 제시한 금액이라는 사실이었다. 기억하기 힘들 정도로 오래전에 말이다.

나는 부동산 중개업 사무소에 전화해서 내 이름이 안네 운드헤임이라고 소개한 후 그 집이 팔렸는지, 또 팔렸다면 얼마에 팔렸는지 알고 싶다고 말했다.

"글쎄요, 저는 확실히 아는 게 없습니다."

전화를 받은 비서가 말을 이었다.

"원하신다면 담당자 분에게 연결해드리겠습니다."

"아닙니다, 괜찮습니다."

나는 서둘러 말을 이었다.

"그런데…… 살짝 물어봐주시면 안 될까요?"

"알겠습니다. 잠시만 기다려주세요."

침묵.

"820만 크로네라고 합니다."

나는 숨을 들이쉬고 내쉬는 데 집중했다.

숨을 쉬는 것은 무엇보다도 중요하다. 나의 뇌는 생존을 위해 산소를 필요로 하니까.

그래서 나는 숨을 들이쉬었다.

그리고 숨을 내쉬었다.

다시 숨을 들이쉬고.

다시 숨을 내쉬고.

12시가 되자 비외르나르가 전화를 했다.

"휴식 시간이야. 오퍼는 시작되었어?"

"응."

"어떻게 진행되고 있지?"

"이미 끝났어."

"벌써 끝났다고?"

"응."

"그래? 낙찰 금액은 얼마래?"

"820만."

"820만?"

그가 웃음을 터뜨렸다. 나는 그가 고개를 절레절레 흔드는 모습을 보고 있는 것만 같았다.

"그 금액에 집을 사겠다는 사람도 있구나……. 구매자가 돈을 넉넉하게 가지고 있길 바랄 뿐이야. 그건 그렇고, 오퍼 경쟁에는 몇 명이나 참여했지?"

"세 명뿐이었어."

"세 명? 당신은 얼마나 오래 경쟁에 참여했어?"

"오랫동안……."

"얼마나 오래?"

"끝까지."

"끝까지?"

"응."

"당신이 마지막으로 제시한 오퍼 금액은 얼마였지?"

나는 숨을 멈추었다.

"여보?"

"응."

"당신이 제시한 오퍼 금액이 얼마였냐고 물었어."

"뭐라고?"

"당신이 제시했던 오퍼 금액."

"820만."

침묵이 흘렀다.

"그렇다면…… 그 집을 산 사람이 우리란 말이야?"

"축하한다고 말해야겠지……?"

"잉그리! 당신, 지금 농담하는 거지?"

"아냐."

그가 전화를 끊었다. 나는 울기 시작했다.

2분 후, 그가 다시 전화를 했다.

"밖에 나와서 전화하고 있어. 당신, 도대체 무슨 짓을 한 거야?"

"나도 몰라. 도박에 빠져버린 것 같은 기분이야."

"이게 도대체 무슨 상황인지 알고 있어?"

"난……."

"수리를 할 곳이 있어도 돈이 모자라 못한다는 뜻이야. 예상치 못한 비용이 생겨나면 지불할 능력도 안 되고, 휴가 여행을 갈 돈도 없어. 당장 애들에게 겨울옷이나 스키, 또는 자전거를 사줄 돈도 없다는 말이야. 당신, 지옥 같은 삶이라는 말을 들어봤어?"

"응……."

"이제 그건 우리의 삶이 될 거야!"

"소리 지르지 마."

"난 소리 지르고 싶을 때 얼마든지 소리 지를 수 있는 사람이야! 그건 내 자유라고!"

"알았어."

정적이 흘렀다.

"이제 가봐야 돼."

그가 마침내 말을 이었다.

"5분 후에 다시 법정에 들어가야 돼. 당신은 은행에 전화해서 당신이 오늘 무슨 짓을 했는지 잘 설명해주길 바라."

"혹시 당신이 하면……."

"싫어."

"알았어. 내가 전화할게. 미안해."

다시 정적이 흘렀다.

"위 아 더 월드?"

"관둬!"

나는 하루 종일 컴퓨터 앞에 앉아 화면만 들여다보았다. 화면 속에 보이는 글자를 이해하기는 쉽지 않았다. 'finn.no'에도 한번 들어가보았다. 우리가 보았던 집의 사진 옆에는 팔렸다는 표시의 노란색 깃발이 붙어 있었다.

침을 꿀꺽 삼켰다. 눈물이 방울방울 떨어져 내렸다.

동시에 인터넷의 집 사진을 차례차례 넘기다 보니 형언할 수 없는 기쁨이 조금씩 생겨나기 시작했다. 이젠 이 모든 것이 우리 것이라는 생각 때문이었다. 비록 매일 죽만 끓여 먹고 벼룩시장에서 중고품만 구입해야 할지라도 멋진 정원과, 아이들만을 위한 공간과 다락방이 있는 집에서 사는 사람은 바로 우리가 될 테니까.

하지만 그간 야단법석을 떠느라 조용히 있던 내 속의 테홈을 깨웠을지도 모른다는 생각은 추호도 못했다.

어쨌든 가장 중요한 것은 그 집이 우리 집이 되었다는 사실이었다. 우리 집. 나이를 먹어 각자의 물컵에 틀니를 넣을 때까지 함께 살 수 있는 우리 집. 세상에서 이보다 더 기쁜 일이 있을까.

비외르나르의 차가 대문 앞 진입로에 이른 시각은 오후 6시였다. 첫째와 둘째딸은 각자 아이패드를 들여다보느라 정신이 팔려 있었고, 알바는 텔레비전의 어린이 프로그램을 보고 있었다. 나는 현관에 서서 그가 들어올 때까지 기다렸다. 나를 발견한 그는 시선을 내리깔고 가까이 다가오지 말라는 듯 손을 저었다.

"피곤해. 지금은 아무 말도 하고 싶지 않아."

"꼭 말을 해야 할 필요는 없어."

"도대체 무슨 생각으로 그런 짓을 한 거야?"

"나도 모르겠어. 숫자가 너무 많기도 했고…… 내가 따라갈 수 없을 정도로 빨리 진행되었단 말이야. 종이에 적어놓고 나름대로 계산도 해보려 했지만……."

그는 고개를 절레절레 저으며 아무 말도 하지 않았다.

"가만히 생각해봤는데…… 오퍼 경쟁에 참여했던 사람들에게 전화를 해서 마지막으로 넣었던 오퍼 금액으로 집을 인수할 생각은 없냐고 물어보는 건 어떨까? 최종 금액과의 차액은 우리가 메꾸는 것으로 하고 말이야."

"그렇게 해야 할지도 몰라. 한번 계산해볼게. 하지만 지금은 너무 피곤해서 아무것도 못하겠어."

"우리가 집을 사는 것도 나쁘진 않을 것 같지? 따져보면 그게 최선일 것 같기도 해."

"솔직히 따진다면 우리에게 무엇이 최선이 될지 고려하는 건 당신 능력 밖의 일인 것 같아."

"아니…… 그건 그렇고, 오늘 법정에서의 일은 어땠어? 잘했어?"

"점심시간 이후엔 도무지 집중을 할 수가 없었어. 아니, 도대체 당신은 무슨 생각으로 그런 짓을 한 거야?"

"난, 단지……."

"우린 이미 약속했잖아, 그렇지? 도대체 우리가 뭘 약속했던 거지?"

"알아, 하지만 난 우리가 살 집에 다른 사람들이 들어와 사는 걸 원치 않았다고! 이해하지? 적어도 잘난 척하던 벼락부자 부부에게 그 집을 뺏기긴 싫었어. 그 사람들은 보나마나

아우디를 타고 다닐 거야. 아이들만의 공간이 어쩌고저쩌고
하던 젊은 부부도 마찬가지야."

나는 가능한 한 순진한 표정을 지어 보였다.

그는 한숨을 푹 내쉬었다.

"와인 한잔할까?"

"우리에게 와인을 마실 경제적 여유가 있다고 생각해?"

"하지만 와인은 벌써 사놓았는데……."

"좋아. 애들이 잠자리에 든 후에 다시 이야기해보자. 난 우
선 뭘 좀 먹고 샤워도 해야겠어. 일단 혼자 있고 싶어."

나는 이 집 안에서 혼자 있는 건 불가능하다고 말하고 싶
었다. 그게 바로 이 집의 문제라고. 하지만 나는 아무 말도 하
지 않고 거실에 있는 아이들에게 발길을 돌렸다. 저녁이 되
자 비외르나르는 혼자 부엌에서 종이를 앞에 두고 무언가를
계산하고 있었다. 그로부터 한 시간쯤 후 우리는 와인 잔을
앞에 두고 거실 소파에 앉았다. 나를 바라보는 그의 눈빛은
마치 내가 저능아가 아닌가 하는 의문을 담고 있는 것만 같
았다.

"도대체 당신이 무슨 생각을 하는지 알다가도 모르겠어."

그가 말문을 열었다.

"어쨌든…… 이제 우린 어떡하지?"

"당신은 앞으로 어떤 일도 혼자 결정하지 않았으면 좋겠어."

나는 슬그머니 시선을 돌렸다.

"일을 좀 적게 해보려고 생각했는데 그것도 마음대로 안 되는군."

"그게 무슨 말이야? 직장 일을?"

"그냥 그렇다는 말이야. 내가 원하든 원하지 않든."

"같이 집을 봤던 그 노부부에게 전화를 해볼까?"

"일단 이렇게 된 거, 1년만 살아보자. 너무나 빠듯해서 도저히 안 되겠다 싶으면 그때 가서 집을 팔아도 돼. 그 기간 동안 집값이 떨어지지만 않는다면 좋겠어."

나는 소리 내어 웃고 싶었다. 하지만 입 밖으로 나온 것은 가느다란 개구리 울음소리를 닮은 한숨뿐이었다.

"대신 이 집을 파는 일은 당신이 책임지고 해. 부동산 중개업자, 가격 감정, 사진, 이삿짐, 청소 등등 모두 당신이 알아서 하라고. 어떻게든 생활을 하려면 난 밤낮없이 일을 해야 하니까. 당신은 부동산 중개업자와 매매 서류를 작성하는 데 들어가는 비용은 생각지도 않았지?"

나는 어깨를 축 늘어뜨리고 무슨 말인가를 하려고 입을 벌렸지만, 그는 내게 기회도 주지 않았다.

"만약 미안하다는 말을 하려 했다면 그냥 잊어버려. 지금부터는 모든 일을 당신이 알아서 하고, 이 집이 팔리면 내게 말해줘. 그게 바로 내가 원하는 거야. 다음에 또 이런 일이 닥치면 그때는 우리가 약속했던 것을 지키겠다고 약속해줘."

"하지만 우린 옥션에 참여하는 데 동의했잖아."

"당신은 우리가 동의했던 가격에서 100만 크로네나 더 얹어서 오퍼를 넣었어."

"내가 다른 여자들처럼 비싼 속옷을 사 모으지 않는 게 참 다행이라고 생각하지 않아?"

"뭐라고?"

"지금 내가 입고 있는 내복은 15년 전에 브릿레일에서 산 거야. 일단은 거기서 돈을 절약한 셈이잖아?"

"지금 농담할 여유가 있어? 당신 때문에 우린 파산 직전에 이르렀어. 알기나 해?"

나는 고개를 끄덕이며 와인 한 모금을 들이켰다. 목구멍을 넘기기가 쉽지 않았다.

"난 자러 갈게. 너무 피곤해."

"나도 자러 갈 거야. 혹시나 궁금해할까봐 말한 거야."

나는 남은 와인을 마저 들이켜고 심하게 소용돌이치는 나의 내면의 소리에 귀를 막아보려 안간힘을 썼다.

11

신문을 읽고 있던 비외르나르는 고개를 들고 도대체 내가 무슨 말을 하고 있는지 모르겠다는 눈빛을 던졌다.

"아이들에게 새집을 샀다고 말해야 되지 않겠어?"

나는 했던 말을 반복했다.

"아, 그거……? 당신 좋을 대로 해."

그는 피곤한 목소리로 대답했다.

나를 바라보는 아이들의 눈빛에는 기대감이 잔뜩 서려 있었다. 마치 레고랜드에 갈 것이라는 말이나, 아이폰을 선물로 주겠다는 말을 예상하고 있는 것만 같았다.

"아빠랑 엄마는 이혼하기로 했어."

나는 한참 뜸을 들인 후에 말문을 열었다.

도대체 나는 무슨 생각으로 그런 말을 했을까. 어쨌든 나는 그런 말을 해도 아이들이 심각하게 받아들이지 않을 거라고 예상했다. 그건 우리끼리만 통하는 비밀스런 농담 같은 것이라고만 여겼던 것이다. 물론 비외르나르와 내가 이혼한다는 것은 있을 수 없는 일이었다. 비록, 나 때문에 가정이 파산 지경에 이르렀다 할지라도 말이다. 하지만 엡바와 제니의 표정을 보는 순간, 내가 잘못 말했다는 것을 깨달았다. 무슨 일이 있어도 하지 말았어야 하는 말을 했던 것이다.

"뭐라고요?"

엡바가 소리쳤다. 나는 아이의 아랫입술이 바들바들 떨리는 것을 볼 수 있었다.

"엄마 아빠가 이혼한다고요?"

제니가 천천히 또박또박 되물었다.

"당신 미쳤어?"

비외르나르가 등 뒤에서 소리쳤다.

나는 소리 내어 웃어보려 했지만, 내 입에서 빠져나오는 소리는 개구리 울음을 닮은 작은 비명뿐이었다.

"엄마 아빠는 이혼하지 않아."

비외르나르가 아이들에게 차근차근 말하기 시작했다.

"엄마가 너희에게 하고 싶었던 말은 바로, 지난 주말에 구경했던 집을 사기 위해 네 엄마가 우리에게 있는 돈 없는 돈을 다 끌어모아 써버렸다는 거야. 어쨌든 우린 이혼하지 않을 거야. 이혼할 돈도 없단다. 우린 곧 새집으로 이사 갈 거야. 모두 함께. 석 달 내로 말이지."

"짠!"

나는 두 팔을 양옆으로 활짝 펼치며 소리쳤다.

"이젠 너희도 각자 방을 가질 수 있어. 정말 기대되지 않니?"

아이들은 말없이 바닥만 내려다보았다.

"우린 이혼하지 않는다고!"

나는 다시 말했다.

"농담을 해보려 시도했는데 잘 먹히지 않았어. 너희 아빠와 나는 이 세상 누구보다도 서로를 더 위하고 아낀단다. 그렇지 않아요, 여보?"

"솔직히 말하면 지금 바로 이 순간엔 당신을 사랑하는 마음이 조금 약해진 것 같기도 해."

"하지만 평소엔 아주 많이 사랑하잖아."

"정신 차려, 여보!"

그는 신문을 내려놓으며 말했다.

"이제 나가봐야겠어."

"난 이사 가고 싶어."

제니가 말을 이었다.

"그런데 어디로 가는 거야?"

"지난 주말에 너희 아빠, 알바와 함께 둘러보았던 빨간 집으로 이사 갈 거란다. 새집으로 가면 지금보다 훨씬 좋을 거야. 그렇지, 알바? 알바?"

"네?"

알바는 아이패드에서 눈도 떼지 않은 채 말했다.

"네가 초콜릿을 먹었던 집, 기억나니? 우린 그 집으로 이사 갈 거란다. 기대되지 않니?"

"난 초콜릿이 좋아."

"그것 보렴. 알바도 좋아하잖아."

나는 내 멋대로 결론을 내렸다.

비외르나르는 허리를 굽혀 엡바를 끌어안았다.

"엡바, 다 잘될 거야. 아쉽게도 아빠는 지금 나가봐야 한단다. 함께 나갈까? 내가 학교까지 태워다줄게. 엄마는 알바를 유치원에 데려다준 후에 지금 우리가 살고 있는 이 집을 팔기 위해 일을 해야 한단다. 아주 높은 가격에 팔아야 하기 때문에 그래."

"문제없어!"

나는 얼마 전 옆집의 매매를 담당했던 부동산 중개업자에게 전화를 걸었다.

"네, 그 집은 너무 넓어서 소수의 고객만 특별한 관심을 보였던 것으로 기억합니다. 반면 귀하의 집은 적당한 크기라 시장성이 있을 것 같군요."

"그렇군요. 혹시 매매를 원하는 고객의 연락처를 직접 받을 수 있을까요? 중개업소를 거치지 않고 직접 거래를 하고 싶어서 그래요. 중개업소를 거치면 절차가 너무 복잡해서 그렇답니다. 직접 하면 돈도 절약하고 스트레스도 덜 받을 것 같아서……."

중개업자는 나직이 소리 내어 웃었다.

"그건 불가능합니다. 절차는 따라야 하니까요. 하지만 원하시면 제가 가서 한번 둘러볼까요? 어디 보자…… 지금 당장도 가능합니다만…… 만나 뵙고 좋은 가격을 드릴게요. 어떠세요?"

"좋습니다."

20분 후, 멀버리 핸드백을 든 그녀가 초인종을 눌렀다.

"이 집을 제가 팔아드릴게요."

그녀가 내 눈을 빤히 바라보며 말을 이었다.

"만족하시리라 장담합니다. 지금 당장 계약할까요?"

"남편과 먼저 상의해봐야겠어요."

"아, 그러시군요. 감히 말씀드리건대, 다른 중개업자와 거래를 하면 만족하실 수 있을 것이라 확신할 수가 없어요. 전이미 계약서에 필요한 내용을 모두 적어왔답니다. 여기, 여기, 그리고 여기에 서명만 하시면 돼요."

"아, 네…… 솔직히 우린 집을 하루빨리 팔아야 하긴 해요……."

그로부터 두 시간 후, 내 손에는 서명이 끝난 계약서와 감정사 및 사진사와의 약속 시간이 적힌 쪽지가 쥐어져 있었다. 다음 날부터는 실질적으로 집을 보러 오는 이들에게 문을 열어주어야만 했다. 문득, 첫아이를 낳았을 때처럼 내 주변의 세상이 온통 엡바의 똥과 구토물로 뒤범벅된 것 같은 느낌이 스쳤다.

약간의 공허함과 우울한 느낌도 함께 다가왔다.

차를 타고 출근길에 올랐다. 버스정류장에 앉아 있는 필리핀인 보모를 발견한 나는 얼른 교차로에서 방향을 틀고 버스정류장 앞에 차를 세웠다.

"안녕하세요!"

나는 차창을 열고 소리쳤다.

"태워다줄까요?"

그녀는 조금 주저하더니 조심스레 고개를 끄덕였다. 나는 상체를 뻗어 조수석의 문을 열어주고 자리에 흩어져 있는 코 묻은 휴지 조각과 과자 부스러기를 얼른 털어냈다.

"가족들과 연락이 닿았나요?"

그녀는 고개를 끄덕였다.

"다행히 무사하답니다."

"좋은 소식이군요! 정말 잘되었어요. 저도 덩달아 기분이 좋아지네요."

내가 기분이 좋아졌다는 말은 사실이었다. 그날 아침 일찍 집을 찾아온 사진사는 집 안 여기저기의 사진을 찍은 후 '스타일이 좋은 집'이라고 말했으며, '집을 매우 쉽게 팔 수 있을 것'이라고 덧붙였기 때문이었다.

"위치도 좋고 관리도 아주 잘되어 있어요. 넓이도 적당한데다 매매가격도 합리적으로 설정해놓아서 금방 팔릴 거예요."

나는 그가 했던 말을 마치 소중한 보물이나 되는 양 내 가슴속에 잘 숨겨두었다.

게다가 필리핀인 보모의 가족도 무사하다고 하니, 내 주변에 흐르는 우주의 좋은 기운을 느낄 수 있는 것만 같았다. 시작이 좋으면 끝도 좋다 하지 않았던가. 그날 아침은 좋은 일만 생기는 세상으로 들어가는 문이나 다름없었다. 집을 팔고, 새집에 마법의 보호막을 만들고, 비외르나르가 다시 내게 애정을 가지는 아름다운 세상 말이다.

그간 내 안에서 쌓여온 온갖 두려움과 근심은 농담처럼 여겨졌다. 지나친 자신감만은 아니리라. 내 속의 심연을 건드린 것은 아무것도 없었다.

그것은 세상이 내게 주는 선물이었다.

12

집을 보러 사람들이 방문하는 날이 다가왔다. 나는 사흘이나 샤워를 하지 않은 상태였고, 내 삶은 이삿짐을 어떤 식으로 챙길 것인지에 대한 생각만으로 채워져 있었다. 어떤 물건을 새집으로 가져가고 어떤 물건을 남겨둘지, 풍수지리설에 근거했을 때 새집에는 가구와 장식품을 어떻게 배치하는 게 좋을지, 어떤 식으로 대청소를 하면 가장 효과적일지, 집을 보러 오는 사람들에게 좋은 인상을 주기 위해 꽃 장식에 어느 정도의 돈을 써야 할지 생각하다 보니, 내 삶에서 선물이라 생각했던 것과 짐이라고 생각했던 것을 구별할 수조차 없을 정도였다.

어쩌면 그건 내가 최근 지속적으로 저혈당과 수면 부족에 시달렸기 때문일지도 모르는 일이었다. 동시에 나의 내면에서는 끊임없는 파장이 일고 있었다. 나는 마치 전기에 감전

된 것만 같은 그 느낌을 점멸시킬 수 있는 버튼도 찾을 수 없었다.

왜냐하면 내 삶의 모든 것은 완벽해야 하니까.

특히 지난 며칠 동안은 소위 전문가라 자처하는 사람들이 텔레비전이나 라디오에 출연해 부동산 거품이 빠질 것이라는 예견을 내놓고 있었다. 도대체 이런 전문가들은 지금까지 어디 있다가 하필이면 지금 나오는지 이해할 수가 없었다. 그들은 한번 입을 열기 시작하면 말을 멈추지 않았다.

"지금 여러분이 할 수 있는 최악의 선택은 바로 부동산을 매수하는 일입니다. 앞으로의 상황은 더욱 악화될 것으로 예측됩니다. 눈 깜짝할 사이에 부동산 가격이 10~20퍼센트 하락하더라도 놀라운 일이 아닙니다."

운전 중이던 나는 라디오를 꺼버렸다.

"심장병이 생긴 것 같아요."

의사를 찾아간 나는 이렇게 말했다.

"심장 부근에서 통증이 멈추지 않아요. 마치 누군가가 쇠집게로 내 심장을 꽉 조이는 것만 같아요. 숨을 쉬기도 힘들고, 허리를 쭉 펴기도 힘들어요. 그래서 늘 구부정한 자세를 유지할 수밖에 없어요."

"혈압은 정상입니다."

의사가 말을 이었다.

"하지만 비타민 B12가 많이 부족하군요. 영양제를 맞는 게 좋을 것 같습니다."

영양제를 맞은 후에도 심근경색 증상은 사라지지 않았다. 집을 보러 온 사람은 모두 일곱 명밖에 되지 않았음에도 말이다.

오퍼를 넣은 사람도 없었다.

"왜 아무도 오퍼를 넣지 않았는지 이해할 수가 없어요."

나는 전화에 대고 불평을 늘어놓았다.

"명단에 이름을 올린 사람은 꽤 많았는데 말이죠."

"그건 시장이 결정하는 거예요."

"그게 무슨 말인가요?"

"시장성이 없으면 오퍼도 들어오지 않는다는 말이에요."

"그렇다면 다른 집은 시장성이 있다는 말인가요?"

"그건 상황에 따라 달라지겠죠."

"좀 더 자세히 설명해주세요."

"시장성은 상당히 선별적으로 작용한답니다."

"선별적 시장이라고요?"

"맞습니다. 인내심을 가지고 조금 더 기다려보시죠. 상황이 더 악화되면 가격을 내려보는 것도 한 방법이 될 수 있을 것 같군요."

나는 두 손으로 머리를 감싸 쥐고 멍하니 앉아 있었다. 노크 소리가 들리더니 문틈으로 프랑크의 머리가 쑥 들어왔다.

"'시험 중'이라는 팻말을 못 봤나요?"

나는 여전히 두 손으로 머리를 감싸 쥔 채 책상을 내려다보며 말했다.

그는 팻말을 확인하려고 문을 끌어당겼다.

"못 봤어요. 그런데 지금 시험 중인 게 맞나요?"

"아니에요. 들어오세요."

지난 몇 주 동안 턱수염을 길러온 프랑크는 마치 늑대에게 입양되어 자란 사람처럼 보였지만, 나는 그 말을 입 밖으로 내뱉을 힘조차 없었다. 그는 새로 사귀는 애인이 턱수염을 원한다고 주장했지만, 그의 애인은 오직 그의 머릿속에서만 존재하는 사람이라는 것은 누구나 다 알고 있는 사실이었다.

"아쉽지만 지금은 대화를 할 수가 없어요."

나는 여전히 책상에 대고 말했다.

"곧 시험이 시작될 거예요. 베르겐에서 진행되는 시험에 감독관으로 임명되었거든요. 비디오 감독관……."

"제가 보기엔 필요 이상으로 자주 시험 감독관 업무를 맡으시는 것 같군요. 어쨌든 잘 알겠습니다. 저도 오늘은 애인과 만날 약속이 있기 때문에 일찍 퇴근할 생각이에요."

"잘되었군요."

"그녀는 릴레산 출신이에요."

"그렇군요."

"시장분석가예요."

"아, 그래요?"

잠시 침묵이 흘렀다.

"집은 팔았나요?"

그가 한참 뒤 조심스레 말문을 열었다.

"아직."

"오퍼는 받았나요?"

"아뇨."

"누가 오퍼를 넣을 거라고 말씀하시지 않았나요?"

"그러기로 했는데, 생각을 바꿨나 봐요."

"왜죠?"

"욕실의 바닥 타일이 마음에 들지 않나 봐요."

"그들이 어떤 바닥재를 원하는지 아시나요?"

"저도 몰라요."

"앞으로의 계획은요?"

"시장이 결정한다고 하니 기다려봐야죠. 하지만 부동산 시장은 워낙 선별적이라……."

"다시 집을 보기 위해 사람들이 오기로 했나요?"

"화요일로 잡아놨어요. 같은 골목에 사는 이웃도 집을 내놓았어요. 공교롭게도 그 집과 같은 날 오픈하게 되었어요."

"집 스타일도 같은가요?"

"네."

"어이쿠, 큰일 났네……."

나는 그제야 그를 올려다보았다.

심장 언저리가 따끔따끔하게 아파오기 시작했다. 지금까지 느꼈던 통증과는 비교도 안 될 만큼 강한 것이었다. 나는 얼른 팔에도 통증이 있는지 확인해보았다. 의사는 팔에도 통증이 느껴지면 심근경색이 거의 확실하다고 말했다.

"이제 나가야 해요. 강의가 있어서."

"구두시험 감독을 맡았다고 하지 않았나요?"

"물론 그것도 함께."

"제가 러시아에 가게 될 거라는 말은 들었나요?"

"거기에 애인이 사나요?"

"아니에요. 이미 말씀드렸지만, 제 애인은 릴레산에 살고 있어요."

"아, 그렇군요."

"대학의 국제화 세미나……."

"그게 뭐죠?"

"바로 그것 때문에 러시아에 가게 되었어요."

"나도 알아요."

"러시아의 상트페테르부르크 국립대학과 협력 프로그램을 조성하기 위한 사절단의 일원으로 선정되었어요. 국제화에 대한 저의 광범위한 지식 때문이라 생각합니다만."

"페터와 잉빌도 함께 가는 것으로 알고 있는데요?"

"맞습니다. 하지만 그들의 지식은 저와 비교할 수 없어요.

페터는 단지 이전에 러시아에 가본 적이 있다는 이유로 합류했고, 잉빌은…… 솔직히 말하자면 왜 사절단에 포함되었는지 저도 이해할 수가 없어요. 학문적 소양의 깊이도 없고 양자 협력 방안에 대한 지식도 전무한 터라……."

"오이 베이Oy vey(경악, 실망, 애통함 등을 표현하는 감탄사. 이디시어로, 유대인들이 주로 사용한다 – 옮긴이)!"

"무슨 뜻이죠?"

"아…… 내가 사절단에 포함되지 않아서 기쁘다는 마음을 표현했을 뿐이에요."

"사절단의 일원은 아무나 되는 게 아니에요."

"물론 그렇겠죠. 그건 그렇고, 난 이제 정말 가봐야 돼요."

나는 프랑크를 문밖으로 밀어내고 문을 잠근 후, 총총걸음으로 걷기 시작했다. 내가 러시아에 가지 않아도 된다는 사실에 감사할 뿐이었다.

10분 후, 세미나실로 용도를 변경한 화학 실험실에서 고약한 냄새를 맡으며 라캉Jacques Lacan(프랑스의 철학자이자 정신분석학자 – 옮긴이)의 존재론 개론을 강의할 때도 감사한 마음은 가시지 않았다.

"실존하는 것은 말이나 생각 속에 국한되지 않습니다. 욕망이나 트라우마처럼 설명하거나 분류할 수도 없습니다. 테홈도 그 예가 될 수 있겠지요. 헨리 제임스의 단편소설 「실제와 똑같은 것」에서 볼 수 있는 것들, 예를 들어 미처 글로 써

내려가지 못했던 편지들, 미처 입 밖에 내어 말하지 못했던 것들, 모든 혼과 유령들을 떠올리면 이해하기가 더 쉬울 것입니다."

학생들은 두 부류로 나뉘어져 있었다. 그 하나는 금방이라도 의자에서 떨어질 듯 비스듬하게 앉아서 휴대폰을 찾고 있었고, 다른 하나는 내가 했던 말을 거의 이해하는 듯했다. 그 상황에서 나는 무슨 말을 하면 학생들이 금방 허리를 쭉 펴고 학기말 강의에 귀를 기울일지 너무나 잘 알고 있었다.

오, 잉그리! 나의 잉그리! 우리의 고통스러운 여정은 끝이 났소.

배는 온갖 태홈을 뚫고 전진했으며, 우리는 마침내 삶의 포상을 받았다오.

그것은 꿈의 시나리오라 해도 과언이 아니었다. 내게서 선견과 통찰력을 부여받은 학생들이 완전한 이해력을 구비하는 순간, 교육자로서의 내 삶에는 황금의 빛줄기가 내리쬘 것이다. 이 배의 선장은 바로 나이며, 나는 궁극의 목표에 닿기 위해 이들을 이끌고 힘든 여정을 해왔으니까.

삶을 바꿀 만한 통찰력. 근본적인 이해력.

나는 학생들에게 모든 것을 다 쏟아부었다. 선별적인 부동산 시장에 대한 생각들을 한쪽에 제쳐두고, 나는 칠판에 형상을 그렸고 이해 불가능한 문자를 끄적였다. 얼마간 시간이 흐르니, 라캉의 불가해한 이론과 헨리 제임스의 예는 완벽한 공생 관계를 이루고 있는 것처럼 여겨졌다. 이들은 서로의 그늘에 빛을 던져주며 형태를 자아내기 시작했다. 문득, 온몸에서 열이 펄펄 나는 것만 같았다. 크게 소리를 지르고 발을 쿵쿵 구르며 강의를 하던 나도 갑작스런 깨달음을 얻은 것 같았다. 마치 승리를 눈앞에 둔 전사가 된 기분이었다.

강의가 끝나갈 무렵, 이전에는 단 한 번도 수업 시간에 입을 열지 않았던 한 학생이 손을 번쩍 드는 것을 보고 나는 기쁘고 뿌듯해서 어쩔 줄을 몰랐다. 마치 땀을 뻘뻘 흘리며 결승 지점에 막 도착한 스키 선수처럼 상기된 얼굴로, 나는 기대감을 가득 담아 손을 든 학생을 지목했다.

"학생?"

그는 챙모자 아래로 나를 바라보며 잠시 뜸을 들였다. 나는 벌써 그가 무슨 말을 하려는지 알 것 같은 기분이었다. 오, 잉그리! 나의 잉그리!

"이만하면 오늘의 마인드퍽은 충분한 것 같은데요……"

강의실에 정적이 흘렀다. 마인드퍽? 마인드퍽이라니? 나는 내 귀를 의심하지 않을 수 없었다.

나는 침을 꿀꺽 삼키며 느닷없이 목구멍을 치고 올라오는 극심한 공포감을 억지로 누르고, 그를 훈계할 수 있는 말이나 상황을 부드럽게 만들기 위한 농담을 해보려 재빨리 머리를 굴렸다. 이 배의 선장은 나라는 사실을 증명하고, 비록 학기말 수업이긴 하지만 여전히 내 말에 귀를 기울일 수 있는 시간은 남아 있다는 것을 말하고 싶었다. 무엇이든 내가 할 수 있는 말을 빨리 떠올려야만 했다.

하지만 아무것도 생각나지 않았다.

"좋습니다."

내 목소리는 가녀린 비명처럼 들렸다.

"다음 주 같은 시간에 만나도록 합시다."

학생들은 나와 눈을 마주치지 않으려 모두들 바닥만 내려다보며 강의실을 나섰다. 입을 여는 학생은 아무도 없었다.

저녁을 먹으며, 나는 그날 있었던 일을 비외르나르에게 이야기해주었다.

"마인드퍽은 무슨 뜻이에요?"

제니가 물었다.

"그건 누군가의 머릿속을 마구 헤집어놓는다는 뜻이야."

"그게 엄마가 직장에서 하는 일인가요?"

"아냐!"

"엄마가 직장에서 하는 일은 뭔가요?"

"책을 읽고, 그 책에 대한 글을 쓰고, 그 책에 대한 것들을 다른 사람들에게 가르쳐준단다."

"우리 몸속에 파리가 살고 있나요?"

알바가 뜬금없이 끼어들었다.

"아냐, 그렇지 않아."

비외르나르가 대답했다.

"자리에서 일어나도 되나요?"

"응."

비외르나르는 설거지를 하고, 나는 식탁 위를 말끔히 정리했다.

"마인드픽이라니!"

나는 다시 불평을 늘어놓기 시작했다.

"아직도 학생에게서 그런 말을 들었다는 게 믿기지가 않아! 그것도 라캉을 이야기하고 있는데 말이야! 난 라캉을 매우 훌륭하게 설명할 수 있는 사람이라고! 나보다 라캉에 대해 더 나은 강의를 할 수 있는 사람은 없어! 헨리 제임스도 마찬가지야! 난 헨리 제임스 전문가라고!"

다시 몸이 떨리기 시작했다. 내 몸 어딘가에서 이 떨림을 멈출 수 있는 버튼을 찾을 수만 있다면.

비외르나르는 내가 한 말에 전혀 귀를 기울이지 않는 것 같았다. 그는 싱크대 앞에 구부정하게 서 있었다. 나는 그런 그의 모습을 보는 것이 즐겁지 않았다. 그건 그가 무언가에 대해 걱정하고 있다는 뜻이기도 했으니까. 만약 비외르나르가 무언가에 대해 걱정한다면, 그건 정말 그냥 지나칠 수 없는 실질적인 걱정거리라는 의미였다.

"당신, 지금 무슨 생각 하고 있어?"

나는 솔직히 그의 대답을 듣고 싶지 않았다.

그는 아무 대답도 하지 않았다.

내 몸속의 알 수 없는 떨림은 그 강도를 더해갔다. 곧 나의 허벅지까지 통제할 수 없을 정도로 심하게 떨리기 시작했다. 나는 허벅지를 꾹 눌렀다.

"비외르나르! 지금 무슨 생각 하고 있냐고?"

나는 그를 향해 되물었다.

"나? 아냐, 아무 생각도 안 했어."

그는 잠시 생각에 잠기더니 말을 이었다.

"에릭 토르스트베트."

"에릭 토르스트베트? 왜 그 사람을 생각하고 있었어?"

"나도 몰라. 그냥 떠올랐어."

"집이 팔리지 않아서 스트레스를 많이 받은 건 아냐?"

"그렇게 스트레스를 많이 받진 않았어. 하지만 앞으로도 계속 이런 상태가 계속된다면 스트레스를 받게 되겠지."

"난 직장 동료들 때문에 스트레스를 받아."

"당신은 항상 그래왔잖아."

"하지만 요즘은 더 그래. 그건 그렇고, 요로감염증에 걸린 것 같아. 내일 내 소변 샘플을 병원에 좀 전달해줄래?"

"지금 농담하는 거지?"

"아냐, 난 진지해. 난 내일 아침 일찍 강의가 있으니까, 어차피 당신이 알바를 유치원에 데려다줘야 하잖아. 아무리 생각해도 요로감염증이 확실한 것 같아. 열도 나는 것 같고."

그가 한숨을 푹 내쉬었다.

"심근경색 증세는 어때?"

"그것도 마찬가지야. 하지만 이젠 꽤 익숙해졌어."

아이들의 머리를 감겨주느라 끙끙대고 있을 때, 부엌에서 비외르나르의 목소리가 들려왔다.

"달력에 '학부모 회의'라고 적혀 있어. 당신, 기억하고 있었어?"

"앗! 오늘이야?"

나는 손에 묻은 샴푸를 얼른 씻어내고 계단을 뛰어 내려왔다.

"언제 시작해?"

"3분 전에 시작했어."

"젠장!"

나는 선반에 놓여 있는 자전거 열쇠를 잽싸게 낚아챘다. 학교까지 자전거를 타고 가는 동안 단 한 번도 브레이크를 잡지 않았다. 회의실 문을 열고 들어가자 사람들은 일제히 고개를 돌려 나를 바라보았다.

"늦어서 죄송합니다."

나는 회의실 안을 둘러보며 말한 후, 가장 가까이에 보이는 의자에 앉았다.

"아이들을 재우는 시간이라…… 오늘 정신없이 바쁜 날이었거든요. 여기저기…… 여러 가지로……."

학부모 모임의 회장인 마르티네가 살짝 미소를 머금었다.

"이제 모두 참석한 셈이군요. 몸이 좋지 않은 교장 선생님을 대신해서 페르 헨릭 교감 선생님이 참석해주셨습니다."

페르 헨릭은 열정이라곤 전혀 찾아볼 수 없는 무덤덤한 표정으로 고개를 끄덕였다. 나는 그를 향해 우리는 같은 팀이라는 의사를 전달하기 위해 의미심장한 눈빛을 던졌다.

"첫 번째 의제부터 살펴보겠습니다."

마르티네가 말을 이었다.

"5월 17일 제헌절 행사에 대한 사항입니다. 지난번 행사를 담당했던 위원회의 한 분이 오늘 여기에 참석했습니다. 지난번의 행사는 어떻게 진행되었으며, 다음번에는 어떤 점을 개선해야 할지 도움 말씀을 주기로 했습니다."

"하지만 이제 겨우 11월인 걸요."

내가 손을 들고 말했다.

"하지만 학생들이 참석하는 모든 행사는 우리 학부모위원회의 관할하에 이루어집니다."

마르티네가 말했다.

"한마디 거들자면……."

지난 행사의 위원회 멤버가 끼어들었다.

"제헌절 행사는 저절로 진행되는 것이 절대 아닙니다. 저희도 시간이 많이 있다고 생각했다가 결국엔 저의 가족과 시

집 식구까지 동원해 카페를 운영했습니다. 아무도 나서는 사람이 없더군요. 행사가 있던 날, 저는 밤 10시에 집에 왔습니다. 밤 10시! 시어른도 마찬가지였습니다. 뿐만 아니라 오후에 있었던 자루 뛰기 행사에 사용했던 포대는 30분도 채 안되어 찢어져버렸고, 낚시 행사를 위해 상품으로 마련했던 것들은 아무도 가져가려 하지 않았습니다. 심지어 어떤 아이는 상품으로 받은 물건을 어른들의 면전에 던져버리기까지 했답니다. 그때 상처를 입었던 사람들이 아직까지 병원에 있다 하더라도 저는 놀라지 않을 거예요. 게다가 믿을 만한 소식통에 의하면 가장 인기가 많은 상품들은 벌써 동이 났다는 말을 들었습니다."

"도대체 누가 상품을 벌써 점찍어놓았을까요?"

나는 궁금함을 참지 못하고 질문을 던졌다.

"다른 학교에서 미리 손을 썼나 봐요. 어떤 학교의 학부모위원회는 굉장히 조직적이라 지난번 행사가 끝난 후 바로 다음 날 내년 행사 상품을 획득하기 위해 동분서주했다고 하더군요. 이만하면 아시겠죠?"

"흠⋯⋯."

나는 책상 위의 수첩을 향해 고개를 푹 숙였다. 끼적이고 있던 호빗 그림이 이미 형태를 드러내고 있었다.

이전에는 본 적이 없는 부위원장이 손을 번쩍 치켜들었다.

"네?"

"저는 3학년 학부모위원회의 부위원장입니다. 이전에는 회의에 참석한 적이 없습니다. 보건환경청에서 근무하기 때문에 시간을 낼 수가 없더군요. 어쨌든 제헌절 행사도 좋습니다만, 한 학생의 부모로서 이 학교의 가장 큰 문제점은 학생들이 신발 끈을 묶는 데 학교로부터 아무런 도움을 받을 수 없다는 점이라고 말하고 싶습니다."

"그 사항은 비고 사항으로 분류하는 게 어떨까요?"

마르티네가 제안했다.

"저는 오늘 회의에서……."

"제가 드리고 싶은 말씀은, 학교가 학생들을 위해 어떤 일을 할 수 있는지 개관해보자는 것입니다."

부위원장이 마르티네의 말을 자르고 폭포수처럼 말을 이었다.

"동시에 학생들이 당면한 문제점에 대해 학부모 회의에서 지금까지 어떤 방식으로 대응해왔는지에 대해서도 의논해보고 싶습니다."

모두들 페르 헨릭 교감을 향해 시선을 돌렸다.

"흠…… 신발 끈을 묶을 때 학교에서 제공할 수 있는 일반적인 도움에 대해 말씀하시는 겁니까?"

"그렇습니다. 학생들이 요구하고 제공받을 수 있는 일반적인 도움은 물론 특정한 도움까지 모두 살펴보고 싶습니다. 저의 경우를 예로 들자면, 제 아들은 학교에서 신발 끈을 묶을 때 조금의 도움도 받지 못하고 있습니다. 엎친 데 덮친 격으로 담임 선생님이라는 사람이 제 아들에게 무슨 말을 했는지 아십니까? 신발 끈을 혼자서 묶을 능력이 없다면 신발 끈이 없는 신발을 사라고 했답니다."

"그렇군요. 저는 당신이……."

이번에도 부위원장이 끼어드는 바람에 마르티네는 말을 잇지 못했다.

"신발 끈을 혼자서 묶을 능력!"

부위원장은 교감을 째려보며 했던 말을 되풀이했다.

"제가 한마디 해도 되겠습니까?"

교감이 마침내 말문을 열었다.

"우리는 아이들이 입학 전에 집에서 자신의 신발 끈 정도는 스스로 묶을 수 있도록 배워오기를 장려하고 있습니다. 하지만 아이들이 학교에 입학하고 나서도 신발 끈을 혼자 묶지 못한다면 신발 끈이 없는 신발을 구입하는 것도 대안이 될 수 있겠지요."

"지금 뭐라고 하셨나요?"

부위원장이 되물었다.

"만약 아이들이 스스로 신발 끈을 묶지 못한다면 말입니다."

"제 아이가 신발 끈을 스스로 묶지 못한다고 말씀하시는 건가요?"

"방금 그렇게 말씀하셨잖아요?"

마르티네가 엷은 미소를 지으며 말했다.

"웃을 일이 아니에요. 이건 학교 측이 공식적으로 태만 및 무능력을 인정하는 것과 마찬가지입니다."

부위원장이 소리쳤다.

참석자들이 서로 돌아가며 테이블 위로 권하던 사탕 봉지가 그녀의 '태만 및 무능력 인정'이라는 말과 동시에 제자리에 멈추었다. 나는 마음을 진정시키고 눈을 감은 채 다음 말을 기다렸다.

뒤를 이은 말은, 학교 앞길에 쌓여 있는 눈의 높이가 어느 정도면 적당한지, 4학년 학생들이 학교 내 축구 경기장을 1주일에 한 번밖에 사용할 수 없다며 불만을 담은 소리 등 광범위하기 짝이 없었다. 너무나 많은 의견이 한꺼번에 쏟아져 나왔기에 이들을 해결하려면 몇 날 며칠이 걸릴 게 분명했다. 이를 잠재우기 위해선 신발 끈 관련 사항부터 어떻게든 해결해야 할 것 같았다. 그 외에는 방법이 없었다.

"집에서 아이에게 신발 끈 묶는 방법을 가르쳐주기만 한다면……."

페르 헨릭 교감이 말문을 열었다.

"저는 이 사항을 정식 의제로 등록하고 싶습니다."

부위원장이 소리쳤다.

"또한 관련하여 누군가가 책임을 지고 이 사안을 시청에 알리기를 원합니다."

"충분히 가능한 일입니다."

마르티네가 말을 이었다.

"시청 담당자가 누구인지 기억이 안 나는데, 혹시 아는 분 계십니까?"

서기는 얼른 회의록을 뒤적여 각 부문의 담당자를 기록한 페이지를 찾아냈다.

"그건…… 빈테르 씨군요."

그녀가 나를 흘낏 바라보며 말했다.

"그런가요?"

나는 얼른 대답했다.

"그런데 내가 시청과의 소통 책임을 맡았다는 사항은 전혀 기억이 안 나는데요……."

"어쨌든 그렇게 알고 있겠습니다. 빈테르 씨가 책임지고 이 일을 해주세요."

마르티네가 안도한 표정으로 말했다.

"무슨 일을 말씀하시나요?"

"신발 끈과 관련된 안건 말입니다. 다음 회의에서 그 결과를 알려주시기 바랍니다."

"그 안건은 '비고' 사항에서 다루는 게 좋지 않을까요……?"

페르 헨릭 교감이 주저하며 말했다.

"정식 안건 중 하나로 취급하기엔 좀……."

부위원장이 팔짱을 끼고 코웃음을 쳤다.

"질이 떨어진다는 말씀인가요?"

"아니, 그런 건 아닙니다. 저는 그런 말을 한 적이 없습니다. 다만 중요한 것은⋯⋯."

페르 헨릭 교감이 항의했다.

"당신이 하는 일은 무엇인가요?"

부위원장이 그의 말을 끊었다.

"그리고 오늘 이 자리에 참석한 이유는 뭔가요?"

"그게 무슨 말씀이신지요?"

"학부모 회의에 교사를 대표하는 대리인이 참석할 수 있는 권리가 있습니까? 저는 오늘 이 회의가 학부모 대표 회의라고 알고 있지, 교사 대표 회의라고는 생각지 않았거든요? 선생님의 자녀가 이 학교에 다니는 것도 아니잖습니까?"

"저는 이 회의에⋯⋯."

"그렇다면 교감 선생님이 이 자리에서 우리에게 이래라저래라 할 수 있는 권한도 없다고 생각합니다. 일단 교감 선생님의 참석 여부에 대해 당장 투표를 해보는 게 어떨까요? 학부모위원회의 임원도 아니면서 우리 자녀들의 학교생활에 대해 이러쿵저러쿵하는 것은 정당한 일이라 생각지 않습니다."

"하지만 저는 단지⋯⋯."

"찬성하는 분은 손을 들어주시기 바랍니다."

"이 회의를 주도하는 사람은 저라고 생각했습니다만⋯⋯."

마르티네가 끼어들었지만 부위원장은 손을 번쩍 들어 그

녀의 말을 가로막았다.

"다시 말씀드리겠습니다. 우리 자녀들이 학교생활을 행복하게 할 수 있도록 이끌어주는 것은 우리 학부모의 권리라고 생각하는 분은 지금 당장 손을 들어주시기 바랍니다."

대부분의 학부모들은 책상 밑으로 시선을 떨구었지만, '학교 측의 태만 및 무능력'이라는 말이 자아낸 묵직한 분위기 때문인지 손을 든 사람이 조금 더 많았다. 잠시 후 이들은 교감 선생이 소지품을 주섬주섬 챙겨 들고 회의실을 나서는 모습을 의기양양한 표정으로 바라보았다.

"지금 퇴근하시면 안 돼요!"

마르티네가 문을 나서는 교감 선생에게 소리쳤다.

"회의가 끝날 때까지 기다렸다가 문을 열어주셔야 해요. 그러지 않으면 우린 밤새 여기에 갇혀 있을 거예요."

그는 말없이 고개만 끄덕였다.

"고맙습니다. 자, 이제 다시 회의에 집중합시다."

사람들은 기다렸다는 듯 학교급식 문제와 숙제의 양에 대해 불만을 늘어놓았고, 부위원장은 학부모와 직장인으로서의 일반적 견해 및 시청과의 협력 관계, 방과 후 놀이반에서 자신의 아이가 교사들의 관심을 받지 못한다는 사항까지 읊어댔다. 결국 제헌절 행사 준비 사항은 다음 회의로 미루어지게 되었다.

마침내 회의를 마치고 복도로 나오니, 페르 헨릭은 바닥에 앉아 휴대폰을 만지작거리고 있었다. 그는 고개를 들어 건물 밖으로 나가는 우리를 바라보았다.

집으로 오는 길에 나는 자전거 페달을 너무나 세게 밟아 토할 것만 같았다.

13

"내가 정말 이걸 병원에 가져가주길 바라는 거야?"

다음 날 아침, 비외르나르가 말했다.

"하지만 다른 게 없는 걸!"

"아내의 소변 샘플을 '뤼필케의 천연수를 맛보세요'라고
적힌 유리병에 담아 의사에게 가져간다고 생각해봐."

"병은 철저하게 소독했어. 걱정 마."

나는 피곤한 목소리로 말했다.

비외르나르는 고개를 절레절레 흔들며 알바의 장화를 집
어 들었다.

"알바, 오늘은 아빠와 함께 나가자. 얼른 이리 오렴."

"스트레스를 너무 많이 받은 것 같아."

"당신이 스트레스를 많이 받았다고? 공무원으로 일하는
게 불편해?"

"아냐, 다른 일 때문에 그래."

"당신이나 나나 마찬가지야. 우리 모두 스트레스를 받고 있다고. 알바, 얼른 엄마에게 인사하고 나가자."

"안녕, 엄마."

"안녕, 알바!"

나는 창문 앞에 서서 그들이 차를 타고 나가는 모습을 지켜보았다. 5분 후, 엡바와 제니마저도 대문 밖으로 밀어내고, 출근 준비를 하며 오늘은 꼭 컨퍼런스 준비를 마무리해야겠다고 다짐했다. 테홈도 마찬가지였다. 나의 테홈은 너무나 광범위한 혼돈의 세계 그 자체였다.

아니, 우주적 혼돈이라고 해야 할까.

혼돈적인 우주관.

테홈적 우주의 혼돈.

테홈은 마치 예쁘게 포장된 선물의 모습을 하고 소리 없이 다가와 치명적 결과를 야기한다.

운전석에 앉은 나는 삶에서 월요일 아침과 금요일 오후의 대조적 분위기가 사라졌다는 것이 바로 테홈의 치명적 결과 중 하나라고 생각했다. 예전에는 금요일 오후가 1주일 중 가장 기분 좋은 시간이었다. 금요일 오후가 되면 나는 음악을 틀어놓고 부엌에서 기분 좋게 춤을 추었고, 비외르나르는 피자를 만들었으며, 저녁엔 함께 맥주를 나누어 마셨다.

지금은 그런 금요일이 사라져버렸다.

마치 우리의 긍정적 에너지는 다른 곳으로 흘러가버린 것만 같았다. 우리는 여전히 같은 사람이지만, 비외르나르는 부엌에 홀로 서서 기계적으로 음식을 만들 뿐이다. 나 또한 욕실 바닥을 빡빡 문지르는 일을 기계적으로 할 뿐이다. 심지어는 아이들마저도 말없이 조용히 앉아 텔레비전을 볼 뿐.

나는 그 이유를 너무나 잘 알고 있었다. 금요일은 자유롭고 행복한 주말을 시작하는 날이 아니라 혼란스러운 대청소와 묵직한 혼돈의 세계로 진입하는 날로 변했다. 지난 한 달 동안 매주 토요일은 집을 보러 오는 사람들 때문에 북적거렸고, 비외르나르는 일요일에도 가을 내내 그의 얼굴에서 사라지지 않았던 피곤한 표정으로 직장에 나가 일을 했다. 우린 더 이상 인간이 아니라 부동산 매매라는 거대한 쇠사슬에 사로잡힌 좀비가 되어버린 것이다.

새롭게 다가온 현실 속에선 오히려 월요일 아침이 금요일 오후보다 훨씬 더 좋았다. 아침에 출근해 누군가가 내 연구실 문을 두드리는 소리를 듣는 것이 거의 안도감처럼 느껴졌다. 부동산 시장의 하락세는 물론 대화를 하는 도중에도 상대방의 저의가 무엇인지 신경을 곤두세우지 않아도 되는 세상이 존재한다는 것을 알고 있다는 사실만으로도 신의 축복이라 할 수 있을 것이다.

"네, 들어오세요!"

"해결책을 찾았어요."

페터가 한쪽 눈을 찡긋하며 말했다.

"완벽한 해결책이죠."

나는 그의 다음 말을 기다리며, 그가 한쪽 눈을 찡긋한 것이 의도적인 행위였는지 긴장감 때문에 생겨난 자연스러운 행위였는지 궁금해했다.

"무엇에 대한……?"

"학부 개편과 구조조정 작업을 되돌릴 수 있는 방법을 알고 있어요!"

그는 겨드랑이 밑에 끼고 있던 서류첩을 꺼내 한 손으로 마구 흔들며 문을 들어섰다. 그의 서류첩은 내가 부동산 중개업자에게서 받은 서류첩을 상기시켰다. 갑자기 구토를 할 것만 같아 곧 다른 약속이 있다고 거짓말을 하려 했다. 하지만 그가 의자에 앉아 서류첩을 펼칠 때까지 내 입에선 아무 말도 나오지 않았다. 서류첩 안에는 무언가를 휘갈겨 쓴 종이 한 장밖에 보이지 않았다.

"개인 사업을 하는 친구가 하나 있어요."

그가 만족스런 표정으로 의기양양하게 말문을 열었다.

"그 친구에게서 교섭 상대방의 허를 찌르는 책략에 대해 좀 배웠답니다."

"개인 사업을 하는 친구에게서요?"

"일단 한번 보세요. 다음 주에 행정 위원들과 회의를 할 예정이죠? 학부 개편에 대해 실무자들이 의견을 제시하고, 새로운 학사 및 석사과정과 어떻게 연계할 것인지 회의를 한다고 했습니다. 그렇죠?"

나는 천천히 고개를 끄덕였다.

"저의 계획은 우리가 회의에 아무런 준비 없이 참석하는 것입니다. 잠깐만요, 제 말을 끊지 마세요. 우리에겐 아무런 계획도, 제시할 의견도 없으니 그들에게 의견을 제시해보라고 종용할 생각입니다. 그들이 어떤 식으로든 의견을 제시한다면 우리는 다음과 같은 전술로 대응하면 됩니다. 그러니, 실질적으로는 우리에게도 계획이 있는 셈이죠. 이런 식으로 나간다면 우리가 원치 않는 학부 개편은 이루어지지 않을 것입니다. 빨간 펜이 있으면 좀 주시겠습니까?"

빨간 펜을 건네주자 그는 내게 가까이 다가오라고 손짓하며 서류첩 속의 종이로 시선을 가져갔다.

"바로 여기에 우리가 할 일이 적혀 있습니다."

나는 드릴로Drillo(노르웨이 전 국가대표 축구팀 코치 – 옮긴이)가 경기 시작 전에 무언가를 마구 휘갈겨 쓴 것 같은 종이를 바라보았다. 종이 위의 내 이름 밑에는 '악당'이라고 적혀 있었다.

"악당?"

나는 그를 올려다보며 말했다.

"이게 뭐죠?"

페터는 미소를 지었다.

"계획상 '악당'으로 지목된 사람은 말 그대로 '악당' 역할을 하면 됩니다. 즉 상대방의 의견에 무조건 반대하는 동시에 그들의 허점을 들추어내는 것이죠."

"그래요?"

"네. 교섭 자체를 방해하는 것이 목적이죠. 하지만 우리는 이 방법을 사용해 궁극적으로 우리의 뜻을 관철시킬 것입니다."

나는 다시 종이로 시선을 가져갔다.

"프랑크는……."

"프랑크는 '선한 사람'입니다. 더 설명할 필요는 없을 거라고 생각합니다. 사실 프랑크에게는 우리의 계획을 알려줄 필요도 없습니다. '선한 사람'이라는 개념은 그의 모두스 오페란디*Modus Operandi*(라틴어로, 작업 방식이라는 의미다 – 옮긴이)라 할 수 있고, 우린 그저 지켜보기만 하면 됩니다."

"잉빌은……? 여기엔 '강경주의자'라고 적혀 있네요?"

"맞습니다. 잉빌은 지연전술을 사용하며 우리 팀이 목표에 집중할 수 있도록 이끌어주는 역할을 할 것입니다."

"이 역할이 잉빌에게 적합하다고 생각하나요?"

"저도 이상적이라 할 수 없다는 것을 인정합니다. 하지만 제가 '리더' 역할을 맡으면 딱히 남는 사람이 없어요. 때문에 잉빌이 '강경주의자' 역할을 맡을 수밖에 없습니다. 사실 잉빌은 이미 준비가 되어 있습니다. 잉빌이 엘릭시아 헬스 스튜디오에 다니는 건 알고 계시죠? 잉빌의 개인 트레이너가 이번 일을 하기 위해 정신적 훈련을 시켜주겠다고 약속을 했답니다."

나는 말없이 그의 계획서를 눈으로 훑다가 결국 한마디를 물어보지 않을 수 없었다.

"여기서 '악당'은 희생양의 개념인가요?"

"무슨 뜻으로 하시는 말씀인지요?"

"하나하나 죽 살펴보니 '악당' 역할을 맡는 사람이 선동과 도발을 도맡아 하는 것 같군요. 이 계획이 정말 당신이 말하는 대로 학부 개편과 관련이 있다면, 반대만 하는 악당은 결국 임원들의 눈 밖으로 벗어날 것이고 그 결과 유아교육학부로 재배치될 것 같아요."

그가 다소 과장되게 큰 웃음소리를 내며 내 팔에 살짝 손을 올렸다.

"설마 내가 당신에게 불이익을 주기 위해 이런 식으로 몰아간다고 생각하는 건 아니겠죠?"

"물론 그런 건 아니지만, 왜 내가 여기서 꼭 '악당' 역할을 해야 하고 잉빌이 '강경주의자' 역할을 해야 하는지 의심하지 않을 수 없군요."

그가 답답하다는 표정을 지으며 머리를 쓸어 넘겼다.

"사실 처음에 내가 계획했던 건 반대였어요. 그런데 잉빌이 자기에게 '악당' 역할을 준다면 병가를 내서 학교에 나오지 않을 거라고 했단 말입니다. 그래서 어쩔 수 없이 원래 계획을 수정해야만 했어요. 미안합니다."

그가 애원하는 듯한 눈빛을 만들며 무겁게 한숨을 내쉬었다. 나도 그의 숨소리만큼이나 무겁게 한숨을 내뱉었다.

"약속할 수는 없지만 노력은 해볼게요."

결국 나는 그렇게 말할 수밖에 없었다.

"좋아요! 아주 좋아요. 내 생각이 틀리지 않았군요. 난 당신은 믿을 수 있다고 생각했거든요."

그가 나간 후에도 나는 한참 동안이나 생각에 잠겼다.

학과장에게 가서 페터가 이성을 잃어버린 것 같다고 말하려다가 마음을 바꿔먹었다. 솔직히 그런 일을 할 만한 기운도 없었다. 게다가 테홈 컨퍼런스를 위한 강의서도 준비해야 하고, 아이들을 위한 보호막을 만드는 데 필요한 기운과 부동산 중개업자에게 전화를 하는 데 필요한 기운도 모아야 했다.

식당으로 가서 커피 한 잔을 가져오려고 마음먹었다. 집에는 커피가 다 떨어졌지만 가게에 가서 사놓을 기운도 없었다. 식당으로 향하는 복도를 내려가자니 갑자기 머릿속에 과다한 양의 산소가 훅 들어오는 것 같은 느낌이 스쳤다. 나는 공기를 빼내기 위해 머리를 흔들어보았지만 소용이 없었다. 세찬 폭풍 속에서 이리저리 흔들리는 배 위에 서 있는 것만 같았다. 바닥이 불쑥 솟아오르는 것 같아 얼른 벽에 몸을 기댔다.

누군가가 내 팔을 움켜쥐었다.

"무슨 일이죠? 왜 그래요?"

학과장의 목소리였다.

"어지러워서……."

"잠시 좀 앉아요."

그녀는 나를 학과장실로 데려가 불편하기 짝이 없는 의자에 앉혔다. 그 의자는 너무나 불편해서 거기 앉은 사람이 얼른 일어나 나가도록 만드는 게 목적 같았다.

"부군에게 전화를 걸어줄게요. 번호가 어떻게 되죠?"

나는 비외르나르의 전화번호라고 짐작되는 번호를 말했다.

"지금 이리로 오는 중이에요."

그녀가 전화를 끊고 말을 이었다.

"학장님이 면담을 하러 여기 오기로 했어요. 하지만 그가 올 때까지 여기 있어도 좋아요. 만약 토하고 싶다면 이 양동이를 사용하세요."

"토할 것 같진 않아요."

"그래도 만약을 위해서 양동이를 여기 놓아둘게요. 내일은 병가를 내고 집에서 하루 쉬고 수요일 날 출근하는 게 좋을 것 같군요."

나는 고개를 끄덕였다.

"좋아요. 그렇게 하세요."

그녀는 살짝 아플 정도로 내 어깨를 두드렸다.

그녀가 문을 나서자마자 나는 양동이에 얼굴을 묻고 토하기 시작했다. 오물은 마치 총알처럼 튀어나가 양동이 바닥에 철퍼덕 소리를 내며 착륙했다. 세 번째 구토가 시작됨과 동시에 복도에서 사람들의 말소리가 들렸다.

"안에 아픈 사람이 있나 봐요."

"안에 힐데군이 있지 않을까요?"

그와 동시에 세 명이 뛰어 들어왔다.

"아…… 안녕하세요. 몸이 좀 안 좋아서요…… 남편이 곧 데리러 오기로 했어요. 걱정 안 하셔도 돼요."

"힐데군 씨도 당신이 여기서 이러는 걸 알고 있나요?"

목소리에 잔뜩 의심을 담은 여인이 말했다.

"네."

"아…… 그래요?"

나는 그녀가 문을 쾅 닫고 나갈 때까지 내 등에 꽂히는 그녀의 날카로운 눈길을 느낄 수 있었다. 복도에는 사람들이 삼삼오오 몰려들었다.

"도대체 무슨 일인가요?"

"누가 토하는 소리를 들은 것 같은데요?"

"힐데군 씨가 아픈가요?"

"아무 일도 아니에요."

내게 미심쩍은 눈길을 던졌던 여자의 목소리가 들렸다. 나는 그녀가 틀림없이 조소를 섞은 표정으로 한 손을 들어 올린 채 사람들에게 말하고 있을 것이라 짐작했다.

"힐데군 씨가 아니라 저…… 그…… 그 여자 이름이 뭐였죠?"

여기저기서 여러 이름이 튀어나왔다.

그런데?

하게볼?

안데르센?

"아…… 그 왜 있잖아요…… 아, 빈테르! 빈테르 씨였어요."

"아……."

여기저기서 중얼거리는 소리가 들려왔다. 곧 뚜벅뚜벅 멀어져가는 발소리와 문이 열리고 닫히는 소리가 복도를 채웠다. 나는 눈을 감았다. 내가 죽어도 아무도 신경 쓰지 않을 것 같다는 생각이 스쳤다.

하지만 비외르나르는 달랐다. 그는 나를 병원으로 데려갔다. 의사는 내가 고기를 너무 적게 먹어서 비타민 B12가 부족하다고 말했다.

"나는 고기를 원래 안 먹어요. 거북이 때문에……."

나는 두 눈을 감은 채 거의 혼잣말처럼 중얼거렸다.

"네, 뭐라고요?"

"거북이 때문에 고기를 안 먹는다고 말했어요."

옆에 있던 비외르나르가 내 말을 되풀이했다.

"네?"

"지난여름에 거북이 때문에 병원에 간 적이 있어요."

비외르나르가 말을 시작했다. 나는 그의 목소리를 들으며 그가 무척 피곤해 보인다고 생각했다.

"수술대에 오른 거북이가 사람을 연상시킨다고 말하면서 그때부터 채식주의자가 되었어요."

"우리 외할머니를 닮았어요."

나는 비외르나르의 말을 바로잡아주었다.

"네?"

"장모님을 닮았다고 말했어요."

"아, 알겠습니다. 거북이가 할머님을 닮았든 안 닮았든 간에 부족한 비타민은 보충해주셔야 합니다. 혹시 이런 상태로 평생을 살고 싶은 건 아니겠죠?"

"아닙니다."

"그렇다면 고기를 드세요. 그리고 비타민 B12를 처방해드리겠습니다."

비외르나르는 집에 오자마자 나를 침대에 눕혔다. 눈을 뜨니 다음 날 아침이었고, 그는 침대 가장자리에 걸터앉아 나를 바라보고 있었다.

"매일 아침이 너무 어두워."

"나도 알아."

"당신은 옛날엔 이렇지 않았잖아."

"응."

"앞으로도 계속 이럴까봐 걱정이야."

"응."

"힘내. 당신…… 주변 일부터…… 조금 천천히 가는 건 어떨까. 매사에 열정을 가지고 일하는 것도 좋지만, 그러면 오래가지 않아. 800만 크로네나 주고 새집을 장만한 이때에 당신은 심근경색에다 방광염에다 스트레스성 암에다 메니에르병(속귀에 발생하는 질병으로, 현기증과 이명 및 난청을 동반한다 – 옮긴이)까지 입에 올리니 즐겁지가 않아. 아이들을 생각해. 우리를 한 가족으로 생각하란 말이야. 당신은 주변 일에 너무 많은 에너지를 쏟아붓고 있어."

"응."

"이제 출근할게. 오늘은 저녁 늦게 들어올 것 같아. 재판 준비를 해야 하거든."

"알았어. 잘 다녀와. 그리고…… 미안해."

그가 몸을 일으켜 방을 나섰다. 나는 '위 아 더 월드'라고 외치고 싶었지만, 왠지 허락받지 않은 일 같아 차마 입 밖에 내지 못했다. 솔직히 그럴 기운도 없었다. 침대에서 일어나 아이들을 돌볼 기운은 더더욱 없었다. 나는 의사가 나를 집으로 돌려보내지 않고 병원에 입원시켰더라면 더 좋았을 것이라 생각했다. 내게 모르핀이나 마취제를 주사해서 세상모르고 푹 잘 수 있게 해주었다면 얼마나 좋았을까. 며칠, 아니 몇 주 동안 의식불명 상태에 빠져들 수만 있다면. 이 모든 일이 끝날 때까지.

14

토요일 오전, 비외르나르는 아이들을 데리고 도서관으로 갔고, 나는 예비 구매자를 맞이하기 위해 대청소를 시작했다.

약속 시간보다 20분이나 일찍 초인종이 울렸다. 여전히 물을 담은 양동이에 머리를 박고 짜증을 내던 나는 얼른 양동이를 세탁기 뒤에 숨기고 환한 미소를 지으며 대문을 열었다.

하지만 대문 앞에 서 있는 사람은 집을 보러 온 사람들이 아니었다.

허름한 옷차림에 세상에서 가장 넓적한 넥타이, 기름이 덕지덕지 붙은 장발의 남자가 내게 미소를 돌려주었다. 나는 순간적으로 그가 연쇄살인범일지도 모른다고 생각하고, 절대 그를 집 안으로 들이지 말아야겠다고 마음먹었다.

"안녕하세요!"

"집을 보러 오셨나요?"

"오, 그럴지도 모르겠군요?"

"집을 보러 왔으면 집을 보러 온 것이지, 그럴지도 모르겠다니…… 그건 무슨 말씀인지요?"

"집이 참 좋네요. 하지만 부족한 게 눈에 띄는데…… 그렇게 생각하지 않으십니까?"

그가 내게 한 발짝 더 가까이 다가왔다. 나는 대문 손잡이를 쥔 손에 힘을 꽉 주었다. 기분이 좋지 않았다. 그의 눈빛은 정신병자의 눈빛을 연상시켰다. 게다가 그는 스웨덴어로 말하고 있었다.

"무슨 말씀인가요?"

"집에 경보기가 설치되어 있습니까?"

"아뇨."

"아, 잘되었습니다. 제가 아주 싸게 해드릴 수 있는데요. 너무 싸서 언뜻 불법이 아닌가 착각하실 수도 있겠습니다만, 마침 요즘 할인 기간이라서 그렇답니다. 사실은 옆 동네를 중점적으로 할인을 실시하지만 부인 같으신 분이라면 얼마든지 예외를 적용할 수 있습니다."

"관심 없습니다."

"한 가지만 여쭤보겠습니다. 혹시 신발을 몇 켤레나 가지고 계신가요?"

나는 대답을 주저하며 머릿속으로는 도대체 휴대폰을 어디에 두었는지 생각했다. 언뜻 유명한 연쇄살인범 중에 희생자의 구두를 수집한 사람이 있었다는 생각이 스쳤다. 제리 브루도스였나?

"한 켤레."

물론 그건 거짓말이었다.

"한 켤레밖에 없다고요?"

"대충 그렇다는 말이에요."

"제 말의 요점도 바로 그겁니다. 대충."

"당신 말의 요점이 뭔데 그러시죠?"

"대부분의 사람들은 자신이 무엇을 얼마나 소유하고 있는지 정확하게 모르고 있습니다. 그건 그렇고, 안으로 좀 들어가도 되겠습니까?"

"안 됩니다."

"일이 훨씬 쉬워질 텐데요."

그가 대문 안으로 발을 들여놓았다. 나는 손잡이를 더욱 힘주어 꽉 잡았다. 만약을 대비해 언제든 문을 닫을 준비가 되어 있었다.

"아이는 있습니까?"

그의 입에서 담배 냄새가 풍겼다. 나는 그의 검은 허파를 떠올렸다. 독소에 절어 신선한 공기를 받아들일 만한 틈이라곤 조금도 없는 허파. 문득, 담배의 성분 중에 담배 연기를 빨아들여도 목에 통증을 느끼지 못하도록 목구멍을 마비시키는 성분이 있는지 궁금해졌다.

"아이는 있어요."

"몇 살입니까?"

"애들 나이는……."

나는 숨을 들이쉬며 잠시 말을 끊었다.

"그런데 지금 제가 이러고 있을 시간이 없어요. 다음에 다시 오시면 안 될까요?"

"집집마다 똑같은 말씀을 하시는군요."

그의 목소리에 짜증이 묻어났다.

"그렇다면 성함과 전화번호를 주시겠습니까? 이렇게 좋은 기회를 놓치지 않으시려면."

"사실 전화를 주셔도 소용없을 거예요. 이 집을 내놓았거든요. 몇 분 후에 집을 보러 사람들이 몰려올 거예요. 그러니 이미 집이 팔렸다 해도 틀린 말은 아니겠죠. 새 주인이 오면 그때 다시 오세요."

그가 웃음을 터뜨리며 고개를 절레절레 저었다.

"아직 집이 팔린 건 아니잖습니까. 어떻게 될지 두고 봐야죠."

"무슨 말씀이신지요?"

"뉴스도 안 보시나 봐요? 다들 부동산 대란이 왔다고 입을 모으던데."

그가 입으로 휘익 소리를 내며 손으로는 산등성이가 거센 바람에 날아가는 시늉을 했다.

"부인을 위해 한 말씀 드리자면, 아직 새집을 구입하지 않으셨기만을 바랄 뿐입니다."

"이젠 정말 시간이 없어요. 저는 이만."

내가 대문을 닫으려 하자 그가 한 발을 쑥 내밀어 문을 가로막았다.

"성함이 어떻게 되십니까?"

그가 내게 물었다.

"제 이름은…… 안네 운드헤임입니다."

"그렇군요. 전화번호는요?"

"전화번호는…… 435-98-245입니다."

"좋습니다. 꼭 경보기를 설치하시라 권해드리고 싶군요. 집에 도둑이 들면 어떻게 되는지 아시죠? 그들은 물건을 훔칠 뿐만 아니라 집 안에 있는 물건들을 모두 엉망으로 만들어놓습니다. 심지어는 벽에 오줌을 갈기기도 하고 차마 입에 담을 수 없는 곳에 칫솔을 찔러 넣기도 한답니다."

"뭐라고요?"

그가 내게 찡긋 윙크를 건넸다.

"경보기만 설치하시면 이런 일들을 사전에 방지하실 수 있습니다. 월요일 날 전화 드리겠습니다! 그날은 집 안에 들어갈 수 있기를 바랍니다. 오늘처럼 대문 밖에 서서 이런저런 조언을 드린다는 건 제게 굉장히 불편한 일입니다!"

그는 불만으로 가득 찬 눈빛을 내게 던지며 대문 앞에 끼워 넣었던 발을 천천히 뒤로 뺐다. 그가 발을 완전히 빼자마자 나는 있는 힘을 다해 문을 닫고 재빨리 자물쇠를 채웠다. 심장이 쿵쿵 뛰었다. 살아 있다는 사실에 안도했지만, 죽음의 문 앞까지 다녀온 듯한 느낌에서 벗어나기가 쉽지 않았다.

약속 시간이 한참이나 지난 후에야 집을 보러 온 사람들이 초인종을 눌렀다. 분위기가 어색해지면 경보기를 팔러 왔던 스웨덴인 외판원 이야기를 하며 분위기를 풀어보려고 미리 할 말까지 생각해놓았지만, 막상 대문을 열고 보니 눈앞에 서 있는 사람들의 키가 너무나 커서 말문이 막혀버렸다. 나는 그들이 복제인간이 아닌가 잠시 의심해보기도 했다. 특히 남자는 륏허르 하우어르Rutger Hauer(네덜란드의 배우이자 작가 - 옮긴이)를 꼭 빼닮았고, 여자의 헤어스타일은 구시대 광고에서 보던 여배우들처럼 한 가닥도 흐트러짐이 없었다. 짧게 자른 검은 머리카락을 물결치듯 왼쪽으로 넘긴 그녀의 머리를 보고, 나는 그것이 유기농 가발이 분명하다고 짐작했다.

"어서 오세요!"

나는 부족한 센티미터와 푸석푸석한 머리카락을 상쇄하기라도 하듯, 그들의 손을 특히 힘주어 잡았다.

"네, 감사합니다."

그들은 신발을 벗고 들어왔다.

설사 복제인간이라 할지라도, 그들은 내 나이 또래처럼 보였기에 괜히 반가웠다. 두 사람은 모두 정규직을 갖고 있었고, 경제와 관련된 일을 하고 있었다. 그건 그들이 돈을 충분히 가지고 있다는 것을 의미했다. 지난번에 집을 보러 온 두 쌍의 부부는 지하층에서 세를 살고 있었다. 나는 그들이 단독주택보다는 다세대주택을 보러 가야 한다고 생각했다.

복제인간들과는 대화하기가 쉽지 않았다. 그들의 기억은 직접 경험한 것을 바탕으로 한 것이 아니라 누군가에 의해 주입된 것이기에, 인간의 느낌과 감정을 이해하지 못하는 것 같았다. 공감대를 형성하기도 쉽지 않았으며, 그들이 잘할 수 있는 것은 빈정대는 것밖에 없는 것 같았다.

그들은 인테리어에 대한 나의 능력과 이해도를 대화의 주제로 삼았다. 나는 그들이 벽을 뜯어야 한다든지, 작은 다락을 지어 올려야 한다든지, 또는 벽에 스포트라이트를 설치해야 한다는 등의 말을 주고받는 것을 엿들을 수 있었다. 그들은 알바의 방 벽에 왜 부엉이 장식이 붙어 있는지, 또 그 기능은 무엇인지 토론을 하기도 했다. 그들은 벽의 부엉이 장식이 어린아이 방의 분위기를 조성하기 위한 것이라 결론을 내렸고, 그들이 집을 사게 되면 부엉이 장식을 떼어낼 것이라 덧붙였다.

나는 그런 것쯤은 문제도 되지 않는다고 생각했다.

"항상 이렇게 집을 깨끗하게 해놓고 사시나 봐요?"

아래층으로 내려오며 여자가 다시 물었다.

"저희는 깨끗하게 정리된 공간에서 사는 걸 좋아해요. 주변이 잘 정리되어 있으면 마음도 편해지는 것 같아서요."

"하지만 평소엔 이처럼 깨끗하지 않을 것 같은데요?"

"글쎄요, 설사 평소에 조금 더 어지른다 하더라도 오늘과 크게 다르지 않답니다."

그녀는 마치 내 머릿속을 들여다보기라도 하듯 나를 뚫어지게 바라보았다.

"믿을 수가 없군요."

그녀가 마지막으로 한마디를 던졌다.

"그러신가요?"

"그건 그렇고, 벽에 부엉이 장식을 한 사람은 누군가요?"

"그건 저예요."

"저는 부엉이를 좋아하지 않아요. 부엉이 장식을 떼어낼 수는 없나요?"

"문제없습니다."

"증명할 수 있나요?"

"부엉이 장식은 스티커예요. 얼마든지 떼어낼 수 있어요."

"증명할 수 있나요?"

내가 페인트칠이 벗겨지지 않도록 조심해서 부엉이 스티커 하나를 떼어내는 동안, 그녀는 옆에 서서 꼼짝도 않고 나를 바라보았다. 두꺼운 스티커의 가장자리가 손톱 속으로 파고들었지만 나는 아무렇지도 않은 듯 태연하게 떼어냈다. 스티커 한 장을 떼어내자 그녀가 벽을 손으로 만져보았다.

"괜찮죠? 이것 보세요. 아무런 흔적도 남지 않았잖아요?"

그녀는 고개를 비스듬히 한 채 떼어낸 자국을 살펴보더니 결국은 보일 듯 말 듯 살짝 고개를 끄덕였다. 나는 그녀가 부엉이를 닮았다고 생각했다.

"혹시 자녀분은 몇 명인지 여쭤봐도 될까요?"

나는 그녀에게 물어보았다.

부부는 마치 내 질문을 이해하지 못하겠다는 듯 서로 눈빛을 교환했다.

"우리의 라이프스타일엔 아이들이 끼어들 자리가 없어요."

륏허르 하우어르가 말했다.

"우린 처음부터 자식을 낳을 생각도 하지 않았어요."

여자가 남편의 말을 이었다.

"정원도 보시겠어요?"

"그것보다 가스 벽난로를 봤으면 좋겠는데……."

남편이 말했다.

나는 원격조종기를 들어 가스 벽난로를 틀었다.

"불꽃을 조금 더 키울 수 있나요?"

"네."

나는 패널을 열고 버튼을 돌려 온도를 조절했다.

"그게 최대치인가요?"

"네."

"더 올릴 수는 없습니까?"

"이게 최대치라서 더는 불가능합니다."

"정원에서 벽난로의 불꽃을 볼 수 있나요?"

"테라스에 앉아 있을 때 말씀인가요?"

"네."

"그건 잘 모르겠어요. 한 번도 해본 적이 없어서요."

"그렇다면 지금 한번 실험을 해봅시다."

"그러죠, 뭐."

부부가 밖으로 나갔다. 나는 패널을 열고 불꽃을 더 키우기 위해 온도를 최대치로 올렸다. 창밖으로 눈길을 돌리니 정원에 나란히 서 있는 부부가 보였다. 그들이 만족하는지 알아내기는 쉽지 않았다. 그래서 나는 엄지손가락을 치켜들고 궁금한 눈빛으로 그들을 바라보았다. 그들은 알 수 없는 손짓으로 대답을 대신했다. 그것이 매우 좋다는 의미인지 평균 이하라는 의미인지는 가늠하기가 어려웠다. 나는 복제인간에게 인간적인 움직임을 작동시키는 프로그램이나 공감대를 형성하는 신경 체계가 설치되지 않았기 때문이라 생각했다.

복제인간에게는 스트레스성 암도 발생하지 않을 것이라 생각했다. 그들의 입장에선 매우 다행한 일이었다.

시내에 있는 도서관으로 가는 동안 눈물이 줄줄 흘러내렸다. 다행히도 비가 내렸다. 비외르나르가 집을 보러 온 사람들은 어땠냐며 전화를 했다. 나는 그들이 복제인간이며 그들의 생각을 읽기란 불가능했다고 대답했다.

"복제인간?"

"인간의 기억을 주입시킨 사이보그라고 할 수 있지. 그들이 복제인간이라는 것을 알 수 있는 방법은 여러 가지 질문을 통해 인간으로서의 기본적인 공감대 형성 능력이 부족하다는 것을 알아내는 것뿐이야."

"우리가 봤던 영화가……."

"「블레이드 러너」."

"맞아. 그런데 당신은 왜 그들이 복제인간이라고 생각했어?"

"느낌 때문이었지, 뭐. 하지만 확실해."

비외르나르는 고개를 끄덕이며 한참 동안 아무 말도 하지 않았다. 나는 그의 침묵이 현실을 더 나아 보이게 만들기를 바라며, 더 나아가 내가 집을 보러 온 사람들이 인간을 닮은 사이보그라 생각해도 그가 별 신경을 쓰지 않기를 희망했다.

"복제인간이 합법적으로 부동산을 소유할 수도 있다고 생각해?"

그가 물었다.

"그건 나도 잘 모르겠어. 하지만 그러길 바라."

나는 부동산 중개업자에게 집을 보러 온 사람들과는 별문제가 없었다고 전했으며, 그들이 사이보그일지도 모른다는 말은 한마디도 하지 않았다. 그녀가 집을 보러 온 사람들에게 전화를 걸어 구매 의향을 묻자 그들은 집을 보러 간 적도 없으며 집을 매입할 의사도 없다고 딱 잘라 말했다고 한다.

"정말 이상하네요."

부동산 중개업자가 말했다.

"아마 불량품이라서 그럴 거예요."

나는 그렇게 대꾸했다.

15

다음 주 월요일이 되자 회의실에 모이라는 문자메시지가
날아왔다.

"솔직히 말씀드리겠습니다."

학과장이 내게 지난주와 똑같은 의자를 권하며 말을 이었다.

"당신이 하극상을 계획하고 있다는 말을 들었어요. 결코
기분 좋은 소문은 아니라고 생각합니다."

"네? 무슨 말씀이신지……?"

그녀는 무언가 적혀 있는 종이 한 장을 꺼내 들었다.

"이걸 작성한 사람이 당신이 아니라고 부정하는 건가요?"

"아뇨…… 아니, 제 말은…… 네."

"이 문서의 뒤에 당신이 있다는 정보를 입수했습니다."

학과장은 집게손가락으로 종이를 톡톡 내려치며 나를 바
라보았다.

"그건 사실이 아닙니다."

"학부 개편을 위한 회의에서 당신이 '악당' 역할을 하기로 했다는 것도 사실이 아닙니까? '선한 사람' 역할은 프랑크가 맡기로 했다면서요?"

"제 말을 좀 들어보세요……."

"아니, 당신이 제 말을 들어봐야 할 것 같군요."

그녀가 상체를 쑥 내밀어 안경 너머로 내 눈동자를 정면으로 바라보았다.

"요즘 사생활은 어떤가요?"

"좋아요. 저는……."

"병원에 가서 어지럼증 치료는 받았습니까?"

"네. 저는……."

"집을 내놓았다는 소리를 들었어요. 집이 팔렸습니까?"

"아뇨. 하지만……."

"우리도 뤼세가타에 있던 집을 내놓았을 때 많이 힘들었어요. 반년 동안이나 집이 팔리지 않아서 애를 먹었죠. 이성을 잃어버릴 것만 같았답니다. 손해를 아주 많이 봤어요. 하지만 시간이 지나니까 해결이 되더군요."

"쉽지 않아요. 게다가 저는……."

나는 그녀의 말에 동의할 수밖에 없었다.

"잉그리 씨, 제 말의 요점은 부동산 시장이나 부동산 중개업자 또는 존재하지 않는 구매자들을 향한 당신의 적개심을 직장이나 직장 동료들에게 쏟아부어서는 안 된다는 것입니다. 이러한 문서는……."

그녀가 페터의 종이를 들어 올려 눈앞에서 마구 흔들며 말을 이었다.

"결코 건설적이라 할 수 없습니다. 학부 개편은 이미 정해진 사항이나 다름없습니다. 당신이나 나 또는 우리 학과에 속한 사람들은 이 일에 대해 어떤 식으로든 반대를 위한 교사나 선동을 할 수 없어요!"

나는 무슨 말인가를 하려 했지만, 그녀는 손을 휘휘 저으며 내가 끼어들 여지를 주지 않았다.

"협력! 잉그리 씨, 문제 해결을 위한 열쇠는 바로 협력입니다. 취지를 훼손하고 반대하는 것은 문제 해결과는 거리가 멀어요!"

"네……."

나는 피곤한 목소리로 말을 이었다.

"네, 저도 잘 알고 있습니다."

"그리고 도대체 무슨 생각으로 잉빌에게 '강경주의자' 역할을 맡겼는지 알다가도 모르겠군요? 잉빌은 어떤 일이든 5분 이상 집중을 못 하는 사람이에요! 게다가 '리더' 역할에는 페터를 적었군요? 세상에!"

그녀는 큰 소리로 웃으며 종이를 잘게 찢었다.

"이 일은 잊어버리기로 합시다. 지나간 일이라 생각하고 다시는 돌아보지 않는 게 좋겠어요. 저도 학장님께 보고하지 않겠습니다. 요즘 집 문제로 당신이 많이 피곤해하는 걸 알고 있어요. 이해합니다. 하지만 이런 일은 받아들일 수 없습니다."

"저는……."

"앞으로 학부 개편과 관련하여 당신이 분과 코디네이션 일을 맡아주세요."

"제가요? 하지만 그건 학과목 코디네이터의 일이잖아요?"

"학과목 코디네이터도 일이 넘쳐요. 안나는 아이가 셋인데다 남편은 자영업을 하고 있습니다. 이 일까지 맡겨서 업무 부담감을 줄 필요는 없다고 생각합니다. 안나의 업무 일지를 당신에게 인수인계하라고 지시하겠습니다. 회의도 많고 추가 업무도 필요한 일입니다. 하지만 추가 업무로 인한 수당은 지급되지 않습니다. 이 점을 유념해주시기 바랍니다. 잉그리 씨, 협력을 항상 염두에 두세요. 이젠 한 팀의 일원으로 일하는 것도 배울 때가 되지 않았어요?"

"하지만 저도 아이가 셋이고 남편은 밤낮으로 일을 하고 있습니다. 일종의 자영업이죠. 저도 추가 업무의 부담을 떠안고 싶지 않습니다. 특히 집을 사고팔아야 하는 바로 이 시점에서는 더더욱…… 우리가 매입한 집 가격은……."

"그건 진작에 생각했어야 했던 일이 아닌가요, '악당' 여사님? 아, 그리고 그것도…… 그게 뭐더라……."

그녀는 수첩을 뒤적였다.

"강의 시간에 학생들을 상대로 하는 '마인드퍽'을 좀 더 줄여보는 것도 좋을 것 같군요."

"네?"

"당신이 학생들의 머릿속을 마구 헤집어놓는다는 불만 사항이 접수되었어요. 학생들이 당신 강의를 들으면 매우 혼란스러워한다는군요. 영화나 대중문화로 강의 시간을 소비하는 것보다는 오히려 학생들이 이해할 수 있도록 이성적이고 합리적인 방법으로 지식을 전달하는 건 어떨까요?"

"저는 라캉과 헨리 제임스에 대해 가르치고 있습니다. 매우 복잡한 주제예요. 저는 더욱 효율적인 강의를 위해「매트릭스」영화를 예로 삼았을 뿐이에요."

"자세한 이야기는 하지 않아도 좋아요. 저는 당신이 정해진 교육과정을 따라주기만을 바랄 뿐입니다. 이해하시겠어요?"

"네."

더 말하고 싶었지만 무슨 말을 해야 할지 알 수 없어서 의자를 뒤로 밀치고 몸을 일으켰다. 내 방으로 돌아가며 방금 일어난 일의 실체와 본질이 무엇인지 곰곰이 생각해보았다.

휴대폰이 울렸다.

"여보세요?"

"안녕하십니까! 안네 운드헤임 씨?"

단조로운 목소리였다.

"누구라고요?"

"안네 운드헤임 씨가 전화번호를 주었는데 사용하지 않는 번호라고 나오더군요. 그래서 당신의 집 주소를 찾아보았답니다. 뵈르스브로테 32번지. 운드헤임 씨가 경보기를 구입하려고 했는데, 그분과 연락이 닿지 않아서요."

심장이 쿵쿵 뛰기 시작했다. 나는 다시 거짓말을 하는 수밖에 없다고 생각했다.

"안네 운드헤임 씨 말이군요? 그녀는 여기 살지 않아요. 우리 집에서 일하는 파출부랍니다."

"그렇다면 당신이 집주인인가요?"

"네, 하지만 우린 경보기가 필요 없어요. 집은 벌써 팔렸고, 우리는 내일 이사를 갈 예정이랍니다."

"집에 도둑이 들면 어떤 일이 생기는지 아십니까?"

"지금 터널 안이라 잘 들리지 않네요……."

나는 얼른 전화를 끊었다. 2초 후에 그가 다시 전화를 걸었다. 나는 수신 거부 버튼을 누른 후에 전원을 꺼버렸다.

내 힘으로 어떤 일을 해결했다는 생각으로 뿌듯해졌다. 하지만 복도 끝 모퉁이에 보이는 페터의 등을 보니 그 뿌듯한 느낌도 금방 사라져버렸다.

"페터! 페터, 잠깐만!"

그의 발걸음이 갑자기 빨라졌다는 것은 그 어떤 멍청이라도 알아챌 수 있었지만, 나는 개의치 않았다. 잠시 후 나는 그를 따라잡을 수 있었다.

"페터!"

나는 그의 팔을 움켜쥐었다.

"내가 부르는 소리를 들었다는 걸 알고 있어요! '악당', '선한 사람' 등이 적힌 문서를 내가 작성한 게 아니라고 학과장에게 말 좀 해주세요!"

"왜요?"

"학과장은 내가 하극상을 꾀하고 있는 줄로 오해하고 있어요. 그 문서 때문이에요!"

"아! 정말 잘됐어요!"

페터가 기분 좋게 외쳤다.

"뭐가 잘됐다는 거죠? 나는 그것 때문에 학부 개편 과정에서 코디네이션 일을 맡게 되었단 말이에요. 야근도 많이 해야 하고 회의도 많이 참석해야 하는데, 나는 그럴 만한 시간이 없어요. 게다가 내가 학생들을 상대로 마인드픽을 시도했다는 불만 신고도 접수되었다고요."

"나는 마인드픽에 대해선 아는 게 없어요. 하지만 당신이 학과목 코디네이터 일은 아주 잘해낼 거라는 생각은 드는군요."

"그건 당신 생각일 뿐이고……."

"솔직히 학과장이 그렇게 오해하고 있다면 오히려 잘되었어요. 내가 하고자 하는 일을 방해받지 않고 해낼 수 있으니까요. 바로 그 때문에 우리가 당신 이름을 흘렸던 거예요."

"그게 무슨 뜻인가요?"

"잉빌의 아이디어였어요. 가끔 잉빌은 생각지도 못한 일을 해낸다니까요."

"잉빌……?"

나는 혼잣말처럼 중얼거렸다.

"왜요?"

"지금 당신이 무슨 짓을 했는지 알고 있나요? 이건 처음부터 잉빌이 계획한 거예요. 나는 '희생양'이라고요. 이제 이해할 수 있겠죠? 내가 말했던 그대로라고요!"

"흥분할 필요는 없어요. 당신은 얼마 전까지만 하더라도 학과목 코디네이터였잖아요. 그쪽 임원들과도 잘 아는 사이니까 당신은 안전해요. 만약 유아교육학부로 자리를 옮겨야 될 사람이 있다면 당신은 아닐 테니 걱정할 필요 없어요."

"하지만 임원들은 내게 이 일을 해낼 만한 능력이 없다고 생각한단 말이에요."

나는 소리를 꽥 질렀다.

그는 미소를 지으며 내 어깨를 다정하게 두드렸다. 나는 무거운 한숨을 내쉬었다.

"좋아요. 일단은 아무 말도 하지 않을게요. 하지만 당신이 계획했던 이 일은 없던 걸로 해주세요. 나도 우리 모두의 관심사를 위해 협력할 테니 제발 강경주의자니 뭐니 하는 그 계획은 없던 걸로 해주세요. 우리 중 잉빌을 제외한 그 누구도 유아교육학부로 자리를 옮기지 않도록 나도 노력할게요.
어떻게 생각하세요?"

"두고 봅시다."

페터가 주저하며 말했다.

"일단 두고 보자고요."

"약속을 하란 말이에요!"

나는 그의 등 뒤에다 소리쳤다. 하지만 그는 작별 인사를
고하듯 한 손을 들어 올린 후 총총걸음으로 사라졌다.

연구실을 나설 무렵, 학과장이 전화를 걸어왔다는 것을 발
견했다. 하지만 나는 그녀에게 전화할 마음이라곤 조금도 없
었다.

16

불행히도 바로 다음 날 학부 개편과 관련한 회의가 열렸
다. 회의를 이끈 사람은 학과장, 교육학과와 복지부서를 대
표하여 참석한 이들이었다. 프랑크는 자리에 앉자마자 복지
부서 임원에게 높낮이 조절이 가능한 책상의 필요성에 대해
설명하기 시작했다.

"프랑크 씨, 오늘 회의의 주제는 직원의 복지가 아니라는
점을 유념해주시기 바랍니다."

학과장이 말했다.

"저는 복지부서의 과장으로서 항상 우리가 해야 하는 일
에 책임을 느끼고 있습니다."

그가 콧수염을 쓰다듬으며 생각에 잠긴 표정으로 말했다.

"바로 그겁니다."

프랑크는 높낮이 조절이 불가능한 책상으로 인해 자신이

얼마나 고통받고 있는지 보여주기라도 하듯 한쪽 어깨를 축 늘어뜨린 채 말을 이었다.

"관리자 측에선 직원들의 말에 귀를 기울여야 할 필요가 있습니다."

"저도 높낮이 조절이 가능한 책상이 필요해요."

잉빌이 끼어들었다.

올림머리에 꽃 장식 핀을 꽂고 온 잉빌은 평소보다 훨씬 촌스러웠다. 언뜻 6세 소녀 같기도 했고 60세 노인 같기도 했다. 영화 「제인의 말로」의 여배우 베티 데이비스를 연상시키기도 했고, 열대과일을 보는 것 같기도 했다.

"지금 무슨 말을 하고 있는 겁니까? 당신은 이미 그 책상을 갖고 있지 않습니까?"

학과장이 잉빌에게 말했다.

"네……?"

"2년 전에 물리치료를 받았을 때 그런 책상이 필요하다고 해서 따로 구비해주었잖아요. 내가 육아휴직을 시작하기 전날 복지부서 직원들이 당신 연구실에 책상을 들여놓았던 것을 아직도 또렷하게 기억하고 있습니다."

잉빌은 당황한 표정을 지었다. 나는 그녀가 '강경주의자' 역할을 해내려다 선을 넘어버린 것이라 짐작했다. 조그만 일에도 물고 늘어지는 그녀를 보니 마치 이성을 잃어버린 정신병자 같았다.

복지부서의 임원이 서류를 뒤적이는 동안, 나는 페터와 눈을 마주쳤다. 회의에서 그가 말했던 전술을 계속 밀고 나가야 하는지, 아니면 없던 것으로 할지 눈썹을 치켜올리며 말없이 물어보았다. 하지만 그는 영문을 모르겠다는 표정으로 어깨만 으쓱 추켜 보였을 뿐이었다.

"어쨌든 오늘의 회의 주제는 그것이 아니라……."

학과장이 말문을 열었다.

복지부서 임원은 헛기침을 하며 목청을 가다듬고, 발언 기회를 달라는 듯 손가락 두 개를 치켜올렸다.

"맞습니다. 잉빌 씨는 이미 높낮이 조절이 가능한 책상을 받았습니다."

갑자기 프랑크가 화를 내기 시작했다.

"나는 지난번에 허리를 다쳤는데도 높낮이가 조절되는 책상을 받지 못했습니다. 그런데 잉빌 씨가 그 책상을 받았다니요?"

"자, 자…… 알겠습니다. 프랑크 씨에게 의무과 직원을 보낼 테니 해결하도록 하세요."

프랑크는 '잘 알겠다'는 뜻으로 두 손을 들어 올렸다. 그것은 어떤 식으로 보더라도 '만족한다'는 의미와는 거리가 멀었다.

"좋습니다. 오늘 우리가 여기 모인 것은 학부 개편을 논의하기 위해서입니다. 개편과 관련해 우리가 해야 할 일들에 대해 잉그리 씨가 간략하게 말씀해주시기 바랍니다."

학과장이 말문을 열었다.

"네."

나는 고개를 끄덕이며 말을 이었다.

"준비하는 데 시간이 충분치 않아서 상세한 계획을 세우기는 힘들었습니다. 하지만 제가 살펴본 바로는 학사과정에서 적어도 두 과목을 폐지할 수 있다고 결론을 내렸습니다. 저는 어원학과 교수학을 폐지할 것을 제안합니다. 이 두 과목은 학생들에게 인기가 없을 뿐 아니라 다른 학과 과목과도 통합하는 것이 가능합니다. 추가적으로 폐지 가능한 과목으로는 세계문학이 있습니다. 이 과목은 학생들에게 꽤 인기 있는 과목이긴 하지만 문학과 관련된 다른 과목과 통합이 가능하며, 개론 없이 바로 수업이 가능한 유일한 과목이기도 합니다."

나는 동의를 의미하는 미소와 고개를 끄덕이는 사람을 찾기 위해 테이블을 둘러보았다. 내가 볼 때, 나의 제안은 천재적인 발상이었다. 정리해고도 필요 없으며 폐지와 관련된 복잡한 절차를 밟지 않아도 되기 때문이었다.

하지만 테이블을 둘러싼 얼굴들은 하나같이 굳은 표정만 담고 있을 뿐이었다.

학과장은 손가락으로 아이패드 화면을 누르고 있느라 내 말을 듣고 있는 것 같지도 않았다. 고개를 끄덕인 사람은 복지부서의 임원뿐이었다. 하지만 그는 벽만 뚫어지게 보고 있었으며, 내 말에 동의한다는 의미가 아니라 습관적으로 일으키는 경련처럼 고개를 끄덕였을 뿐이었다.

나는 내 제안이 얼마나 효율적인지 설명함과 동시에 석사 과정에 대한 개편으로 넘어가기 위해 입을 열었다. 그와 동시에 누군가가 내 앞으로 종이 한 장을 쑥 들이밀었다. 종이 위에는 '악당!!!'이라고 적혀 있었다. 나는 고개를 들어 잉빌, 프랑크, 페터와 차례차례 눈을 마주쳤다. 페터는 회의를 이끌기로 했던 임원들을 향해 보일 듯 말 듯 고갯짓을 했다.

나는 고개를 저었다.

"안 돼요! 안 돼!"

나는 혼잣말처럼 나직하게 중얼거렸다.

잉빌, 프랑크, 페터는 동시에 힘차게 고개를 끄덕였다. 내 의견에 반대한다는 뜻이었다. 심지어 잉빌은 손으로 목을 치는 시늉까지 했다. 지금 내 목숨을 위협하고 있다는 의미일까?

"잉그리 씨, 더 하실 말씀은 없는지요?"

학과장이 질문을 던졌다.

"아, 네…… 저는…….."

나는 이미 할 말을 생각해놓은 터였다. 문제 해결을 위한 방법을 제시하고 그것만 따른다면 일자리를 잃거나 자리를 옮기는 동료도 없을 것이며 동시에 학생들에게도 이점이 있을 것이라 말할 생각이었다. 하지만 나는 할복하는 시늉을 하며 나를 가리키는 잉빌에게서 눈을 뗄 수가 없었다.

엎친 데 덮친 격으로 책상 위에 올려둔 휴대폰이 진동음을 내며 바르르 떨리기 시작했다. 화면을 보니 스웨덴 연쇄살인범에게서 온 전화였다.

나는 침을 꿀꺽 삼키며, 어떻게 하면 비용도 들이지 않고 효과적으로 문제를 해결할 수 있는지 꼼꼼하게 적혀 있는 종이를 바라보았다. 심호흡을 하고 말문을 열었다.

"저도 높낮이 조절이 가능한 책상이 필요합니다."

"네?"

"그렇습니다. 모두들 그 책상을 사용하는데 저만 빠질 수는 없다고 생각합니다. 높낮이 조절이 가능한 책상 말입니다. 저도 허리가 너무 아파요. 사실은 아주 많이 아픕니다."

학과장이 의자를 뒤로 쑥 빼고 나를 쏘아보았다. 그 눈빛은 몇 초 전 나를 쏘아보았던 동료들의 눈빛만큼이나 강렬했다.

"그러니까, 당신도 특별한 책상을 원한다는 말이죠?"

그녀가 천천히 또박또박 말했다.

"네, 그렇습니다."

"혹시 특별한 '의자'를 말씀하시는 건 아닌가요?"

나는 소리 나지 않게 헛기침을 했다.

"네, 그럴 것 같습니다."

"등받이가 없는 의자 말이죠?"

나를 빤히 바라보던 그녀의 눈이 실처럼 가늘어졌다. 잉빌이 승리의 미소를 짓는 것을 느낄 수 있었다.

"아…… 잘 모르겠습니다."

나는 나직이 말하며 침을 꿀꺽 삼켰다.

"저도 의자가 필요합니다. 특별히 고안된 의자가 필요해요."

페터가 끼어들었다.

"저도 필요합니다."

프랑크가 뒤를 이었다.

"저도 필요해요. 하나 더……."

잉빌의 목소리였다.

갑자기 회의실에 정적이 찾아들었다. 학과장은 종이에 무언가를 휘갈겨 쓰더니 고개를 들어 내 눈을 빤히 쳐다보았다. 그녀의 눈빛은 지금 당장이라도 나를 유아교육학부로 재배치시킬 수 있다고 말하는 것 같았다. 이 상황에서 벗어날 수 있는 방법은 나의 태도를 완전히 바꾸는 것밖에 없었다.

나는 팀을 떠올렸다. 배신자가 되지 않기 위해선 무엇을 해야 할까.

그다음부터는 기억이 잘 나지 않지만, 책상을 두드리기 시작한 사람이 나라는 것만큼은 명확히 기억할 수 있었다. 가볍게 책상을 두드리기 시작했던 내 주먹에 점점 힘이 들어갔다. 잠시 후 구호를 외치기 시작한 것도 나였다. 나직하게 시작되었던 구호 소리는 점점 커졌다.

"책상, 책상, 책상, 책상!"

모두들 내 구호에 동참했다. 책상을 요구하는 구호 소리는 점점 커졌고, 결국에는 마치 기괴한 성적 욕구를 만족시키기라도 하듯 반항과 울분을 담은 기괴한 소리로 바뀌어 회의실 안을 파도처럼 휩쓸었다.

"책상, 책상, 책상, 책상!"

"좋습니다!"

학과장이 자리에서 벌떡 일어나 책상 위로 상체를 쑥 내밀고서 차례차례 우리에게 눈길을 던졌다. 그 눈길은 마치 성난 용의 눈빛을 닮았기에 두려워지기 시작했다.

"당신들이 무슨 생각을 하고 있는지 내가 모를 거라고 생각하나요? 좋습니다. 나도 당신들의 장난에 동참하겠습니다. 오늘 회의는 여기서 마치겠습니다. 하지만 차후에 한 사람씩 따로 면담을 할 것입니다. 그때는 학장님도 함께 자리할 테니 그리 아세요. 어쩌면 총장님도 함께하실지 모르겠습니다."

"총장님이라고요……?"

잉빌이 나직이 말했다.

"그렇습니다. 총장님이 우리 학부를 어떻게 생각하는지, 그리고 여러분의 교수법에 대해 무슨 생각을 하고 계시는지 당신들도 알게 될 것입니다. 한 가지 덧붙이자면, 총장님은 여러분의 팬이 아니라는 사실을 유념해주시기 바랍니다."

"그게 꼭 필요한 일일까요?"

페터가 쉰 목소리로 말했다.

"그렇습니다. 매우 필요한 일입니다."

학과장이 단호하게 말했다.

우리는 일제히 자리에서 일어났다. 학과장은 여전히 테이블 위로 상체를 쑥 내민 채 서 있었다.

"잉그리 씨는 남아주세요."

학과장이 내게 눈길도 돌리지 않은 채 말했다.

나는 절망적인 눈길을 페터에게 보냈지만, 그는 말없이 등을 돌려 성큼성큼 회의실을 나가버렸다.

학과장이 자리에 앉아 내게 가까이 와서 앉으라는 손짓을 했다.

"잉그리 씨, 나는 오늘 특별히 당신에게 실망했습니다. 지금 당신에게는 생각할 시간이 필요하다고 결론을 내렸습니다. 충분한 시간을 두고 깊이 생각할 시간 말입니다. 향후 20년 동안 당신이 진정으로 무엇을 해야 하는지 생각해보시기 바랍니다. 당신이 원하는 일이 무엇인지 곰곰이 생각해보세요. 연구 작업인지, 아니면 기타를 연주하며 아이들에게 동요를 가르치는 일인지! 그건 당신이 선택해야 할 일입니다. 다행히도 당신이 여유를 가지고 생각할 수 있는 적절한 장소가 있습니다."

"그렇습니까?"

그녀가 천천히 고개를 끄덕였다.

"그게 어딘가요?"

"러시아입니다."

"러시아라고요?"

"우리는 러시아의 상트페테르부르크 국립대학과 자매결연을 체결하기 위해 노력해왔습니다. 당신도 알고 있죠?"

"저는……."

"당신도 아시다시피 우리 대학의 슬로건은 '혁신'입니다. 동시에 우리는 대학의 국제화를 위해 노력하고 있으며, 특히 동유럽 쪽으로 관심을 가지고 있습니다. 그 일환으로 우리는 러시아의 상트페테르부르크 국립대학에 약 1주일간 사절단을 보내기로 했습니다."

"하지만 사절단은 이미 정해진 것으로 알고 있습니다. 프랑크가……."

"맞습니다. 프랑크, 잉빌, 페터가 사절단의 멤버입니다. 세 명이죠. 러시아는 홀수를 좋아합니다. 사절단으로 두 명이 오는 것을 좋아하지 않습니다. 네 명도 마찬가지입니다."

"이미 세 명으로 확정되지 않았습니까?"

"하지만 남자 두 명과 여자 한 명은 좋지 않은 조합입니다."

"러시아 사람들은 남자들을 좋아하지 않나요?"

"그들은 남성 사절단을 선호하지만, 우리는 그렇지 않습니다. 남자 두 명과 여자 한 명을 사절단으로 보내는 건 우리 입장에서 그리 모양새가 좋지 않습니다. 그쪽 대학에서 남녀평등과 관련한 우리 대학의 입장을 자칫 오해할 수 있기 때문입니다. 따라서 저는 프랑크 대신 당신을 러시아 사절단에 포함시킬 생각입니다."

"하지만 저는 한 달 후에 컨퍼런스에 참가해야 하고, 또……."

"다음 주에 러시아로 가세요."

그녀는 안경 너머로 나를 빤히 바라보았다.

"러시아에서는 '마인드픽'이나 '악당' 심리가 그리 쉽게 통하지 않을 겁니다. 러시아에는 높낮이 조절이 가능한 책상이나 특별히 고안된 의자도 없습니다. 나는 당신이 러시아에 가서 좀 더 생각할 시간을 가지길 바랍니다. 스스로 원하는 것이 무엇인지 곰곰이 생각해보세요. 저의 예를 들자면 지금 당장 제가 원하는 것은 대학 간의 네트워크 조성과 긍정적인 국제화 작업, 그리고 국경을 넘은 건설적인 협력 방안입니다. 이해하시겠습니까?"

"네, 잘 이해합니다. 하지만 저는……."

"좋습니다. 이제 그만 나가보세요."

어떻게 하면 이 상황을 빠져나갈 수 있을까 궁리하느라 내 머릿속은 복잡하기 그지없었다. 마치 유체이탈을 경험하는 것만 같았다. 회의실에서 내뱉었던 '책상'이란 단어는 내 가슴속에 타인은 물론 나 자신조차도 건널 수 없는 깊숙한 골짜기를 만들어버렸다. 나는 몸을 일으키고 문을 향해 천천히 발을 옮겼다.

"러시아에 가려면 비자가 필요해요."

학과장이 고개도 들지 않은 채 말을 이었다.

"이번 주 내에 오슬로에 가서 비자를 신청하도록 하세요. 신속 처리 시스템을 이용하면 신청 당일에 비자를 발급받을 수도 있다고 들었습니다. 행운을 빌겠습니다."

17

"러시아?"

비외르나르는 그런 나라가 있는지도 몰랐다는 듯 내게 되물었다.

"이 지구상에서 가장 좋지 않은 나라야. 하지만 회의에서 책상 사건이 있은 후엔 선택의 여지가 없다는 걸 깨달았어. 만약 이번에 내가 러시아에 가지 않으면 유아교육학부로 자리를 옮겨야 될 것 같아. 일이 이렇게 된 이상 당장 보름 후에 이사를 가야 한다는 사실, 해야 할 일이 수천 가지나 된다는 사실을 내게 상기시켜주지 않아도 돼. 짐을 싸고 대청소를 하고 집을 보러 오는 사람들을 맞이해야 하고, 이삿짐을 실을 트럭을 구하고 짐을 옮겨야 하는 일 등등……."

갑자기 목이 메어오는 듯한 느낌에 말을 멈추고 비외르나르를 쳐다보았다. 그는 여전히 러시아가 뭔지 생각하고 있는 듯, 내 등 뒤에 자리한 벽만 뚫어지게 바라보고 있었다. 어쩌면, 그는 우리의 경제 사정과 정신력이 어느 정도로 무너질 것인지 가늠해보고 있는지도 모르는 일이었다. 문득 허벅지가 바르르 떨리기 시작했다. 최근에 자주 경험한 증상이라 이상하다는 생각은 들지 않았다.

"내게 비자가 발급되지 않기만을 바랄 뿐이야."

"응. 그러길 바랄 뿐이야."

그는 마치 앵무새처럼 내 말을 되풀이했다.

나는 대사관의 닫혀 있는 문 앞에서 추위에 떨며 발을 동동 구를 때도 속으로 그 말을 되풀이했다. 분홍색 파커를 입은 여자가 내 앞을 지나쳤다. 그녀는 비좁은 복도를 지나 대사관의 출입문을 열고 건물 안으로 사라졌다. 몇 분 후, 검은색 가죽 재킷을 입은 남자가 같은 행위를 되풀이했다. 러시아 대사관의 홈페이지에는 굵은 글씨로 오전 9시 이전에는 업무를 보지 않으며, 업무 시간 전에는 아무도 대사관을 출입할 수 없다고 적혀 있었다.

해도 뜨기 전의 어두운 가을 하늘 아래 멍하니 바보처럼 서 있을 필요가 없다는 생각이 스쳤다. 나는 분홍색 파커를 입은 여자가 갔던 길을 천천히 따라가 대사관의 묵직한 출입문을 조심스레 열어보았다. 갈색 벽지를 바른 비좁은 대기실 안에는 플라스틱 의자와 텅 빈 물통만 자리하고 있었다. 대사관 업무를 시작하기까지는 30여 분이나 남아 있었지만, 방탄유리 옆에는 한 무리의 사람들이 모여 서서 벽에 걸린 스피커에 대고 러시아어로 무슨 말인가를 주고받고 있었다. 안내문을 살펴보았다. 키릴문자밖에 보이지 않았다. 한 중앙에 자리한 대기표를 뽑는 거대한 기계 위에도 키릴문자만 적혀 있을 뿐이었다.

"헬로."

나는 대기표 기계를 향해 혼잣말로 중얼거렸다.

알 수 없는 글자가 화면 속에서 반짝였다. 여러 개의 네모난 칸이 모습을 드러내는 것으로 보아 숫자를 입력해야 하는 것 같았다. 나는 예약확인서를 꺼내 들고 거기에 적힌 숫자를 입력했다.

예약번호.

기계는 아무런 반응도 보이지 않았다.

내 전화번호.

역시 아무런 반응이 없었다.

여권번호.

무반응.

1-2-3-4-5-6.

마지막 숫자를 입력하자마자 기계에서 날카로운 경보음이 흘러나왔다. 그 소리에 모여 있던 사람들이 일제히 나를 향해 몸을 돌렸다. 당황한 나는 얼른 아무 숫자나 더 눌러보았다. 갑자기 문이 열리며 파마를 한 몸집이 큰 여자가 다가와 나를 밀친 후, 기계의 전원 코드를 뽑았다가 다시 꽂았다.

"아무 숫자나 누르면 안 돼요."

그녀가 내 얼굴에 대고 소리를 치고는 왔던 문으로 다시 사라졌다.

"뭘 어떻게 해야 될지 모르겠단 말이에요! 나는 러시아어를 읽을 줄 모른다고요!"

나는 그녀의 등에 대고 소리쳤다.

"생년월일!"

검은색 가죽 재킷을 입고 경보음이 울리자마자 대기실 안에 들어왔던 남자가 말했다. 나는 떨리는 손으로 내 생년월일을 입력했다. 그러자 대기번호가 찍힌 작은 종이가 나왔다. 113. 잠시 후 어떤 마법이 행해졌는지는 알 수 없었지만 대기실의 플라스틱 의자에 앉아 커피를 마시고 있는, 적어도 열댓 명은 될 것 같은 러시아인들을 제치고 내 차례가 되었다.

뿌듯했던 느낌은 금방 사라져버렸다. 유리 너머에 앉아 있는 남자가 113이라는 내 대기번호에 조금도 관심을 보이지 않았기 때문이었다. 그는 나를 본 척도 하지 않고 반짝반짝 광이 나는 마피아 양복을 입고 있는 한 남자에게 손짓을 했다. 그는 약 10분 전 대사관 앞 통로 밑에서 담배를 피우던 바로 그 남자였다. 두 사람은 무슨 영문인지 말다툼을 하는 것 같았다. 마피아 양복을 입은 남자는 쉴 새 없이 무언가를 설명했고, 방탄유리를 사이에 두고 나를 맞이했던 남자는 세차게 고개를 젓더니 두 손으로 얼굴을 감싸 쥐었다.

두 가지 생각이 머릿속을 스쳤다. 마피아 양복 차림의 남자는 곧 악어 밥이 될 운명이라는 생각과, 내 앞에 앉아 있는 남자의 검은 머리는 스프레이 염색제 때문이며 소비에트연방 시대를 벗어나지 못한 구시대적 사고방식의 소유자라는 생각이었다. 마피아 양복 차림의 남자는 90년대 이후에 태어난 사람 같았다. 그는 바닥이 열리면 입을 벌리고 먹이를 기다리는 악어들이 있으리라곤 꿈에도 생각지 못했을 것이고, 그가 발을 담고 살아가는 이 시대는 페레스트로이카와 기회로 가득 찬 세상이라 믿고 있을 것이 틀림없었다.

그들의 대립이 내게도 영향을 미칠지 모른다는 생각이 스쳤다. 비록 나는 비자를 받고 싶은 마음이라곤 조금도 없었지만, 비자 발급을 거부당할 경우 일자리를 옮겨야 될지도 모른다는 생각에 두려워지기 시작했다. 문득, 나도 그들의 덫에 빠져 악어 밥이 될 확률이 적어도 50퍼센트 이상은 된다고 생각했다. 그렇다면 마피아 양복 차림의 남자와 나는 끝내 같은 운명에 직면하게 되는 것이다.

마피아 양복이 절망적인 표정으로 걸어 나가고, 염색 머리가 113이라는 나의 대기표를 향해 고개를 돌렸을 때, 내가 억지로나마 환한 미소를 짓고 가능한 한 긍정적인 기운을 풍기기 위해 애쓴 것은 바로 그 때문이었다.

"안녕하세요!"

나는 방탄유리 앞에서 손을 흔들며 조그만 스피커에 대고 소리쳤다.

"프리비엣!"

염색 머리 남자는 내 말을 들은 척도 하지 않고, 피곤한 표정으로 필요한 서류를 금속 서랍 위에 올려놓으라는 듯 손짓을 했다. 나는 착한 학생처럼 두말없이 여권과 여행보험증명서, 상트페테르부르크 대학에서 발송된 초청장, 그리고 비자 신청서를 올려놓았다. 그는 내가 서랍에서 손을 떼기도 전에 신경질적으로 서랍을 휙 잡아당겼다.

문득, 음식을 더 잘 먹어야 한다는 의사의 권고를 따르지 않은 것이 후회되었다. 고기와 야채를 더 많이 먹으라고 했던가. 조그만 일에도 머릿속이 이상해지는 것 같은 이 느낌은 영양 부족 때문이라는 생각이 스쳤다. 심지어는 가끔 꿈속에서도 어지럼증을 느낄 때가 있지 않은가.

"5일 걸립니다."

스피커를 통해 개가 짖는 듯한 소리가 흘러나왔다.

나는 깜짝 놀라 한 발 뒤로 물러섰다.

"네? 뭐라고요?"

"비자가 발급되기까지 닷새가 걸린다고 했습니다. 하루, 이틀, 사흘, 나흘, 닷새!"

"그러면 안 되는데…… 저는 닷새 후에 러시아로 가야 한단 말이에요. 하루, 이틀, 사흘…….."

그가 어깨를 으쓱 추켜올렸다.

"인터넷 홈페이지에 신속 발급도 가능하다고 하던데요. 저는 그게 필요합니다."

"그런 건 없습니다."

"아니, 홈페이지에 있다니까요. 여기 보세요."

나는 홈페이지를 프린트해온 종이를 꺼냈다.

"만약 600크로네를 추가로 지불하면 당일 발급도 가능하다고 적혀 있어요. 여기! 대사관 홈페이지에요!"

그는 짜증스런 표정을 지으며 한 손을 번쩍 치켜들었다. 다섯 손가락을 쫙 편 채.

"하지만 신속 발급은……."

"그런 건 없습니다!"

"돈도 가져왔어요. 여기 있어요! 현금으로 600크로네를 가져왔다고요. 홈페이지에 적혀 있는 그대로."

나는 지폐를 꺼내 들고 환하게 미소를 지었다.

"당신이 결정하는 일입니까?"

"아니, 그게 아니라 홈페이지에 그렇게 적혀 있……."

그가 주먹으로 책상을 쾅 내려치자 책상 위에 있던 비품들이 풀쩍 날아올랐다.

"이건 모스크바에서 결정하는 일입니다! 인터넷이 결정하는 일이 아니란 말입니다!"

"하지만……."

쨍그랑!

영수증이 담긴 금속 서랍이 옆으로 휙 밀쳐졌다. 염색 머리 남자는 책상 왼쪽에 있는 빨간 버튼으로 손을 가져갔다. 빨간 버튼을 누르는 그의 손가락을 보며 나는 숨을 멈추었다. 발밑의 바닥이 양옆으로 열리며 입을 쫙 벌린 악어들이 모습을 드러내리라 생각했다. 하지만 바닥은 열리지 않았고, 대신 검은 가죽 재킷의 사나이가 들어왔다.

그는 체념한 듯 고개를 절레절레 흔들었다.

"노르웨이가 아니라 러시아란 말입니다."

"네, 잘 알겠습니다."

나는 천천히 출입문 쪽으로 발을 옮겼다. 하지만 염색 머리 사나이가 한 손으로는 주먹을 쥐고 유리를 쿵쿵 내려치고, 다른 한 손으로는 가죽 재킷 사나이에게 나를 가리키며 바보 멍청이라고 말하는 듯한 소리에 발을 멈추었다.

"영수증을 상자에 넣으세요."

가죽 재킷을 입은 사나이가 말했다.

나는 상자를 닮은 물건이 있는지 찾아보려고 고개를 두리번거렸다. 창문에 종이쪽지들이 덕지덕지 붙어 있는 곳에 상자가 하나 보였다. 그곳으로 가니 파마머리를 한 둥둥한 여자가 새 영수증을 발급해주었다.

"저는 비자를 받기 싫습니다."

나는 영수증을 흔들며 말했다.

"여권을 돌려주시기 바랍니다."

"5일 걸립니다."

"하지만 저는 러시아에 가기 싫다고요! 마음이 바뀌었어요."

"5일 걸립니다. 이제 가보세요."

파마머리 여인이 고개를 흔들며 했던 말을 되풀이했다.

학과장에게 대사관에서 있었던 일을 이야기해주었더니, 학과장도 파마머리 여인과 마찬가지로 고개를 절레절레 흔들었다.

"비행기 표를 바꾸는 수밖에 없겠군요. 출발일을 늦추어서 오슬로에서 비행기를 타고 가세요. 이런 식으로 사절단에서 발을 뺄 생각은 하지 마세요. 당신은 무슨 일이 있어도 러시아에 가서 자매결연 협정을 체결해야 합니다. 너무 어렵게 생각할 필요 없어요."

심지어는 비외르나르도 고개를 흔들었다. 하지만 그가 고개를 흔들었던 이유는 웃음을 참지 못했기 때문이었다. 문득, 그가 웃는 모습을 참으로 오랜만에 본다는 생각이 스쳤다. 동시에 러시아에 가는 것도 나쁘진 않겠다는 생각이 들었다. 오히려 좋은 경험이 될 수도 있지 않을까. 비록 현재는 파산 직전에 이르렀지만, 앞으로 우리의 부부 관계를 더욱 돈독히 할 수 있는 그런 경험 말이다.

"난 러시아 재판정에 있는 조그마한 우리 안에 갇히게 될까봐 겁이 나."

"당신은 조그만 일에도 쓸데없이 두려워하는 게 문제야. 만약 당신이 러시아에 가게 되면 그 두려움이 반대로 변할지 또 누가 알겠어?"

"긍정적으로?"

"예를 들어 그렇다는 말이야."

나는 침대에 누워 오랫동안 생각에 잠겼다. 러시아에 간다는 생각을 하니 쇳덩어리로 만든 손이 내 심장을 쥐어짜는 것 같았고, 머리에는 이가 생긴 듯 미치도록 가려웠다. 하지만 비외르나르의 말을 듣고 나니 어느새 러시아에 가도 나쁘지 않을 것 같다는 생각이 조금씩 자라고 있었다. 어쩌면 좋은 경험이 될지도 모르잖아? 한 번도 경험해보지 못했던 두려움에 정면으로 맞서다 보면 결국엔 초현실적인 힘을 얻을 수도 있지 않을까?

18

대학의 국제화 작업의 일환으로 사절단에 포함되었다가
나 때문에 제외되어 실망에 빠져 있을 프랑크를 생각하니 그
를 마주할 자신이 없었다. 때문에 나는 지난 며칠 내내 프랑
크를 의도적으로 피했다. 하지만 출발 전날, 그가 나를 찾아
왔다.

"사절단에 끼어드셨더군요?"

그가 입술을 꽉 깨물며 비참한 표정으로 말했다.

"끼어든 게 아니라…… 나는 단지…….."

"저는 대학 간의 협력에 대해서라면 그 누구보다 더 잘 알
고 있습니다. 그 누구보다도 더!"

"그건 의논의 여지가 있는 문제고요…… 내가 말하고 싶
은 것은…… 그러니까, 난 처음부터 러시아에 사절단의 일원
으로 갈 생각이 없었어요. 하지만 어쩔 수 없었어요. 악당 전

술 때문에……."

그가 굳은 표정을 지으며 손가락 하나를 들어 올려 내 코 앞으로 가져왔다.

"이게 보입니까?"

"네."

"안 좋은 냄새가 느껴지나요?"

"특별히 나쁜 냄새는 안 나는데요?"

"그것 참 이상하군요. 나는 여기서 아주 이상한 냄새가 나는 것 같은데…… 아주 이상한 냄새!"

나는 한숨을 내쉬었다.

"내 말을 좀 들어보세요. 당신이 사절단에서 제외된 건 정말 유감으로 생각해요. 솔직히 난 당신이 러시아에 갔으면 좋겠어요. 하지만 이건 내가 결정할 수 있는 일이 아니에요. 만약 당신이 누군가에게 책임을 돌리고 싶다면 차라리 페터나 잉빌을 찾아보세요. 처음부터 악당 전술을 고안해냈던 건 그들이니까요. 당신도 잘 알고 있죠?"

"아주 이상하군요!"

프랑크는 내 얼굴에 대고 소리를 지른 후, 성큼성큼 걸어 복도 끝으로 사라졌다.

"내일 출국해."

그날 저녁, 나는 비외르나르에게 말했다.

"나도 알고 있어."

우리는 이삿짐을 넣은 종이 상자들 사이에 서서 서로를 바라보았다.

우리가 이사에 대한 이야기를 하지 않은 지는 꽤 오래되었다.

이사뿐 아니라 집과 가정에 대한 이야기는 단 한마디도 나누지 않았다.

때문에 이사를 하기 1주일 전까지도 우리는 내가 언제 러시아에서 오는지 서로 묻지도 않았고 대답도 하지 않았다.

집이 팔릴 기미는 전혀 보이지 않았다.

우리가 왜 이사를 해야 하는지, 무엇 때문에 한 번밖에 살펴보지 않았고, 심지어 지금은 내부 구조조차 기억하지 못하는 그 낡고 거대한 집을 사야만 했는지도 기억을 못했다.

최근에는 아스트리 린드그렌의 책이 행복한 가정을 그린 것이 아니라는 생각을 하기 시작했다. 엄밀히 말하자면 성탄절 이야기를 다룬 「어수선한 동네」와 「바케뷔 마을」을 제외하면, 하나같이 부모를 잃은 고아 이야기나 고생하는 홀어머니 또는 알코올중독자 아버지 밑에서 비참한 생활을 하는 아이들의 이야기뿐이라는 데 생각이 미쳤다.

도대체 무슨 마음으로 이토록 일을 벌였을까.

지금까지 나는 어디에 있었으며, 또 앞으로는 내게 어떤 일이 생길까.

그 와중에 나는 러시아로 가야만 했다.

"다녀올게."

나는 며칠 전처럼 비외르나르가 굳어버린 내 마음을 풀어줄 한마디나, 힘이 나는 말을 해주기를 기다렸다. 물론 그가 며칠 전 정확히 무슨 말을 내게 해주었는지는 기억을 할 수 없었다.

"잘 다녀와."

나는 목구멍으로 올라오는 울컥하는 덩어리를 애써 삼키며 또 다른 어둠 속으로 발을 내디뎠다.

나는 깊고 머나먼 태홈의 어둠을 앞에 두고 있었다. 어쩌면 다시 빛의 세계로 되돌아올 가능성을 타진해볼 수 있을지도 모른다는 생각이 어렴풋이 스쳤다.

그토록 고대했던 한 줄기 빛이 내 앞에 모습을 드러냈다. 비행기 표를 뒤늦게 변경한 탓에 좌석이 일등석으로 업그레이드되었던 것이다. 비행기의 일등석이 의미하는 것은 단 하나, 샴페인이 아니었던가.

이것이 축하할 일은 아니라며, 나는 들떠오는 마음을 애써 가라앉혔다.

그저 내게 일어난 일들 중 하나라며 자연스럽게 받아들이려 했던 것이다.

매우 자연스럽게! 태홈을 떠올릴 필요는 없었다.

나는 승무원에게 무엇을 주문할지 이미 머릿속으로 생각

해놓았다. 하지만 어쩐 일인지 막상 승무원이 다가오자 옆 좌석의 승객이 했던 말을 되풀이하고 말았다.

"커피와 코코넛 케이크를 주세요."

그가 말했다.

"커피와 코코넛 케이크."

나는 그의 말을 그대로 따라 했다.

코코넛 케이크? 나는 코코넛 케이크를 좋아하지도 않는데? 게다가 비행기에서 주는 코코넛 케이크는 역겨울 정도로 달짝지근한데다 야자유를 굳힌 것처럼 쩐득하기까지 할 것이 틀림없었다.

그럼에도 한동안은 그럭저럭 만족할 수 있었다. 따스한 커피. 집에서 가져온 책 한 권. 대기난류도 없었다.

문제는 그다음부터였다. 책을 잘못 가져왔다는 것을 깨달았다. 한 아이가 사랑이라곤 전혀 없는 웨일즈의 한 부부에게 입양되었고, 아이의 친부모는 강제수용소로 가게 되었다는 이야기였다. 닭똥 같은 눈물이 책장과 커피 잔 속으로 뚝뚝 흘러내렸고, 흐느낌을 억누르다 보니 결국엔 온몸이 달달 떨리기 시작했다.

흐느낌을 멈춰보려고 심호흡을 하니, 배 속에 단단하게 뭉쳐 있는 야자유 덩어리를 느낄 수 있을 것 같았다. 얼른 비행기에서 뛰쳐나가고 싶다는 생각뿐이었다.

시계를 보았다. 상트페테르부르크에 도착하기까지는 아

직 두 시간이나 남아 있었다.

마음을 진정시켜보려고 애써보았지만, 이미 머릿속은 텅 비어 있었다.

도대체 내게 무슨 일이 일어난 걸까?

사실 따지고 보면 나는 지금까지 문제가 생길 만한 곳에 항상 나도 모르게 발을 들여놓았던 경향이 없지 않았다.

그럼에도 나는 항상 나만의 방법으로 상황을 통제해올 수 있었다. 불안감이 치솟아도 그것은 일종의 암묵적이고 불가항력적인 잠재적 요소로 존재했으며, 나를 물리적으로 위협하진 않았다.

하지만 비행기 안에서의 상황은 달랐다.

나는 그것이 전환점이 될 수 있을지도 모른다고 생각했다. 미친 사람들은 태어날 때부터 미치진 않았을 것이다. 삶을 지탱해오던 실이 어느 한 시점에서 툭 끊어졌기 때문이 아닐까.

그러면 정신병자가 되는 것이다.

다시 쇳덩어리가 가슴을 짓눌러왔다. 나는 허벅지를 내려다보았다.

그 자리에 더 앉아 있을 수 없었다.

더 앉아 있는 건 불가능했다.

비행기에서 벗어날 수 없을지도 모른다는 생각이 스쳤다.

좌석에서 영원히 벗어날 수 없을지도 모른다는 생각.

이코노미석으로 향하는 커튼을 열면 희망의 빛줄기를 볼

수 있을 것 같았다.

작은 창문들.

창밖의 구름들.

가슴을 짓누르는 쇳덩어리.

페터나 잉빌을 찾아볼까 하는 생각이 들었다. 그들은 저 아래 어딘가에 있을 것이다. 하지만 나는 얼른 그 생각을 접었다. 그들은 내가 하는 일에 반대만 할 것이 분명하다는 생각이 뒤를 이었기 때문이다.

나는 옆 좌석의 코코넛 케이크로 시선을 돌렸다.

침을 꿀꺽 삼켰다.

"안녕하세요."

나는 내가 만들어낼 수 있는 최대한의 호의적인 목소리를 짜냈다.

"그쪽도 상트페테르부르크에 가시나 보죠? 일 때문인가요, 아니면 휴가 여행인가요?"

비행기 안내 책자를 보던 남자가 놀란 표정으로 내게 고개를 돌렸다.

"일 때문입니다."

그가 무뚝뚝하게 대답했다.

"아, 그렇군요."

나는 다음 질문을 생각해내기 위해 머리를 쥐어짰다.

"저도 그래요. 무슨 일을 하시나요?"

그가 잠시 주저했다.

"저는 콩스베르그 그룹에서 일하고 있습니다."

"아, 그래요?"

나는 평소보다 한 옥타브나 높이 나오려는 목소리를 애써 억눌렀다.

이제 무슨 일이 생길까? 이 비행기 안에는 정신병원에서 사용하는 강압복도 있을까? 그것만큼은 피해야 하는데……
나는 콩스베르그 그룹에 대해 질문할 거리를 찾기 위해 머리를 굴렸다.

"많이 설레시겠어요."

나는 열성을 보이며 질문을 이어갔다.

"큰 회사인가요?"

그가 어이없다는 표정을 지었다.

"콩스베르그 그룹에 대해서 한 번도 들어본 적이 없나요?"

나는 고개를 저었다.

"직원이 7,500명이나 되는 회사입니다."

"오, 아주 많군요. 당신은 무슨 일을 하시나요?"

"저는 무기관리과의 과장입니다."

"아, 그렇군요. 사냥이나 낚시……?"

"그런 부류는 아닙니다."

"아니라고요?"

"네."

"전쟁 무기인가요?"

나는 큰 소리로 웃으며 물어보았다.

"국방 관련 부서입니다."

"국방! 아…… 그렇군요."

그쯤에서 대화를 멈추었다면 좋았을 텐데. 하지만 내 가슴을 짓눌러오는 쇳덩어리는 사라지지 않았다. 과호흡증이 생겨날 것 같았다. 차라리 의식을 잃을 수만 있다면.

"여가시간에는 뭘 하시나요?"

"왜 제게 관심을 보이시는 거죠?"

"특별한 이유는 없어요. 비행시간이 워낙 길다 보니까…… 대화를 하면 좋지 않을까 싶어서. 평범한 이유죠."

"괜찮으시다면, 저는 대화를 하기보다는 책을 읽고 싶은데요."

"오, 물론! 그러세요! 풍부한 지식은 독서에서 비롯되는 것이죠."

나는 큰 소리로 웃으며 엄지손가락 두 개를 치켜들었다. 하지만 콩스베르그 사나이는 내게 눈도 돌리지 않고 비행기 안내 책자에 얼굴을 파묻었다. 나도 내 앞에 펼쳐져 있는 책으로 시선을 돌렸다. 글자는 눈물로 얼룩져 있었다. 나는 승무원 호출 버튼을 여러 번 힘껏 눌렀다.

"와인을 좀 가져다주시겠어요?"

"물론입니다. 어떤 와인을 원하십니까?"

"레드와인. 아니, 잠깐만요. 화이트와인. 아니, 잠깐만…… 레드와인과 화이트와인 둘 다 주세요. 그리고 샴페인도 주세요."

"저희는 프로세코밖에 없습니다."

"프로세코도 좋아요."

2분 후, 승무원이 주문한 와인과 프로세코를 가져왔고, 나는 주문했던 순서와는 반대로 단숨에 병을 비웠다. 잠에 빠지기 직전에 머릿속을 스친 것은, 공황 상태에서 벗어나기 위해 술을 마신다는 것은 또 다른 어둠 속으로 첫발을 내디디는 것이라는 생각이었다.

19

여권 검사를 하는 여인은 나를 국경 안으로 들여보낼 생각
이 없는 것 같았다. 나는 내가 술에 취한 것처럼 보였기 때문
인지, 아니면 충분히 술에 취한 것 같지 않았기 때문인지 가늠
할 수가 없었다. 하지만 비자상으로는 전혀 하자가 없었기 때
문에 그녀가 입국을 거부할 이유는 없었다. 나는 되돌아갈 때
도 이처럼 아무 문제 없이 나갈 수 있으면 좋겠다고 바랐다.

나는 수하물을 찾는 장소에서 페터와 잉빌을 만났을 때 그
바람을 입 밖으로 내어 말했다.

"무슨 뜻이죠?"

잉빌이 물었다.

페터는 입술 사이로 바람을 만들어 휙 불었다.

"문제를 일으켜보려면 일으켜보라지! 나는 영국 국적을
가지고 있지만 잉그리 씨가 무슨 뜻으로 그런 말을 하는지

잘 이해할 수 있어요. 이 나라의 모든 시스템은 보수적으로 돌아가고 있답니다."

"동성애자의 권리에 대해 말하고 있는 건가요?"

내 질문에 그가 손을 휘휘 내저었다.

"소비에트연방에는 모든 일이 이상주의적 투쟁의 한 부분으로 고려된답니다. 역사 이래 이러한 투쟁은 파도처럼 생겨났다 사라졌다를 반복하고 있어요."

"현재는 소비에트연방이 아니라 러시아라고 알고 있는데요?"

그가 코웃음을 쳤다.

"잉그리 씨, 당신은 가끔 정말 순진하게 보일 때가 있어요! 러시아인들이 단 한 번이라도 90년대의 구조적인 단편화 물결에 합류한 적이 있다고 생각하세요? 눈을 뜨세요, 잉그리 씨! 현 상황을 보자면, 러시아의 곰은 동면에서 깨어날 준비를 하고 있는 게 분명해요. 그 끝은 어디일까요? 물론 과거보다 훨씬 강력하고 새로운 소비에트연방이 탄생될 것입니다. 제 말을 믿으세요. 하지만 지금은 정치범을 억류한다 하더라도 국제사회에서 이득을 볼 수 없기 때문에, 우리도 이 나라에서 안전하게 지낼 수 있을 거예요."

잉빌이 고개가 떨어져라 힘차게 끄덕였다.

"우리는 대학 간의 학문적 교류와 국제화, 자매결연을 목적으로 이곳에 왔다는 것을 잊지 마세요. 우리가 생각할 것은 오직 그것밖에 없습니다."

잉빌이 우리에게 상기시켰다.

그녀를 자세히 살펴보았다. 평소보다 훨씬 많이 치장한 것이 금방 눈에 띌 정도였다. 패션의 주제는 열대과일과 해적의 만남이라고나 할까. 귓불에는 공작새의 깃털을 닮은 귀걸이가 걸려 있었고, 한껏 끌어올린 올림머리에는 셀 수 없이 많은 실핀이 꽂혀 있었다. 여기저기 실핀이 툭툭 튀어나온 곳도 적지 않았다. 검은색 단화 부츠와 푸른색 레깅스, 망토를 연상시키는 헐렁한 보라색 스웨터와 노란색 아웃도어 재킷.

페터의 옷차림은 영국 귀족을 연상시켰다. 갈색 코르덴바지와 체크무늬 셔츠, 녹색 브이넥 스웨터와 번쩍번쩍 광이 나는 가죽 재킷. 손에는 플랫캡을 들고 있었다.

나는 명백한 이유로 검은색 옷을 선택했다. 출국 전날 옷을 챙길 때 엡바가 다가왔다.

"엄마, 그 옷을 가져갈 건가요?"

"응, 예쁘지?"

"흠…… 그렇긴 한데…… 엄마는 항상 불안해할 때마다 검은 옷을 입었잖아요?"

교사와의 면담이 있던 날, 나는 엡바의 공감 능력이 필요 이상으로 과한 것 같다는 말을 들었다.

"엡바는 타인의 느낌과 감정에 스스로를 과하게 이입할 때가 많아요."

교사의 말은 그렇게 시작되었다.

"항상 상대방을 배려하고 위로해주려 하죠. 조금 지나칠 때도 있다 싶어서 우리가 걱정을 할 때도 있답니다."

갑자기 눈물이 흘러내렸다. 나는 여행 가방들을 싣고 빙빙 돌아가는 컨베이어 앞에 서서 오직 내 짐을 찾는 데만 집중하겠다고 마음을 다잡았다. 문득, 학과장이 이번 사절단에 나를 포함시킨 것에 대해 만족하는지 궁금해졌다.

다행히도 상트페테르부르크 국립대학에서 마중 나온 이들로 인해 분위기는 조금 나아졌다. 이반 아바르니코비치는 하늘색 청바지를 입고 숱이 적은 긴 머리를 한데 묶은 남자였다. 그의 스노보드 유니폼을 닮은 재킷의 가슴께에는 'Surf Up(서프 업)'이라는 글자가 가죽으로 덧댄 곳에 새겨져 있었다.

세계시민의 한 명으로 보이고 싶었던 페터는 이반 아바르니코비치에게 다가가 양볼에 입맞춤을 했다. 그의 열정에 꽁지머리 러시아 사나이가 자못 당황하는 것 같기도 했다. 그는 잉빌과 내 손등에 입을 맞추었다. 우리는 그 행위가 러시아의 일반적인 인사법인지, 아니면 페터의 열정적인 인사에 보답하기 위해서인지 가늠할 수가 없었다. 잉빌은 가볍게 코웃음을 치며 얼굴을 살짝 붉혔다. 그 입맞춤은 그녀가 올해 들어 처음으로 경험한 남자와의 신체적 접촉임이 분명했다.

그 때문인지 잉빌은 러시아 사나이와 나란히 앞쪽에서 걸었고, 페터와 나는 그 뒤를 따랐다.

"저 이반이라는 사람은 누구죠?"

나는 페터에게 나직이 물어보았다.

"나도 잘 모르겠어요. 학과장 말로는 우리 대학에 자매결연 의사를 타진해온 사람이 저 사람이라고 했어요. 우리가 먼저 연락한 건 아니라고 하더군요. 노르웨이는 타국의 국립 대학과 자매결연을 체결하기 위해 수년간 노력해왔지만 단한 건도 성사시키지 못했답니다. 그래서 갑자기 상트페테르부르크 대학에서 연락이 오니 우리도 놀라지 않을 수 없었다고 했어요."

"역사학자인가요?"

"아뇨, 철학자라고 들었어요. 분석철학자인 것 같아요."

"비트겐슈타인?"

"거기까진 모르겠어요."

이반이 하이데거 전문가라는 사실은 차를 타고 나서야 알게 되었다.

"저도 하이데거에 대한 논문을 쓴 적이 있어요. 존재와 시간, 로고스, 실존론 등 광범위하게 연구했죠. 그리고 테홈에 대해서도 문학적 관점으로 접근해서 연구를 했답니다. 하이데거의 실존주의적 관점에서 바라보면 꽤 흥미로운 주제라고 할 수 있지요."

이반은 대답을 하지 않았다. 대신 뒷좌석에 앉으면 차멀미가 난다며 굳이 앞좌석으로 옮겨 앉은 잉빌을 향해 나직하게 무슨 말인가를 건넸다. 나는 그가 하는 말을 알아듣지 못했지만, 꽤 웃기는 말이라고 짐작했다. 왜냐하면 그와 잉빌이 한참이나 코웃음을 쳤기 때문이다.

차창 밖으로 레닌의 거대한 조각상이 보였다. 블라디미르 레닌은 금방이라도 자리를 박차고 나갈 것 같았다. 모르긴 하지만 또 어떤 지역을 공산화하기 위해서일 것이다.

"레닌 조각상 뒤에 있는 저 건물은 뭔가요?"

내 질문에 대답하는 사람은 아무도 없었다.

나는 질문을 되풀이했다.

"운전할 때는 방해하지 않았으면 좋겠습니다. 교통체증이 심할 때는 집중을 해야 합니다."

이반이 무뚝뚝하게 말했다.

그는 여전히 나직한 목소리로 잉빌과 대화하고 있었다. 나는 할 수 없이 다시 창밖으로 시선을 돌렸다.

"저긴 네프스키 대로인가요?"

페터가 앞좌석 사이를 손가락으로 가리키며 물었다.

"아닙니다."

이반이 짧게 대답했다.

"아, 그렇군요."

머쓱해진 페터가 다시 말을 이었다.

"그건 그렇고, 날씨가 꽤 춥네요. 비행기에선 영하 9도라고 하던데. 코트를 가져온 게 정말 다행이에요."

"추운 날씨는 아닙니다."

"하지만 좀 춥게 느껴지는 건 사실이에요."

페터가 고집을 피웠다.

"전혀 춥지 않습니다."

"네, 알겠습니다."

잠시 후 우리가 탄 차가 강을 건넜다.

"이 강은 네바 강인가요? 저는 네바 강을 꼭 보고 싶었답니다. 기대감에 밤새 병자처럼 침대에서 이리 뒤척 저리 뒤척 했어요. 참, 이런 시도 있지 않습니까?"

"아닙니다. 그건 시가 아닙니다. 그리고 이 강은 네바 강이 아닙니다."

그 대답을 끝으로 페터는 이반에게 더 이상 질문하지 않았다. 페터와 나는 뒷좌석에 앉아 각자 차창을 내다보며 침묵을 지켰다. 앞좌석에서는 나직한 말소리와 코웃음 소리가 끊임없이 들려왔다.

그토록 즐거운 시간을 보냈기 때문인지, 30분 후 차에서 내려 꽁지머리 러시아 사나이에게 작별 인사를 할 때 잉빌은 세상이 무너지는 듯 슬픈 표정을 지었다. 하지만 그가 몇 시간 후 저녁식사를 위해 다시 우리를 데리러 오겠다고 하자 잉빌의 표정이 금세 다시 밝아졌다.

대학 측에서 우리에게 각자 호텔의 독방을 마련해주었다

는 사실에 너무나 안도했던 나는, 페터와 잉빌이 엘리베이터를 타자마자 서둘러 계단을 올라갔다.

내 방은 4층에 있었다. 옥색 벽지를 바른 커다란 방에는 더블 침대와 작은 테이블이 자리하고 있었다. 책상 위에는 마치 취조실에서나 볼 수 있는 거대한 거울이 걸려 있었다. 나는 침대에 누워 창밖을 바라보았다. 묵직한 눈송이가 회색빛 강, 회색빛 자동차, 그리고 회색빛 아스팔트 위로 떨어져 내렸다. 페터는 영하 9도라고 했지만 하늘에서 내린 눈은 땅에 쌓이지 않았다. 거센 바람을 타고 건물 담벼락이나 울타리 옆에 내려앉았을까. 방랑하는 눈송이. 어쩌면 러시아에서만 볼 수 있는 특이한 눈송이일지도 모르는 것이었다. 매트릭스 눈송이.

샤워를 해야 하는데.

집에 전화를 해야 하는데.

일을 해야 하는데.

하지만 나는 침대에 누워 창밖에 흩날리는 눈송이만 멍하니 바라보았을 뿐이다.

20

몇 시간 후, 우리는 로비에 모여 이반을 기다렸다. 잉빌의 머리에는 아까보다 훨씬 더 많은 실핀이 꽂혀 있었다. 그녀는 눈이 부실 정도로 밝은 분홍색 립스틱을 바르고, 가슴에 커다란 하트 장식이 달린 털실로 짠 원피스를 입고 있었으며, 페터는 트위드 양복을 입고 머리에는 카우보이를 연상시키는 모자를 쓰고 있었다.

"그 모자를 가방에 넣어 왔나요?"

나는 감탄하는 표정으로 그에게 물어보았다.

"그럼요. 모자를 위한 전용 상자에 넣어 왔어요. 이건 어번 보울러 모자예요. 꽤 멋있죠? 그렇죠?"

"네…… 멋있네요……."

잠시 후 종이 봉지 세 개를 들고 로비로 들어오던 이반이 페터를 보고 발을 멈추었다.

"카우보이모자는 좋지 않습니다."

그가 말했다.

"이건 카우보이모자가 아니라 어번 보울러예요."

"카우보이모자와 비슷하군요."

"아니, 이건 어번 보울……."

"카우보이 같아요!"

"이건 일반적인 남성용 모자예요!"

페터가 나를 돌아보며 말을 이었다.

"잉그리 씨도 동의하시죠? 초원 지대에서 볼 수 있는 카우보이모자가 아니란 말입니다."

그는 마치 굉장히 웃기는 농담이라도 했다는 듯 소리 내어 웃었다.

"으음…… 제가 보기에도 카우보이모자랑 비슷한데요……."

나는 주저하며 말했다.

"이건 카우보이모자가 아니라고요!"

짜증이 난 페터가 소리를 질렀다.

"페터……."

보다 못한 잉빌이 끼어들었다.

"이반이 카우보이모자를 쓰지 말라고 하면 그 말을 따르세요. 저는 이반의 말을 존중해줄 필요가 있다고 생각합니다. 쌍방 협력을 원한다면 서로의 문화적 차이부터 존중해줄 수 있어야 해요. 아시겠죠?"

"그렇다면…… 할 수 없죠."

페터가 혼잣말처럼 중얼거렸다.

"자, 이걸 받으세요."

이반이 우리에게 봉지 하나씩을 건넸다.

"이건 뭡니까?"

"선물입니다."

나는 봉지 안을 들여다보았다. 민트 사탕 한 봉지, 시내 지도 한 장, 그리고 술병 한 개가 들어 있었다. 무슨 술일까? 보드카? 보드카를 떠올리자마자 속이 뒤집어질 것 같았다. 내가 태어나서 처음이자 마지막으로 보드카를 마셨던 것은 외스트폴에서 비외르나르의 가족들과 함께 모였을 때였다. 그들은 하루 종일 술 한 방울도 입에 대지 않다가 늦은 밤이 되자 코냑과 보드카를 권하기 시작했다. 그 시간 이후의 기억으로는 비외르나르가 마치 단테의 「인페르노」를 연상시키듯 비닐봉지 속에 화끈하게 토했다는 것, 그리고 나는 그의 고모네 집 손님방에서 침대 위에 한가득 토했다는 것뿐이다.

"말초신경 장애……."

10분 후, 레스토랑을 향해 걸으며 나는 페터에게 나직이 속삭였다.

"그게 뭐죠?"

"러시아에서 흔히 볼 수 있는 병이죠. 보드카를 너무 많이 마시면, 뇌와 신체를 연결하는 신경이 끊어지게 되고, 때문에 손과 발의 감각을 잃어버리게 된답니다."

"흠, 맞는 말 같군요."

"난 왠지 이반을 좋아할 수 없을 것 같아요."

"나도 마찬가지예요."

"우리도 선물을 가져왔어야 했다는 생각이 드는군요."

내가 말을 이었다.

"대신 오늘 저녁은 우리가 내면 어떨까요?"

"저는 그럴 필요가 없다고 생각해요. 그건 그렇고, 머리가 시려서 참을 수가 없어요. 내가 가져온 어번 보울러는 이처럼 추운 날씨에 아주 적합한 모잔데……."

날씨가 춥다는 점엔 의심의 여지가 없었다. 하늘에서는 여전히 눈송이가 떨어지고 있었고, 거리에는 우리를 제외하고선 사람의 그림자도 찾아보기 힘들었다. 우리로 말할 것 같으면, 서로에 대해 잘 안다고도 할 수 없었으며 서로에 대해 알고 싶어 하지도 않는 무리였다. 우리가 무리를 지어 걸었던 유일한 이유는 이름 모를 마케팅 회사에서 고안해낸 '국제화'라는 단어 하나 때문이었다.

이노베이션.

시너지.

추위.

죽음.

다행히도 레스토랑 안은 따스하고 고즈넉했다. 여러 개의 작은 복도와 문으로 이루어져 있는 것을 보니, 오래된 가정집을 개조했거나 여러 채의 건물을 이어 붙여 만든 레스토랑 같았다. 우리는 70년대 가정집 거실을 연상시키는 방에 들어가, 나직한 테이블을 둘러싼 소파와 안락의자에 각각 자리를 잡고 앉았다.

"참 아늑한 곳이군요."

나는 이반에게 말을 걸었다.

그는 가볍게 고개를 끄덕였다.

"이리나가 이곳을 권했어요."

나는 그제야 옷걸이 옆에 목석처럼 서 있는 여인이 우리와 같은 일행이라는 것을 깨달았다.

"오, 안녕하세요! 저는 잉그리라고 해요."

나는 그녀에게 악수를 청했다.

"이리나라고 합니다."

"당신도 철학자인가요?"

"아닙니다."

"무슨 일을 하시나요?"

"미학 연구가입니다."

"오, 그렇군요. 어떤 분야의 미학을 연구하시는지요?"

"일반미학입니다."

"문학적 관점에서 연구를 하시나요?"

226

"아닙니다."

"예술……?"

"아닙니다."

메뉴가 나오자 페터가 마실 것을 주문하기 위해 두리번거렸다.

"이곳에 온 것을 기념하기 위해 우선 맥주부터 한잔할까요? 좋은 러시아 맥주가 있으면 권해주시겠습니까?"

"러시아 맥주 중에는 권할 만한 것이 없습니다. 전통적으로 맥주와는 거리가 먼 나라입니다."

이리나가 대답했다.

"그래도 권할 만한 러시아 맥주가 있을 텐데요?"

"없습니다."

"그렇군요."

페터는 건성으로 메뉴 책자를 뒤적였다.

"그럼 저는 매큐언스 맥주를 선택하겠습니다. 여러분은 어떤 맥주를 드시겠습니까?"

"저도 매큐언스를 마실게요."

나는 페터와 같은 맥주를 선택했다.

"이반 아바르니코비치 씨, 당신은 무엇을 드시겠습니까?"

이리나가 물었다.

나는 순간적으로 잉빌의 눈빛이 날카롭게 변하는 것을 느낄 수 있었다.

"저는 술을 마시지 않습니다. 운전을 해야 하기 때문입니다."

이반이 대답했다.

"전철을 타시면 안 되나요? 상트페테르부르크의 전철 시스템은 세계적 수준이라고 들었어요."

내가 이반에게 제안했다.

"전철을 탈 수 없습니다. 여러분을 차로 모셔야 하기 때문입니다. 내일 아침 일찍. 때문에 전철을 탈 수 없습니다. 술을 마실 수도 없습니다."

이반이 무뚝뚝하게 말했다.

"아, 그렇군요. 이해합니다."

이반은 내가 무엇을 이해하는지 모르겠다는 눈빛을 던졌으나 나는 아무 말도 하지 않았다.

우리는 일제히 메뉴를 들여다보았다.

"맛있어 보이는 음식이 굉장히 많네요."

이리나가 짧게 코웃음을 쳤다.

"러시아 음식 중에는 맛있는 음식이 없습니다. 전통적으로 맛있는 음식과는 거리가 먼 나라입니다."

"그래도 우리에게 권할 만한 음식은 있을 게 아닙니까?"

페터가 말을 이었다.

"우리나라도 음식으로 따지자면 어디 내보일 만한 전통을 찾아볼 수 없습니다. 그럼에도 여기저기 권할 만한 음식은 한두 개쯤 있어요."

페터는 이미 맥주를 세 잔이나 마신 후였기에 꽤 만족한 표정을 짓고 있었다.

"없습니다."

"당신 생각은 어떤가요, 이반 아바르니코노비치 씨?"

잉빌이 말문을 열었다.

"아바르니코비치."

이리나가 잉빌의 발음을 고쳐주었다.

"저는 버섯수프를 권하고 싶습니다."

이반이 말했다.

"당신도 버섯수프를 드실 건가요?"

"아닙니다."

"그럼 당신은 뭘 드실 생각인가요?"

"아무것도 안 먹을 겁니다."

그는 이리나를 향해 러시아어로 무언가를 길게 설명했다. 말하는 도중에 가끔 우리를 가리키는 손짓도 해 보였다.

"이반 아바르니코비치 씨는 다이어트 중이기 때문에 오후 6시 이후에는 아무것도 먹지 않는다고 합니다."

"의사의 권고인가 보죠."

페터가 눈을 찡긋하며 말했다.

"아닙니다."

"특별한 다이어트를 하고 계시는 중인가요?"

내가 이반에게 물어보았다.

"아닙니다."

"오후 6시 이후에는 아무것도 먹지 않는다고요?"

그는 짜증이 났는지 다시 이리나를 향해 무언가 러시아어로 설명하기 시작했다. 그의 손 움직임은 아까보다 훨씬 커졌다.

"이반 아바르니코비치 씨는 자신의 다이어트에 대해 더 말하고 싶지 않다고 말했습니다."

"아, 네…… 잘 알겠습니다."

나는 메뉴 책자에 얼굴을 파묻고 보르시와 비트 샐러드를 주문했다. 잉빌은 러시아식 만두인 펠메니를 주문했고, 이반은 물만 들이켰다.

"페터, 당신은 뭘 주문할 건가요?"

"내가 먹을 음식은 우리와 함께 자리해주신 아름다운 여인이 결정해주시길 바랍니다."

"이리나를 말하는 건가요?"

"맞습니다."

이리나는 당황한 표정을 지었다.

"먹고 싶은 음식을 직접 주문하세요."

"뭔가 권하고 싶은 특별한 음식이 있을 텐데요? 저는 그런 음식을 먹고 싶습니다."

"당신이 어떤 음식을 좋아하는가에 따라 달라지겠죠."

"하지만 저는 당신이……."

"이분에게도 보르시를 가져다주세요."

나는 페터를 대신해 웨이터에게 주문했다.

음식을 주문하고 나니 테이블 위에 침묵이 흘렀다. 나는 기회를 놓치지 않고 휴대폰을 꺼내 들었다. 몇 시간 전에 비 외르나르에게 문자메시지를 보냈지만, 아직 그에게서 답이 오지 않았다. 우리가 전화 연결이 되지 않는 지역에 있는지 도 모르는 일이었다. 호텔에서는 와이파이를 사용할 수 있었 지만, 너무나 귀찮아 연결을 하지 않았다. 문득, 우리가 주변 세상과는 도통 연락할 수 없는 스노볼 속에 갇혀 있는 것 같 다는 생각이 스쳤다.

스노볼 속에 갇혀 고립되어 있다고 생각하니 비외르나르 와 아이들이 실제로 존재한다는 것도 믿기지가 않았다. 복제 인간이며 비외르나르와 아이들은 내게 주입된 일종의 기억 장치의 하나라는 생각이 뒤를 이었다. 지옥이 있다면 이런 것이 아닐까. 실제로 존재한다고 믿었던 것이 허상이라는 것 을 발견했을 때의 느낌. '위 아 더 월드'도 아무 소용이 없었 다. 나의 기억은 타인의 삶이나 텔레비전 프로그램에서 복사 해온 조각들에 불과한 것이라는 생각마저 스쳤다.

그런데 요즘은 복제인간의 기억을 어디서 복사해오는 것 일까.

저녁이 되자 이반과 이리나가 우리를 호텔까지 데려다주었다.

"우리와 함께 좀 더 머무르지 않으시겠어요, 이반 아바르니코노비치 씨?"

잉빌이 콧소리를 내며 말했다.

"아바르니코비치."

이리나는 벌써 네 번인가 다섯 번째로 잉빌의 발음을 고쳐주었다.

"아닙니다. 저는 이제 가봐야……."

이반이 무뚝뚝하게 말했다.

"네, 그렇겠지요. 내일 아침 일찍 우리를 차로 모셔야 하니까."

순간, 네 개의 날카로운 눈동자가 나를 향해 날아들었다. 하지만 나는 너무나 피곤했기에 그런 것에까지 신경 쓰고 싶지 않았다.

"그렇다면 내일 다시 만날 수 있기를 고대합니다."

페터가 작별 인사를 건네고 이리나를 향해 돌아섰다.

"안녕히 가십시오. 내일 뵙겠습니다."

페터가 그녀의 손등에 입을 맞추었다.

"천둥 번개가 치고 폭풍이 몰아치더라도……."

나는 혼잣말로 중얼거렸다.

두 러시아 남녀는 말없이 눈바람 속으로 자취를 감추었고, 우리는 침묵 속에서 호텔 로비로 걸어 들어갔다.

21

잉빌과 페터는 하루 세 끼 중에서 아침식사가 가장 중요하다는 것을 인지하지 못한 것이 틀림없었다. 보아하니 아침식사의 중요성을 모르는 사람은 잉빌과 페터뿐만이 아닌 것 같았다. 그도 그럴 것이, 뷔페식당에는 나를 비롯해 윤기가 잘잘 흐르는 빨간 셔츠를 입은 남자 한 명, 테이블 위로 손을 얹어 서로 쥐가 날 정도로 꼭 잡고 있는 남녀 한 쌍뿐이었다.

차려져 있는 뷔페 음식을 보니 그 이유를 알 것 같았다. 긴 테이블 위에는 콘티넨탈식 뷔페와 러시아식 뷔페가 차려져 있었고, 두 뷔페의 공통점이라면 모두 유통기한이 지난 음식으로 이루어져 있는 것 같았다. 유럽식 음식은 바게트를 연상시키는 빵과 푸르스름한 곰팡이가 피어 있는 치즈, 과자 몇 개, 그리고 콘플레이크를 담은 오목한 접시가 전부였다. 러시아식 음식을 대표하는 것으로는 죽처럼 생긴 수프와 감

자전뿐이었다.

나는 바게트를 천천히 씹었다. 입 속에 고인 빵 부스러기와 딱딱한 치즈 부스러기를 목구멍으로 넘기기 위해 과일 주스를 연거푸 마셔야만 했다. 빨간 셔츠를 입은 사나이는 아침식사의 개념을 다른 방식으로 이해했는지 거품이 보글보글 이는 와인을 끊임없이 마셨다. 손을 맞잡고 있던 남녀 한 쌍은 열정적으로 서로의 몸을 더듬기 시작했다.

이반이 호텔 로비에 들어섰을 때도 잉빌과 페터는 방에서 내려오지 않았다. 결국 우리는 호텔 직원에게 부탁해 그들의 방에 전화를 해야만 했다.

"늦잠을 잤다고 하는군요."

안내 데스크 뒤에 서 있던 아마존 전사를 닮은 여인이 미소를 지으며 말했다. 그녀의 미소는 눈가에 채 이르지도 못한 채 입가에만 머물러 있었다.

나는 그녀에게 왜 거북이를 뒤집어놓지 않았냐고 묻고 싶었지만, 내 곁에서 금방이라도 누군가 의식을 잃을 정도로 주먹질을 하려는 듯 머리를 쓸어 넘기고 있는 이반을 보니 한마디도 입 밖에 낼 수가 없었다.

다행히도 몇 분 후, 잉빌이 로비에 내려오자 그의 얼굴 표정이 눈에 띄게 환해졌다.

"좋은 아침입니다. 오늘은 유난히 더 아름다워 보이는군요."

그는 잉빌의 손등에 입을 맞추었다.

잉빌은 수줍은 듯 콧소리를 내며 웃다가 나를 바라보았다. 아마 내게서도 그 비슷한 칭찬의 말을 기대했던 건 아닐까. 하지만 그녀의 옷차림을 바라본 나는 어안이 벙벙해 할 말을 잃어버렸다. 그녀는 말괄량이 삐삐처럼 양 갈래로 머리를 땋아 내렸으며, 지퍼와 주머니가 수십 개는 달려 있어 언뜻 낙하산 줄처럼 보이는 바지와, 가슴이 깊이 파인 꽃무늬 블라우스를 입고 있었다. 뿐만 아니라 엄청나게 높은 하이힐을 신고 있었기에 내 키의 두 배는 되는 것 같았다.

그녀의 패션은 프랑켄슈타인의 아내와 말괄량이 삐삐를 접속시킨 것 같았다. 문득, 조금 전에 먹었던 바게트와 치즈가 배 속에서 딱딱한 돌로 변한 것 같은 느낌이 스쳤다.

"아침식사를 할 시간이 있습니까?"

꿩 사냥을 나가는 영국 귀족처럼 옷을 차려입은 페터가 말했다.

"저는 저혈당에 시달리고 있어서 아침을 꼭 먹어야 하거든요."

"시간이 없습니다."

이반이 무뚝뚝하게 말했다.

"이동 중에 어디 잠깐 들러서 먹을 것을 사도 되지 않을까요? 페터와 잉빌이 차 안에서 먹을 수 있도록 말이죠."

내가 제안해보았다.

"안 됩니다. 차 안에서 음식을 먹는 것은 금지되어 있습니다."

"하지만……."

"이반이 하는 말을 못 들었나요? 차 안에서 음식을 먹으면 안 된다잖아요!"

잉빌이 커다란 키로 나를 위협하듯 내려다보며 짜증을 냈다.

"사실 호텔 음식이 형편없었어요."

5분 후 차의 뒷좌석에 앉은 나는 얼굴이 창백한 페터에게 위로하듯 말을 건넸다.

"대학교 건물 안에 초콜릿 자동판매기가 있을지도 몰라요."

페터가 혼잣말처럼 중얼거렸다.

페터의 짐작은 틀리지 않았다. 하지만 그가 자동판매기에 동전을 넣으려 하자 이반이 그의 팔을 꽉 쥐고 성큼성큼 앞을 향해 걷기 시작했다.

"학장님이 우리를 기다리고 있습니다."

일종의 대기실처럼 보이는 연구실 안으로 들어가니, 각각 서류를 쌓아올리고, 컴퓨터로 무언가를 쓰고, 창문을 여는 일로 분주한 세 명의 비서가 우리를 맞았다. 이반이 우리를 소개하자 비서 두 명은 수첩을 열성적으로 뒤적였고, 나머지 한 명은 머리가 떨어져라 세차게 고개를 저었다.

이반은 마음에 들지 않는다는 표정을 지으며 큰 소리로 뭐라고 말하더니 잉빌을 발뒤꿈치에 달고 연구실을 나가버렸다. 페터와 나는 무엇을 어떻게 해야 할지 몰라 비서들에게 가볍게 목례를 한 후 복도로 나왔다. 저 멀리 이반과 잉빌이 보였다.

"얼른 이리로 오세요!"

이반이 우리에게 소리쳤다.

우리는 말없이 그의 뒤를 따라 계단을 내려갔다가 올라갔고, 수없이 많은 문이 나란히 자리한 비좁은 복도를 걸었다. 곧 한 무리의 학생들과 대학 직원들이 우리를 지나쳐 갔고, 휴식을 취하려는 듯 벤치 위에 자리를 잡고 앉아 있는 나이 많은 여인들이 우리를 바라보았다. 이반이 연구실 문을 열었다. 나는 그가 수많은 문들 중에 무작위로 하나를 고른 게 아닐까 의심했다. 그곳에도 비서들이 모여 있었다. 그들은 마치 이반의 열성적인 움직임을 반사라도 해내듯 제각기 열심히 무언가를 하고 있었다.

"자, 여기로 들어가시지요."

그가 도서관이라고 생각되는 곳의 문을 열었다.

"도서관인가 봐요. 참 좋군요."

나는 고개를 끄덕이며 아는 척을 했다.

그는 코웃음을 치며 우리에게 안쪽으로 더 들어오라고 손짓을 했다.

안쪽으로 들어가니 방이 여러 개 더 자리하고 있었다. 어리둥절해진 나는 더 아는 척을 하기가 쉽지 않았다.

"아, 마이크로군요!"

결국 나는 누가 봐도 멍청하다고 생각할 만한 말을 내뱉고 말았다.

마침내 우리는 이반의 연구실에 모였다. 그는 전화기에 대고 무언가 큰 소리로 외쳤다.

"무슨 일인가요? 괜찮으세요?"

나는 전화 통화를 마친 그에게 물어보았다.

"제 비서와 통화했습니다."

이반이 짜증 섞인 목소리로 대답했다.

"교통정체 때문에 아직 고속도로 위에 있다고 하는군요. 하여튼 여자들이란! 나중에 기회를 봐서 따끔하게 한마디를 해야겠습니다."

"길이 정체되었는데 왜 여자 타령을 하시는 거죠?"

내가 이반에게 한마디 던졌다.

"잉그리 씨, 당신도 잘 알면서 뭘 그렇게 따지세요?"

잉빌이 내게 톡 쏘아붙였다.

그녀는 이반의 의자 뒤에 서서 그의 어깨를 마사지하기 시작했다. 나는 페터와 의미심장한 눈길을 주고받으려고 그의 시선을 가로채보려 했지만, 그는 고개를 숙인 채 자신의 무릎만 내려다보고 있었다. 잠시 후 몇 명이 더 문을 열고 들어오니 페터도 좀 기운이 나는 것 같았다. 가장 처음 문을 열고 들어온 이는 짧은 금발에 푸른 눈동자를 지닌 건장한 남자였다. 그는 목을 덮은 양모 스웨터와 길이가 좀 짧다 싶은 양복바지를 입고 있었다. 그가 들어서자 이반이 자리에서 벌떡 일어났다. 머리를 숙이며 인사를 하려던 이반은 갑자기 생각을 바꾸었는지 엉거주춤 의자를 당겨 그에게 권했다. 그의 뒤에는 젊은 여인 한 명이 따라 들어와 수첩을 들고 모퉁이에 자리를 잡고 앉았다.

그녀가 들어오자 페터가 흥미를 보이기 시작했다. 하지만 혈당은 이미 낮아질 대로 낮아졌는지 마음처럼 움직이기가 쉽지 않은 것 같았다. 페터는 새로운 여신에게 인사를 건네려 했지만, 그녀는 손을 저어 인사를 거절했다. 무안해진 페터는 푸른 눈동자의 남자에게 악수를 청했고, 남자는 가볍게 고개를 숙여 인사를 대신했다. 두 사람은 인사를 나누면서도 상대방에게 자신을 소개하지 않고 침묵으로 일관했다.

나는 푸른 눈동자의 러시아 사나이를 '잘생긴 푸틴'이라 부르기로 했다.

"자, 이제 여러분은 협력 가능성에 대해 살펴보았습니다."

이반이 말문을 열었다.

우리는 그가 무슨 말을 하는지 정확히 이해할 수가 없어 서로 눈빛만 교환했다.

"지금 우리에게 보여주신 회의실 같은 방을 말씀하시는 건가요?"

나는 참다못해 그에게 질문을 던졌다.

그가 양손을 활짝 펴 보였다.

"네, 매우 긍정적으로 생각합니다. 굉장히 매력적인 곳이에요. 개인적으로 이런 곳에서 시간을 보낼 수만 있다면 더 바랄 게 없을 것 같습니다."

잉빌이 끼어들었다.

"하지만 그 방들을 어떤 목적으로 사용하면 되나요? 당신이 방금 우리에게 보여줬던 방 말입니다."

내 질문에 모두들 크게 웃음을 터뜨렸지만, 대답을 하는 사람은 아무도 없었다. 잘생긴 푸틴이 초콜릿과 크링글이 담긴 작은 봉지를 가져와 우리에게 하나씩 건네주었다.

"선물입니다."

"감사합니다."

내가 말을 맺기도 전에 페터는 봉지를 뜯어 크링글을 먹기 시작했다.

"아, 바로 이거야!"

페터가 입을 우물우물하며 혼잣말로 중얼거렸다.

사람들로 꽉 찬 방이 조금씩 더워지기 시작했다. 겨드랑이에서 땀이 흘러내리는 것을 느낄 수 있을 정도였다. 잘생긴 푸틴이 얼음처럼 차가운 푸른 눈동자로 우리를 뚫어지게 바라보았다. 나는 그의 눈빛에 긴장되기 시작했다. 문득, 그의 전공 학문이 무엇인지 궁금해졌다. 나는 이리나가 오면 따로 물어봐야겠다고 마음먹었다.

"안녕하세요!"

이리나가 심각한 표정으로 문을 열고 들어왔다.

"안녕하세요!"

페터가 몸을 일으키자 크링글 부스러기가 허공에 날아올랐다. 그는 이리나에게 급하게 다가가느라 팔꿈치로 내 뒤통수를 친 것도 모르는 모양이었다.

"덕분에 어제는 정말 즐거웠습니다."

그가 이리나의 손등에 입을 맞추며 말했다.

"감사합니다."

이리나는 짤막하게 대답한 후 이반 쪽으로 고개를 돌렸다.

"학장님이 기다리십니다."

이반이 자리에서 벌떡 일어나 그곳을 나섰다. 잉빌, 페터, 그리고 나는 이반의 뒤를 따랐다. 잘생긴 푸틴과 수첩 여인, 그리고 방금 방 안으로 들어온 경비원 같은 남자와 이리나는 그곳에 남아 있었다.

우리는 계단과 비좁은 복도를 거쳐, 벤치에 멍하니 앉아 있는 나이 많은 여인들을 지나쳤다. 이반의 발걸음은 너무나 빨라 잉빌은 얼마 가지 않아 뒤로 처졌다. 나는 계단을 오르는 잉빌의 헐떡이는 숨소리를 등 뒤에서 느낄 수 있었다. 마지막 모퉁이를 돌았을 때, 나는 잉빌을 잃어버렸다고 생각했다. 하지만 그녀는 우리와 거의 동시에 학장실 앞에 도착했다. 나는 잉빌이 이반에게 탐촉기를 설치해놓았거나, 믿을 수 없을 정도로 방향감각이 좋은 여자임이 틀림없다고 생각했다. 학장실 내의 대기실 같은 곳에는 비서 세 명이 서서 우리를 향해 너무나, 너무나, 너무나 늦게 왔다는 표정을 던졌다.

학장실은 짙은 녹색의 벽지와 반짝반짝 광이 나는 커다란 가구로 꽉 채워져 있었다. 학장도 그 방의 가구와 마찬가지로 몸집이 크고 얼굴에 번지르르하게 광이 나는 사람이었다. 푸른색 양복 밑에 받쳐 입은 그의 연두색 셔츠는 벽지 색과 너무나 잘 어울렸다.

그의 입술과 눈썹, 머리카락은 얼굴색과 동일했다. 목이 없는 그는 한 손으로 방 안에 모여 있는 사람들을 한 번에 죽일 수 있을 것도 같았다. 그가 말없이 우리에게 회의용 테이블 앞에 앉으라는 손짓을 하자 세 명의 비서가 각각 수첩을 들고 총총걸음으로 들어왔다.

나는 가장 끄트머리의 의자에 앉아 그의 집무실이 참으로 훌륭하다고 말하려 입을 벌렸다. 순간, 이반이 큰 숨을 들이쉬더니 거의 30분 동안이나 계속되는 장황한 연설을 시작했다. 그는 말을 하는 동안 테이블 표면에 반사된 자신의 모습을 간간이 내려다보기도 했고, 가끔 손을 들어 우리를 가리키기도 했다. 나는 그와 눈이 마주칠 때마다 미소를 짓거나 고개를 끄덕이며 호응해주었다.

이반의 단조로운 말투는 방 안에 얇은 장막처럼 내려앉았다. 창을 통해 들어오는 햇살은 매끈매끈한 테이블을 비추었고, 허공에는 햇살을 품은 작은 먼지들이 둥둥 떠돌고 있었

다. 10분쯤 지나자 학장은 고개를 뒤로 젖히고 코를 골기 시
작했다. 세 명의 비서는 여전히 수첩에 무언가를 열성적으로
적고 있었다. 나는 그들의 바쁜 손놀림을 보며 무언가 다른
일을 하고 있는 게 틀림없다고 의심하지 않을 수 없었다. 잠
이 오기 시작했다. 나는 동료들을 슬쩍 바라보았다. 잉빌은
꼿꼿이 앉아 이반을 뚫어지게 바라보고 있었고, 페터는 마치
인슐린 쇼크를 받은 사람처럼 상체를 앞뒤로 흔들거리고 있
었다.

이반이 연설을 끝내자 정적이 흘렀다. 정적이 필요 이상으
로 길어진다는 생각이 스쳤다. 하지만 학장을 깨우려는 사람
은 아무도 없었다. 결국 더 참지 못한 나는 조심스레 헛기침
을 했다. 학장이 천천히 고개를 들고 우리에게 차례차례 눈
길을 던졌다. 그의 눈빛은 우리가 누구인지, 또 우리가 왜 거
기 앉아 있는지 전혀 모르겠다고 말하고 있었다.

나는 얼른 고개를 돌렸다. 그곳에 잘못 들어가 앉아 있는
것 같은 느낌이 스쳤다. 무언가 크게 잘못된 것 같은 생각도
들었다. 나는 학과장을 떠올렸다. 유아교육학부, 복지연금
청, KGB, 개인 파산, 루라의 반지하 셋집에서 경험했던 끝을
알 수 없는 외로움도 함께 떠올렸다.

나는 억지로 환한 미소를 지으며 무슨 말이라도 해보려 입
을 열었다. 그 순간, 네 번째 비서가 책 세 권을 들고 학장실
로 들어와 우리 앞에 한 권씩 내려놓았다. 학장은 자리에서

일어나 책 위에 자신의 명함을 한 장씩 올려놓았다. 명함에는 '블라디미르 베스페르 학장'이라고 적혀 있었다.

"감사합니다."

우리는 따로 명함을 가져오지 않았기에 무안한 나머지 거기 있는 사람들에게 차례차례 돌아가며 목례를 하고 고맙다는 인사말을 했다.

학장이 유리 장식장 앞으로 가서 액자로 장식한 그림 한 장을 가져와 테이블 위에 내려놓았다. 그것은 예수님처럼 두 팔을 활짝 펼친 한 남자를 그린 일종의 성화였다. 남자를 둘러싸고 있는 금색 광배 위에는 'OON'이라는 그리스어가 적혀 있었다.

'나는 스스로 있는 자이니라.'

불꽃이 이는 덤불 속에서 신이 했던 말.

"훌륭한 작품이군요."

학장은 손을 내저어 나를 밀쳐냈다.

"친구……."

그가 성화를 가리키며 말을 이어갔다.

"……의 가치는 이루 말할 수 없이 큽니다. 역사상 러시아는 단 한 번도 노르웨이와 전쟁을 한 적이 없습니다. 노르웨이도 러시아와 단 한 번도 전쟁을 하지 않았습니다. 우정!"

그가 한 손을 왼쪽 가슴에 얹고 잠에서 금방 깬 멍한 눈빛으로 우리를 바라보았다.

"우정!"

잉빌이 기계적으로 그의 말을 되풀이했다.

"훌륭합니다!"

페터가 성화를 조심스레 들어 올리며 말했다.

"정말 훌륭하군요. 마치 루블료프 Andrei Rublev(동방정교회 성화 및 프레스코 작업에 참여한 중세 최고의 러시아 화가들 중 한 명 - 옮긴이)가 직접 그린 것 같아요."

나는 그때까지도 이반이 자리에서 일어선 것을 모르고 있었다. 그는 어느새 문 앞에 서서 우리에게 자리에서 일어나라는 손짓을 하고 있었다. 나는 벌떡 일어나 작별 인사를 하기 위해 학장에게 다가갔다. 학장은 나와 잉빌의 양볼에 가볍게 입맞춤을 하며 작별 인사를 대신했다. 잉빌은 이번에도 역시 코웃음을 치며 어쩔 줄 몰라 했다. 우정과 친구에 대해 그렇게나 많이 이야기를 한 후였기에, 나는 그곳에 있는 비서들에게도 차례차례 악수를 청하며 작별 인사를 나누었다. 비서는 이리나를 제외하고도 여섯 명이나 되었다. 그들도 미소를 지으며 만족한 표정으로 고개를 끄덕여주었다.

페터는 맨 마지막으로 학장실을 나섰다. 고개를 푹 숙이고 비닐봉지를 든 채 무겁게 발을 질질 끌며 걷는 그의 표정은 왠지 슬프게만 보였다. 심지어는 그의 트위드 양복까지도 슬프게 보였다. 자세히 보니 그의 옷깃에 커다란 갈색 자국이 묻어 있었다.

"정말 훌륭합니다. 정말 훌륭합니다."

그는 학장의 손을 잡고 기계적으로 흔들며 말했다.

"영원한 우정 변치 않기를 바랍니다."

22

호텔로 돌아온 나는 마침내 와이파이를 연결할 수 있었다. 이메일을 열어보니 학부모회의 임원에게서 메일이 하나 와 있었다.

'친애하는 잉그리 씨, 학생들의 권리 차원에서 신발 끈을 묶을 수 있도록 배려하는 학교의 노력에 대해 시청의 지원 확답이 필요합니다. 시청에서 답신을 받은 것이 있다면 즉시 제게 전달해주시기 바랍니다. 그리고 다음 회의에서는 이 사 안에 대해 중점적으로 다룰 예정이니 약 10분간의 내용 설명 도 준비해주시기 바랍니다.'

그녀의 이메일에서 상당히 흥분된 억양을 느낄 수 있었다. 나는 그녀가 이 사안을 후세에 길이 기억될 전설적인 지표로 삼으려 하는 것이 아닌가 의심했다. 몇 년 전 이 학교의 학부 모회 임원들은 새로운 공예실을 지어달라며 시청 앞에서 시

위를 한 적이 있었다. 그 결과로 학교는 최신식 공예실을 얻을 수 있었고, 그다음 해부터 학부모회의 새로운 임원으로 일하게 된 사람들은 이전 해와 비교해 이렇다 할 만한 업적을 남길 수가 없었기에 일종의 열등감과 자격지심에 시달렸던 것이 사실이다. 때문에 그들은 학생들의 권리와 관련된 사안을 이토록 열성적으로 밀어붙이고 있는 것이다. 하긴 그 취지는 결코 나쁘지 않았기에 공예실과 비견한 업적으로 남을 수 있을지도 모른다.

다음 이메일은 아이들의 바이올린 선생님이 보낸 것이었다. 엡바와 제니가 왜 지난 2주 동안 레슨에 빠졌는지 궁금해하는 내용이었다.

'음악계의 자라나는 새싹들이 약속된 레슨 시간에 나오지 않는다면 가르치는 입장에서 큰 어려움을 겪게 됩니다. 학교와 가정 간의 협력 사안에 대한 안내문을 첨부하니 다시 잘 숙지해주시기 바랍니다. (파일 첨부)'

다음 이메일의 제목란에는 '호빗'이라고 적혀 있었다. 나는 그것을 열어보지도 않고 다음 이메일을 펼쳤다. 발신인은 프랑크였고, 잉빌과 페터에게도 함께 보내는 단체 메일이었다.

'이 메일을 보는 즉시 제게 전화 주세요. 우리의 전술이 잘못되었다는 것을 깨달았습니다.'

뒤를 이은 이메일은 역시 전체 메일로서 학과장이 관련 직원들에게 보낸 것이었다.

'학부 개편과 관련하여 최근 상황은 매우 부정적으로 진행되고 있습니다. 이에 다음 회의에서는 대학 복지부서 임원 및 인문대학 학장님, 그리고 대학 법률자문위원을 모시려 합니다. 그때까지 우편함에 발신인 미상의 우편물이 오더라도 절대 개봉하지 않기를 당부 드립니다.'

나는 머리를 쥐어뜯으며 '모두에게 답장' 버튼을 눌렀다.

'학과장에게 발신인 미상의 우편을 보내는 일은 절대 하지 마세요! 그리고 나는 어떠한 전술이나 전략에도 참여하지 않을 테니 그리 아시기 바랍니다!'

메일을 전송하자마자 페터에게서 답장이 왔다.

'우리는 이미 같은 배를 탄 운명입니다. 미스 악당 씨! :-)'

나쁜 놈! 게다가 윙크를 하는 징그러운 이모티콘이라니!

시청의 전화번호를 눌렀다.

"초등학교 담당 부서를 연결해주시기 바랍니다."

시청의 전화교환수는 학교, 문화, 여가시간을 담당하는 부서로 전화를 연결해주었지만 나는 전화기를 통해 흘러나오는 노르웨이 히트송을 팬플루트로 편곡한 곡을 들으며 한참이나 기다려야 했다.

전화가 연결되기를 기다리며, 로비에서 가져온 영어 및 러시아어판 일간지를 집어 들었다. 1면에는 시베리아의 싱크홀을 사진과 함께 전면 기사로 다루었다. 기사에서는 싱크홀이 생긴 원인은커녕 이를 설명해보려는 시도나 추측마저도 찾아볼 수 없었다.

「광란의 헛소리」 중간 부분이 흘러나올 때쯤 전화를 끊고 창밖을 내다보았다. 여전히 눈바람이 몰아치고 있었다. 저 눈송이들 중 일부는 시베리아로 날아가 어떻게 생겨났는지 아무도 모르는 싱크홀에 내려앉을 수도 있겠다는 생각이 스쳤다. 싱크홀을 떠올리니 지금까지 내 머릿속을 채웠던 생각들이 온데간데없이 사라졌다.

나는 인터넷에서 '시베리아의 싱크홀'을 검색해보았다. 미국과 영국 일간지에 실린 기사들이 화면에 주르륵 나타났다. 하나같이 싱크홀의 원인을 알 수 없다고 말했지만, 싱크홀과 관련한 추측 기사를 쓰는 데는 주저하지 않았다. 어떤 일간지에서는 싱크홀이 UFO가 착륙한 지점이며, 싱크홀의 바닥에는 분명 UFO가 있을 것이라고 했다. 하지만 대부분의 일간지는 70년대 소비에트연방공화국 시절부터 있어온 무리한 굴착 작업 때문이라 추측했다. 당시 소비에트 정부는 시베리아의 천연가스 채굴 작업에 크나큰 관심을 보였고, 수없이 많은 굴착 작업을 벌였다. 하지만 이처럼 무리한 채굴 작업은 지구 표면에 상당히 부정적인 영향을 미친다는 것을 알게 되었고, 결과적으로 굴착 작업은 시들해졌다. 그러나 시베리아에는 여전히 셀 수 없이 많은 굴착 지역이 마무리가 되지 않은 채 남아 있고, 거기에서 지금도 메탄가스가 새어

나오고 있다고 했다.

나는 불에 활활 타는 구덩이를 떠올렸다. 커다란 불꽃과 불기둥은 파괴와 죽음을 상징할 뿐이라는 생각이 스쳤다. 마치 쓰레기 더미를 태우는 불꽃처럼. 우주에서도 그 불기둥을 볼 수 있을까? 바로 그 때문에 UFO가 그곳에 착륙했던 건 아닐까? 그렇다면 필연적인 결과가 아닐 수 없지 않은가?

만약 외계인이 지구를 침범한다면, 나는 어떻게 집에 돌아가야 할까? 비외르나르에겐 참으로 많은 긍정적인 면을 찾아볼 수 있다. 하지만 그는 피에 굶주린 외계인으로부터 가족을 지켜내는 방법에 대해선 아무것도 모른다. 그 생각을 하니 날카로운 바늘이 뇌를 찌르는 것 같았고 쇳덩어리가 가슴을 짓누르는 것 같았다. 나는 두 눈을 감고 기분 좋은 일을 떠올려보려고 애를 썼다.

로비로 내려가니 페터가 맥주 한 잔을 앞에 두고 바에 앉아 있었다.

"혼자 있어요?"

"아뇨. 잉빌과 함께 있었어요. 화이트와인 한 잔을 사러 잠시 자리를 비웠을 뿐이에요. 에르미타시 국립미술관에 가기 전에 먼저 한잔하자고 해서 여기 앉아 있는 거예요."

"에르미타시 국립미술관이라고요?"

"어, 몰랐어요? 이반이 잉빌에게 문자메시지를 보내서 우리와 함께 가자고 했다는데요? 저는 잉빌이 당신에게 이미 말한 줄 알았어요."

"아뇨, 전혀 못 들었어요."

"뭘 못 들었다는 말인가요?"

등 뒤에서 열대과일 씨의 목소리가 들렸다.

나는 어이없다는 듯 눈동자를 휘휘 돌리며 주문을 하기 위해 자리에서 일어났다. 바 안쪽에서는 러시아 뉴스를 방영하는 텔레비전 소리만 제외하면 아무 소리도 들을 수 없었다.

"좋지 않은 소식이 있어요."

내가 다시 자리로 돌아오니 페터가 시무룩한 표정으로 말문을 열었다.

"그게 뭔가요?"

"러시아 학장이 우리 학교와 자매결연을 체결하지 않겠다고 마음을 굳혔다는 말을 믿을 만한 소식통을 통해 전해 들었어요."

잉빌이 끼어들어 대신 대답해주었다.

"이유가 뭐죠? 오늘 회의 분위기는 꽤 좋았던 것으로 기억하는데. 과거, 현재, 미래를 아우르는 친구니 우정이니 하는 말까지 오갔잖아요."

잉빌이 내 말에 코웃음을 쳤다.

"정말 그렇게 생각했나요? 당신은 러시아인들의 제스처나 억양 뒤에 숨겨진 의미에 대해선 하나도 모르는군요."

나는 잉빌의 제스처와 억양에 대해서 한마디 하려다가 생각을 고쳐먹고 페터 쪽으로 고개를 돌렸다.

"당신 생각은 어때요? 오늘 회의 분위기는 나쁘지 않았잖아요, 그렇죠?"

"그래요. 맞아요."

그가 입 안 가득 땅콩을 넣어 우물우물 씹으며 고개를 끄덕였다.

"게다가 선물도 한아름 받았어요. 아주 훌륭한 선물이었죠."

잉빌이 다시 코웃음을 쳤다.

"당신들이 국제화 작업에 대해선 초보자라는 게 분명하네요."

"그건 맞는 말이에요."

나는 와인 한 모금을 삼키고 말을 이었다.

"하지만 내가 알기론 당신도 동쪽 방향으로는 스비네순보다 더 멀리 가보진 못했잖아요?"

"내일 회의에서 만회할 수 있을 거예요. 내일 회의는 세 개나 있죠?"

페터가 희망찬 목소리로 말했다.

"이반이 내일 회의는 하나뿐이라고 했어요. 나머지 회의는 취소되었다고 하더군요. 게다가 성화가 없어졌다는 사실은 결코 우리에게 도움이 되지 않아요. 제 생각엔 다시 과거의 전략을 따르는 수밖에 없을 것 같아요. 제가 '강경주의자' 역할을 맡고……."

"무슨 성화를 말하는 겁니까?"

페터가 잉빌의 말을 끊고 질문을 던졌다.

"학장이 우리에게 보여줬던 그림 말이에요. 학장실에서 보여줬던 거. 이반의 말에 의하면 그건 매우 가치 있는 작품이랬어요. 아니, 가치를 따질 수 없을 정도로 귀한 것이랬어요. 사실 저는 그 성화라는 게 내 조카가 그린 그림과 비슷하다고 생각했답니다. 어쨌든 그게 사라졌다는군요. 이 일은 우리에게 부정적으로 작용할 수도 있어요."

"그게 왜 우리에게 부정적인 영향을 미친다고 생각하세요? 우리가 가져간 것도 아닌데?"

페터가 맥주잔으로 시선을 떨구었다.

"물론 그렇지 않을 수도 있겠죠. 하지만 이런 일이 때마침 우리의 방문과 맞물려 일어났다는 건 자매결연 체결에 큰 걸림돌이 될 수도 있을 것 같아요. 그들은 틀림없이 희생양을 찾을 테고, 그렇다면 평소와 다른 점을 가장 먼저 떠올리게 되는 건 당연한 일이죠. 이반은 현재 대학 내에서 사라진 성화를 찾느라 큰 소동이 일어났다고 말했어요. 학장이 굉장히 분노했다고도 하더군요. 어쨌든 이런 상황은 우리에게 결코 긍정적이라 할 수 없어요. 사실은 오늘 저녁에 이반과 만나기로 했는데 그마저도 취소되었어요. 다행히도 에르미타시 국립미술관에는 함께 가기로 했으니 조금 위로가 되네요."

그녀는 와인 한 잔을 더 사기 위해 몸을 일으켰다. 페터가 알 수 없는 눈빛을 내게 던졌다. 그는 무슨 말을 하려다가 생각을 고쳐먹었는지 입을 다물었다.

"무슨 일이에요?"

나는 피곤한 목소리로 물어보았다.

"아시다시피 그 성화는……."

"학장실에서 봤던 성화 말인가요?"

"웁스!"

"그게 무슨 의미인지요……?"

"제가 가지고 있어요. 지금 제 방에 있어요."

"지금 당신 방에 있다니…… 무슨 뜻인지……."

"제가 지금 무슨 말을 하고 있다고 생각하시나요?"

"당신이 가지고 있다는 말인가요? 당신이 그 성화를 가져왔다는 뜻인가요?"

나는 그가 농담을 했다며 껄껄 웃기를 기다렸지만, 그는 단지 절망스럽게 고개를 끄덕이며 맥주잔을 비웠을 뿐이었다.

"저는 그게 우리에게 주는 선물인 줄 알았어요!"

"선물이라고요?"

"그들은 시도 때도 없이 우리에게 선물을 주었잖아요! 보드카, 초콜릿, 민트 사탕…… 여기 가면 이걸 선물이라고 주고, 저기 가면 저걸 선물이라고 주고…… 게다가 전쟁과 평화, 친구와 우정 등의 거창한 말까지 들먹였어요. 그래서 저는 그게 우리에게 주는 선물이라고 확신했다고요. 그래서 감사하게 받았죠. 우리 모두를 대신해서. 노르웨이를 대신해서. 그리고 우리의 여왕을 대신해서."

"엘리자베스 여왕?"

그가 고개를 끄덕였다.

나는 이 기괴한 상황을 이해해보려고 노력했다. 피가 머리로 몰리는 듯한 느낌과 함께 발바닥이 간질간질해졌다. 나는 불기둥이 치솟는 싱크홀을 떠올리며, 와인 한 모금을 꿀꺽 삼켰다.

"언제 가져왔나요?"

"당신과 잉빌이 비서들과 포옹을 하고 입맞춤을 하면서 작별 인사를 할 때였어요. 나는 회의실을 나서려다 다시 되돌아가서 테이블 위에 있는 성화를 봉지 속에 넣었답니다. 선물을 그냥 두고 가면 무례하다는 인상을 줄 것 같아서였지요. 우리가 그들을 위해 선물을 가져오지 않은 게 후회가 되는군요. 우리 대학의 국제화에 무척 부정적으로 작용할 것 같아요. 굉장히 부정적으로!"

"학장의 성화를 훔친 것보다는 부정적이지 않을 것 같은데요?"

"지금 농담할 때가 아니에요! 그들이 이 사실을 알게 되면 내게 무슨 짓을 할지 생각이나 해봤어요? 이 나라는 동성애자라는 이유만으로도 감옥에 갈힐 수 있는 나라란 말이에요! 나는 결국 펑크밴드 멤버들이 갇힌 그런 감옥에 들어가고 말

거예요. 그런데 그 펑크밴드 이름이 뭐였죠?"

"푸시 라이엇."

"아, 맞아요. 그리고 또 있어요. 기업인……."

"호도르콥스키."

"맞아요. 콥스키! 푸시! 감옥! 그들은 나를 굴라크(구소련의 강제 노동 수용소 - 옮긴이)에 보낼 거예요!"

그가 긴장된 표정으로 저 멀리에 있는 잉빌을 향해 시선을 던졌다.

"잉빌에게는 아무 말도 하지 마세요."

그가 내게 귓속말로 나직이 속삭였다.

"왜요? 잉빌은 참 괜찮은 사람이 아니었던가요? 게다가 강경주의자고…… 나처럼 악당은 아닐 텐데요?"

그가 체념한 눈빛으로 나를 바라보았다.

"잉빌이 괜찮은 사람이라는 건 저도 인정해요. 하지만 잉빌은…… 이반에게 좀 과한 관심을 가지고 있어서, 그에게 모든 것을 털어놓을 게 틀림없어요. 그렇게 된다면 우리 입장에선 게임 오버가 되는 거죠."

"우리 입장에서라뇨?"

"우리는 같은 배를 탄 사람들이에요!"

"그렇지 않……."

때마침 와인 잔을 들고 온 잉빌 때문에 나는 어쩔 수 없이 말을 끊어야 했다. 그녀는 조금 전 나를 발견했을 때보다 훨씬 불만스런 표정을 짓고 있었다. 그것은 마치「위험한 정사」
에 나오는 글렌 클로즈의 표정과 비슷해서 두렵기까지 했다.

"무슨 일이에요?"

"방금 이반과 통화했어요. 학교에 갑자기 급한 일이 생겨
서 에르미타시 국립미술관에 우리와 동행할 수 없다고 하더
군요. 대신 아르테미스가 온다고 했어요."

"아르테미스가 우리와 동행한다고 했습니까? 난 그 사람
이 훨씬 편해요. 꽤 재미있는 사람 같았어요."

페터가 조금 전보다 기분 좋은 목소리로 말했다.

"아르테미스가 누구죠?"

궁금해진 내가 질문을 던졌다.

"이반에게 전화를 해야겠어요. 우리에게 이럴 수는 없어요!"

잉빌이 벌떡 일어서며 말했다.

"저는 아르테미스가 함께 가도 좋다고 생각해요!"

잉빌은 페터의 말을 들은 척도 하지 않았다.

"그들이 우리에게 이럴 수는 없어요! 있을 수 없는 일이에요."

잉빌은 전화기를 손에 들고 총총걸음으로 그곳을 나섰다.

"도대체 아르테미스가 누군가요?"

"리비아에서 태어나서 자랐어요."

"누구냐니까요?"

"카다피의 군사 자문을 했던 사람이죠. 어렸을 때는 사이
프와 함께 개인교습을 받기도 했다고 들었어요."

"사이프 카다피?"

"네, 맞습니다."

"우리가 그를 만난 적이 있나요?"

페터가 코웃음을 치며 한숨을 내쉬었다.

"잉그리 씨, 당신은 가끔 참 웃길 때가 있어요. 그는 우리와 같은 방에 있었어요. 나는 로비에서 그를 만난 적도 있어요. 그가 많은 것을 궁금해하더군요. 아주 많이. 특히 당신에게 큰 관심을 보였어요."

"내게 관심을 보였다고요?"

페터가 한쪽 눈을 찡긋해 보였다.

"하지만 난 그가 누군지도 모르는데요?"

"곧 만나게 될 거예요."

"그가 어떤 질문을 하던가요?"

"우리가 어떤 종류의 예술에 관심이 있는지, 또 어떤 사조의 예술에 관심이 있는지 궁금해했어요. 이번 일에 자신의 책임을 다하려는 자세가 돋보였어요. 그는 우리가 에르미타시 국립미술관에서 최대한 좋은 경험을 하길 바랐답니다."

나는 가만히 앉아 페터가 전해준 정보를 곱씹어보았다. 결코 좋아할 수 없는 정보였다.

"난 그가 에이전트라고 생각해요. 틀림없어요."

"누구 말인가요?"

페터가 물었다.

"아르테미스."

페터가 코웃음을 쳤다.

"어림도 없어요. 그는 에이전트와는 거리가 먼 사람이에요."

"아니, 이봐요. 리비아라고 했죠? 군사 자문까지 했다면서
요? 게다가 카다피와 연관된 사람이라면, 에이전트가 분명
해요!"

"에이전트는 아니라니까요! 나도 영국군에 복무한 적이
있어요. 난 에이전트를 보면 대번에 알아차릴 수 있는 사람
이에요. 여자도 마찬가지예요. 에이전트 중에는 여자들도 있
거든요. 그들은 주로 미인계를 사용하죠."

"그의 목적은 우리를 감시하는 것이 분명해요. 누가 성화
를 가져갔는지 알아내기 위해서죠. 적어도 그 성화가 잉빌이
말한 것처럼 값을 매길 수 없을 정도로 가치 있는 것이라면
말이죠. 이 사람들은 처음부터 대학의 국제화에는 아무런 관
심이 없었다고요."

"하지만 우리가 여기에 온 건 대학의 국제화 때문이잖아요!"

"네, 그렇겠죠. 하지만 당신이 성화를 훔쳤고, 그 때문에 지
금 우리는 굴라크에 보내지거나 불기둥이 활활 타오르는 싱
크홀에 던져질지도 몰라요. 난 비좁은 감옥에선 단 하루도
살 수 없어요. 밀실 공포증이 있거든요."

페터가 한숨을 푹 내쉬었다. 우리는 꼼짝 않고 앉아 각자
의 맥주잔만 말없이 내려다보았다.

"성화를 다시 돌려주면 어떨까요?"

나는 곰곰이 생각한 끝에 말문을 열었다.

"오해를 했다고 말하면 되지 않을까요? 아니면 장난을 쳤다고 하든지……?"

"뭘 되돌려준다는 말인가요?"

"성화 말이에요!"

"아, 네…… 성화…… 그렇죠."

나는 최대한 무거운 한숨 소리를 내뱉었다.

"그건 지금 어디에 있나요?"

"아직 크링글과 초콜릿이 들어 있는 봉지 안에 있어요."

"좋아요. 이제 무엇을 해야 할지 대충 알 것 같아요. 에르미타시 국립미술관에 우리와 동행하기 위해 아르테미스가 오면 그때 모든 것을 털어놓기로 해요. 사실을 있는 그대로 말하면 돼요. 당신은 그때 성화가 선물인 줄 알았고 아무 생각 없이 가져왔다고 말이죠. 그 모든 일은 오해에서 비롯된 거라고 말하면 될 것 같아요. 그렇다면 성화를 찾기 위해 그 많은 사람들이 법석을 떨지 않아도 되고, 모두들 한바탕 크게 웃으며 일을 마무리 지을 수 있지 않겠어요?"

"네, 그럴듯하군요."

페터가 정신이 번쩍 난 듯 생기 있는 목소리로 말했다.

아르테미스를 보는 순간, 나는 내 계획을 수정해야 할 것 같다는 생각을 하지 않을 수 없었다. 잘생긴 푸틴이 가볍게 목례를 했다.

"자, 준비되셨습니까?"

나는 마른침을 꿀꺽 삼켰다.

"이반은 왜 오지 않았나요?"

잉빌이 시무룩한 표정으로 불평을 했다.

"이반은 갑자기 중요한 회의에 참석하게 되어서 이 자리에 오지 못했습니다. 덕분에 제가 여러분을 모실 수 있는 영광을 얻었지요."

그가 허리를 굽혀 잉빌의 손등에 입을 맞추자, 잉빌의 표정이 환해졌다.

"얼른 말하세요!"

페터가 내게 나직이 귓속말을 했다.

나는 그를 밀쳤다.

"내 귀에 침이 튀었잖아요! 때가 되면 알아서 말할 테니 걱정 마세요."

"무슨 말을 한다는 건가요?"

잉빌이 날카롭게 소리쳤다.

"노르웨이의 동물 군상에 대해서 설명할 거예요."

나는 얼른 둘러댔다.

"흥!"

잉빌은 잘생긴 푸틴, 아니 에이전트 아르테미스와 함께 출입문 쪽으로 걸어갔다. 나는 입 속에 고여 있던 침을 한꺼번에 꿀꺽 삼켰다. 상황은 예상 밖으로 흘러가고 있었다. 너무나 좋지 않은 방향으로.

23

잘생긴 푸틴은 차를 가져오지 않았다. 상트페테르부르크의 전철 시스템은 세계 최고라 해도 과언이 아니었지만, 그는 얼음처럼 차가운 바람이 부는 회색 강변길로 우리를 인도했다. 목적지에 도착하니 페터의 얼굴은 파랗게 변해 있었고, 잉빌의 알코올 기운도 싱크홀의 불기둥 속에서 산화된 것 같았다.

우리는 라커룸에 외투를 맡기고 잘생긴 푸틴이 입장권을 구입할 때까지 기다렸다.

"무엇을 보시고 싶은가요?"

그가 물었다.

"흠⋯⋯."

잉빌은 머뭇거리며 말을 맺지 못했다.

"저는 이탈리아의 르네상스 작품과 네덜란드의 황금시대

작품을 보고 싶습니다."

페터가 말을 이었다.

"스스로 항상 옳다고 생각했기 때문에 고통을 받아야 했던 '올드 마스터'들의 작품 말입니다. 이들을 다룬 시도 있다고 들었는데, 맞습니까?"

우리의 가이드가 페터를 향해 가볍게 고개를 끄덕였다.

"네, 올드 마스터들의 작품을 보고 싶어요."

잉빌이 잘생긴 푸틴 옆으로 다가가며 말했다.

나의 피부와 뼈를 관통하는 듯한 그의 눈길을 느꼈다. 심리 차단이라고 했던가? 나는 그의 눈길을 차단하는 데 온 힘을 쏟아부으며, 동시에 지난 몇 달 동안 공황 상태에 빠지지 않기 위해 내가 가지고 있던 에너지를 거의 다 써버린 것을 후회했다.

"당신은 무엇을 보고 싶으신가요? 어떤 예술 사조에 관심이 있으신지요?"

"황금시대……."

그는 고개를 끄덕이며 날카로운 푸틴의 눈빛으로 나를 분석했다. 나는 다시 침을 꿀꺽 삼켰다. 공황 상태에 빠져버린 나는 심리 차단 전술로 그와 대적할 수 없다고 생각했다. 그는 보이트 캄프 테스트Voight-Kampff test(영화 「블레이드 러너」에서 인간과 복제인간을 구별하기 위해 감정이입 및 공감 능력을 시험하는 방법으로 소개되었다 - 옮긴이)를 시행하는 중이었다. 복제인간을 인간과 구별하기 위해 동공의 움직임과 신체에서 발산하는 보이지 않는 미립자를 바탕으로 그들의 공감 능력을 측정하는 테스트.

오늘은 당신의 생일입니다. 선물로 송아지 가죽 지갑을 받았습니다. 당신은 어떤 반응을 보입니까?

텔레비전을 보고 있는데 벌 한 마리가 날아와 팔에 내려앉았습니다. 당신은 어떤 행위를 합니까?

사막의 모래 위를 기어가는 게가 있습니다. 그 게를 본 당신은 그것을 뒤집어놓습니다. 왜 그런 행위를 했습니까?

당신은 지금 에르미타시 국립미술관에 있습니다. 누군가가 당신에게 어떤 작품을 보고 싶으냐고 물었습니다. 당신은 어떤 대답을 합니까?

"렘브란트와 브뤼헐."

나는 기어들어가는 목소리로 대답했다.

그의 눈빛이 마치 승리를 거둔 듯 의기양양하게 반짝였다. 순간, 나의 대답에서 그가 유출해낸 결과는 무엇인지 궁금해졌다. 하지만 더 궁금해하기도 전에, 우리는 1층 로비를 지나 계단을 올랐고 비좁은 복도의 모퉁이를 몇 개나 돈 후에 마침내 황금시대 작품이 전시된 곳에 이르렀다.

나는 잘생긴 푸틴의 옆에 바짝 붙어 걷고 있는 잉빌에게 감사한 마음뿐이었다. 그녀는 잘생긴 푸틴이 하는 말이라면 뭐든 매력적이라 생각하는 듯, 그가 입만 벌리면 고개를 끄덕이고 미소를 짓고 가볍게 코웃음을 쳤다. 심지어는 얼마간 시간이 지나자 슬쩍 그의 팔짱을 끼기도 했다. 하지만 그는 그림 한 폭을 가리키는 척하며 그녀의 팔을 벗어났다.

페터와 나는 그들의 뒤를 따르며 전시된 작품들에 건성으로 시선을 던졌다.

"왜 아직 성화에 대한 이야기를 하지 않았나요?"

"우리가 보이트 캄프 테스트를 당하고 있다는 느낌 때문이에요."

"무슨 테스트라고요?"

"지금 당신이 염두에 둬야 하는 건 주변인들을 배려하는 척하며 가능한 한 말을 적게 하는 것뿐이에요."

"배려하는 척이라뇨? 나는 진심으로 주변인들을 배려하는 사려 깊은 사람이에요."

그가 자존심이 상한 말투로 반박했다.

"내가 학과목 코디네이터직을 맡았을 때는 당신이 주변인을 배려한다는 인상을 전혀 받지 못했는데요? 게다가 내 의사와는 상관없이 내게 악당 역할을 하라고 떠넘겼을 때는 더욱 그랬어요. 당신은 오직 남을 배려하는 척만 할 뿐이에요. 사실은 타인에게 아무 관심도 없는 이기적인 사람이지요!"

"그건……."

"사서 멍청한 짓은 하지 마세요. 당신이 현재 자리를 지키고 싶어 한다는 건 나도 알고 당신도 알고 있어요. 당신이 유아교육학부에 대해 어떻게 생각하는지는 우리 모두가 잘 알고 있다고요."

그가 보일 듯 말 듯 겸연쩍은 미소를 지었다.

"사실은 처음부터 당신을 도와줄 수도 있었어요."

"무슨 뜻인가요?"

"그러니까 내 말은 이직을 해야 하는 사람이 꼭 당신이어야 할 필요는 없다는 뜻이었어요."

나는 그의 눈을 빤히 쳐다보았다.

"그렇다면 누구를 염두에 두고 있었단 말인가요?"

그는 조심스레 턱으로 잉빌을 가리켰다. 잉빌은 잘생긴 푸틴의 팔짱을 껴보려 쉴 새 없이 기회를 엿보고 있었다.

나는 두 눈을 감고 천장을 향해 고개를 들었다.

"좋아요. 내 자리를 지켜준다고 약속만 해준다면, 이번 성화 사건은 내가 해결할게요."

우리는 악수를 하며 무언의 약속을 했다.

"알레아 야크타 에스트*Alea iacta est*('주사위는 이미 던져졌다'라는 의미의 라틴어 - 옮긴이)!"

"옴네스 문둠 파키무스*Omnes mundum facimus*!"

페터가 말했다.

"그건 무슨 뜻인가요?"

"세상은 우리 손에 있다는 뜻이에요."

나는 침을 꿀꺽 삼켰다. 우리는 렘브란트의 「돌아온 탕자」 앞에 서서 멍하니 작품을 들여다보았다. JFK의 총알이 내 머릿속을 휘저으며 강력한 감정의 문을 열었다. 영원히 잃어버린 줄 알았던 아들을 찾은 아버지의 기쁨과, 마침내 자아를 찾아 하늘을 향해 두 팔을 활짝 펴고 자유를 만끽하는 아들의 기쁨.

세상을 만들어가는 것은 우리.

우리는 세상의 아들.

두 눈이 촉촉이 젖어왔다. 눈물이 앞을 가려서 아버지를 포옹하는 아들과, 아들의 등을 토닥이며 위로하는 아버지의 모습조차도 볼 수 없었다.

이제 너는 네가 누군지 깨달았어.

너는 이제 스스로의 정체성을 깨닫게 된 것이지.

"화장실에 다녀올게요."

나는 페터에게 속삭였다.

그가 내 팔을 살짝 잡아 쥐었다.

"우리가 직면한 문제를 잊지 마세요. 절대 여기서 포기하면 안 돼요."

나는 거대한 전시실을 빠져나가 복도로 발을 옮겼다. 한기 어린 복도에는 보안요원으로 보이는 나이 많은 여인들이 외투와 목도리, 모자와 장갑까지 낀 채 의자에 앉아 있었다. 정신없이 걷던 나는 화장실 앞에 도착해서야 눈과 코를 찌르는 암모니아 냄새를 느낄 수 있었다. 다른 이들은 이미 이 지독한 냄새에 대해 사전 준비를 해왔는지 손수건으로 코와 입을 가리고 있었지만, 내겐 코와 입을 막을 만한 것이 아무것도 없었다. 때문에 나는 볼일을 보는 도중에도 몇 번이나 구역질을 해야만 했다.

나는 그 지독한 냄새가 변기 옆에 쌓여 있는 더러운 휴지 때문이라는 것을 뒤늦게야 깨달았다. 하는 수 없이 이미 변기 속에 던져 넣었던 휴지를 솔로 끄집어낸 후 휴지통에 다시 집어넣어야만 했다.

손을 씻기 위해 세면대 앞에 섰다. 비누를 찾을 수 없어서, 얼음장처럼 차가운 물로 최악의 세균만 걷어낼 수 있기를 바라며 손을 씻어야만 했다. 거울에 비친 내 모습을 보며 국립미술관의 화장실도 이런데 굴라크의 화장실은 얼마나 열악할까 싶은 생각을 했다. 저절로 몸서리가 쳐졌다. 나는 유니콘과 아름다운 꽃밭을 상상하며 긍정적으로 생각을 바꾸어 보려 애를 쓰며 다시 전시실로 돌아왔다. 다 빈치의 작품「베노이스 마돈나」앞에는 휴대폰 카메라를 들이대는 학생들로 발 디딜 틈도 없었다.

"유명한 작품들은 왜 항상 이렇게 조그마한지 모르겠어요." 잉빌이 말했다.

"잉빌 씨는 아는 것도 많군요."

내 말에 잉빌이 입을 삐죽거렸다. 나는 그녀가 소리 없이 '화냥년'이라 외쳤다고 짐작했다.

나는 침을 꿀꺽 삼키며 레오나르도 다 빈치가 모성애를 어떻게 해석했는지 알아내기 위해 집중했다. 그림 속의 마돈나는 너무나 어려 보였다. 실제로도 그랬을 것이라는 생각이 뒤를 이었다.

엡바가 태어났을 때 나는 스물아홉 살이었고, 제니가 태어났을 때는 서른한 살이었다. 거기까지는 괜찮았다.

하지만 나는 서른여섯 살이나 되어서야 알바를 낳았다. 그때, 나는 내 몸이 더 이상 임신을 원하지 않고, 출산은 더더욱 원하지 않는다는 것을 깨달았다. 조산사는 내 몸속에서 생겨난 일종의 장벽이 사라질 생각을 하지 않는다고 말했다. 첫째아이와 둘째아이는 문제없이 세상에 내놓을 수 있었다. 하지만 알바는 나의 자궁 속에 영원히 머무르려는 듯 내 몸속에 벽을 쌓았다. 마침내 알바를 두 손으로 안았을 때, 나는 한순간 아이의 보금자리를 빼앗아버린 것 같다는 생각을 했다.

나는 갓난아기의 체취를 느낄 수 있었다.

"성화 작품을 보시겠습니까?"

갑자기 내 귓전에 들려오는 목소리에 깜짝 놀라 몸을 돌렸다.

두 눈을 감고 심리 차단 모드로 돌입하려 했으나, 당장 눈앞에 당면한 것은 보이트 캄프 테스트라는 것을 깨달았다. 심리 차단 전술을 쓴다고 해결될 문제가 아니었다. 그래서 나는 내가 지어낼 수 있는 가장 환한 미소를 입가에 머금고 잘생긴 푸틴의 눈이 멀기만을 바랐다.

"성화 작품…… 네."

그가 나를 뚫어지게 바라보았다. 나는 우리가 눈에 보이지 않는 싸움을 하고 있다고 생각했다. 우리의 차이점이라고 한다면, 그는 카다피와 함께 리비아에서 훈련을 받은 숙련된 전사라는 것과 내겐 미국 영화를 보며 얻은 지식밖에 없다는 것이었다. 어쩌면 그것만으로도 충분하지 않을까?

"당신은 지금 사막에 있어요."

나는 그의 눈을 정면으로 바라보며 말문을 열었다.

"눈앞에 거북이 한 마리가 기어가고 있어요. 당신은 거북이를 뒤집어놓았어요. 거북이는 당신이 다시 몸을 돌려놓지 않는다면 그 자리에서 허우적거리다 결국 죽어버릴 거예요. 하지만 당신은 아무것도 하지 않고 그저 바라보기만 해요. 당신이 왜 그런 짓을 했다고 생각하나요?"

"왜죠?"

"네, 바로 그거예요. 왜 그렇게 하셨나요?"

"거북이는 자신의 운명을 스스로 받아들여야 합니다."

"하지만 당신은 왜 거북이를 뒤집어놓았을까요? 왜 거북이가 스스로의 힘으로 기어갈 수 있도록 가만히 놓아두지 않았냐는 말이죠."

그가 눈도 깜박하지 않고 나를 뚫어지게 쳐다보았다.

"생각할 시간이 필요할 것 같군요. 스스로의 행위에 대해 생각해볼 시간. 결점이 없는 존재는 없으니까요."

24

그날 밤, 나는 문이 열리고 닫히는 소리, 난방기가 꺼졌다 켜졌다 반복되는 소리에 수시로 잠에서 깼다. 매번 잠이 다시 들 때쯤이면 쇳덩어리가 가슴을 짓누르는 듯한 답답한 느낌이 더욱 커졌다. 목에는 가래가 생겨났고 입 속은 바짝 메말라 혀가 종잇조각처럼 느껴졌다.

호텔방에 비치되어 있는 물병은 이미 비워버린 후였다. 전화기를 들어 룸서비스 번호를 눌렀지만 응답하는 이는 아무도 없었다. 결국 나는 욕실로 들어가 수돗물을 마셔야만 했다. 소독약 냄새 때문에 어질어질했다. 구토를 할 것 같았고 감기 기운이 있는 것 같기도 했다.

동이 트기까지는 몇 시간이나 더 기다려야 했지만, 나는 자리에서 일어나고 말았다. 창밖에는 눈이 내리고 있었지만 길 위에 쌓인 눈은 볼 수 없었다. 가로등 불빛을 머금은 강물

은 병적으로 누런색을 띠었고, 거리는 텅 비어 적막하기 그
지없었다.

인터넷을 연결해보려 했지만, 오류 메시지만 나타날 뿐이
었다. PTC 접속? 이상하다는 느낌이 스쳤다. 하지만 따지고
보면 그곳에는 이상한 것 천지였다. 난방기가 저절로 꺼졌다
켜졌다 하는 것부터 시작해서 바로크 양식의 환각적 무늬를
담은 바닥의 카펫까지. 문득, 내가 앉아 있는 호텔방이 스노
볼 속에 갇혀 있다는 생각이 들었다.

궁극적인 영원의 시간 속에 갇혀 있다는 느낌.

다시 집에 돌아갈 수 없을 것 같았다. 시간과 공간, 내부와
외부의 세계를 통틀어도 내가 집에 갈 수 있는 방법은 찾을
수 없을 것 같았다.

집에 갈 수만 있다면, 모든 일이 다 해결될 것만 같았다.

내가 누군지 알 수 있다면 좋을 텐데. 나만의 공간을 찾을
수 있다면 내 가슴을 짓누르는 쇳덩어리도 가루로 부수어버
릴 수 있을 텐데.

샤워기의 물을 틀었다. 쏟아지는 물줄기 아래에서 눈을 감
고 고개를 뒤로 젖혔다.

그것은 욕조 안의 샤워 시설이 아니라 작은 캐비닛 속의
샤워 시설이었다. 나는 샤워 캐비닛 안에서 나를 되찾기 위
한 작업을 시작했다.

러시아를 떠나 집으로 가야지. 우리의 집으로. 나만의 집

으로.

　나는 복제인간이 아냐. 나는 복제인간이 아냐.

　나는 영장류. 나는 인간.

　잘될 거야. 다 잘될 거야.

　헤어드라이어로 머리를 말리고 천천히 옷을 입었다. 양말을 신고 외투를 입은 후, 조심스레 옥색 복도를 살펴보았다. 계단을 내려와 화려한 로비로 들어섰다. 흑백의 대리석 타일로 치장한 바닥과, 보라색과 노란색으로 페인트칠을 한 벽. 로비 한 중앙에는 거대한 조각상이 서 있었다. 나는 그것이 아틀라스라고 생각했다. 가까이 다가가 자세히 살펴보니 그것은 어깨에 세상을 짊어지고 있는 남자가 아니라 세상 속에 갇혀 있는 한 남자의 조각상이었다. 어깨와 무릎으로 둥근 원형의 세상을 안쪽에서 밀치고 있는 남자의 몸엔 근육과 힘줄이 울퉁불퉁 튀어나와 금방이라도 터질 것만 같았다. 나는 밖으로 나가고 싶어 하는 남자의 열망을 곧이곧대로 느낄 수 있었다. 그에게서 자유를 갈망하는 인간을 엿볼 수 있었다.

　비들비들 떨리는 허벅지를 꾹 눌렀다. 이젠 바깥세상이 존재한다는 것을 깨달았으니 다시 방에 들어가 보드카를 마셔보는 것도 좋을 것 같았다. 하지만 밀실 공포증은 사라지지 않았고, 허벅지의 떨림도 멈추지 않았다. 그래서 모자를 쓰고 장갑을 낀 후 나를 둘러싸고 있는 스노볼에 도전해보려 호텔 밖으로 발을 옮겼다.

동틀 무렵이었지만 거리에는 사람의 그림자도 보이지 않았다. 하지만 시내의 변두리 지역에서는 이미 기차역으로 향하는 사람들, 차 위에 쌓인 얼음과 눈을 긁어내는 사람들의 분주한 움직임을 볼 수 있을 것 같았다. 이반도 지금쯤 국제화 작업과 빌어먹을 노르웨이 사람들을 떠올리며, 차창의 눈을 털어내며 투덜거릴 것이 틀림없었다.

허벅지는 여전히 바들바들 떨리고 있었지만, 그것은 불안감 때문이 아니라 추위 때문이었다.

시베리아의 눈바람과 싱크홀을 떠올렸다. 싱크홀에 가까이 다가가면 어떤 기분일까? 시베리아의 평원을 두 발로 걸어 칠흑 같은 어둠 속에서 춤을 추듯 치솟는 불기둥과 파도처럼 지표를 덮고 있는 가스를 만나게 되면 어떤 기분이 들까? 가장 높은 곳으로 올라가 불기둥이 치솟는 심연을 들여다보면 어떤 기분이 들까?

내가 보고 싶은 것은 무엇일까?

내가 깨닫고 싶은 것은 무엇일까?

내가 기억하고 싶은 것은 무엇일까?

어느새 눈이 그쳤다. 눈앞에는 살얼음이 낀 강이 펼쳐져 있었다. 나는 강 너머를 바라보았다. 푸르스름한 에르미타시 국립미술관이 어둠 속에서 모습을 드러냈다. 어느덧 새벽 6시가 되었다. 길 위에는 차들이 움직이고 있었다.

성화에 대한 걱정 때문에 가슴이 답답했다.

나는 비외르나르에게 전화를 했다. 기다리다 지쳐 빨간색 버튼에 손가락을 가져가려는 순간, 비외르나르가 전화를 받았다.

"좋은 아침! 아직 살아 있네!"

"응. 겨우 살아 있는 정도……."

그가 하품을 하며 대답했다.

"잘 지내고 있어?"

"그럭저럭. 애들 셋에 바쁜 직장 업무에…… 뭘 하며 하루를 보냈는지도 모르겠어."

"응……."

그가 다시 하품을 했다.

"그건 그렇고, 당신은 어때? 잘 지내고 있어?"

"응. 여긴 좀 이상한 곳이라는 생각이 들어. 그건 그렇고, 열이 나는 것 같아."

"흠……."

"그냥 안부 전하려고 전화했어. 내가 당신 꿈을 꾼 건 아닌지 확인해보려고 말이야."

"잘 있으니 걱정 마."

"집은 팔릴 기미가 보여?"

나는 말을 뱉자마자 그 말을 한 걸 후회했다.

"부동산 중개업자 말로는 꽤 오랫동안 집이 팔리지 않을 것 같다며 당분간 포기하는 게 좋을 거라고 했어."

"그래?"

"부동산 시장이 완전히 죽었대. 양서류 인간들에게서도 연락이 없어."

"복제인간."

"뭐?"

"복제인간을 말했던 거 아냐?"

"어쨌거나. 전혀 움직임이 없어. 당분간 집 두 채를 소유해야 할 것 같아."

"어휴, 그런 말은 하지 마!"

"현실적으로 생각해보자는 말이었어."

"알아."

"당신이 집에 오면 다시 이야기하도록 하자. 오늘 아침 일찍 회의가 있어서 서둘러야 해."

"애들한테 안부 전해줘."

나는 무덤덤한 목소리로 말했다.

전화를 끊은 나는 강물을 바라보며 굴라크를 떠올렸다.

25

다시 호텔로 돌아오니 아침식사를 위한 뷔페식당의 문이 열려 있었다. 나는 로비가 환히 보이는 거대한 야자수 뒤에 자리를 잡고 앉았다. 몇 분 후, 이반이 로비에 모습을 드러냈다. 그는 뷔페식당 앞에 서서 두리번거렸지만 나를 본 것 같진 않았다.

나는 남들의 눈에 띄지 않는 투명한 존재였다.

하지만 그것도 오래가지 않았다.

잘생긴 푸틴이 내 곁에 다가와 말없이 가볍게 목례를 했다.

"배고파요?"

나는 접시를 그의 눈앞에 들어 보이며 말했다.

"이미 식사를 하고 왔어요."

"그렇군요. 잘됐어요. 이 뷔페식당에는 먹을 만한 음식이 없어요."

그가 건성으로 고개를 끄덕였다.

"다른 사람들이 일어났는지는 모르겠어요. 하지만 방금 이반을 보았어요. 당신이 찾고 있는 사람이 이반인가요? 방금 안내 데스크 앞에서 두리번거리던데……."

그가 고개를 들어 천장을 올려다보았다.

"당신과 단둘이 이야기를 나누고 싶어서 왔어요."

"저와 단둘이서요?"

그가 고개를 끄덕이며 의자에 앉았다.

"무슨 이야기인지요?"

"당신들의 방문 목적에 대해서 허심탄회하게 이야기를 나누어보고 싶었어요."

"오, 그래요?"

식은땀이 흐르기 시작했다. 솔직히 우리의 방문 목적을 말하자면 '협력', '국제화 작업', 그리고 '시너지 효과' 등 일반적인 내용 외에는 딱히 생각나는 게 없었다. 특히 이반과 함께 상트페테르부르크 대학을 분주하게 둘러본 후엔 특별하게 따로 생각해본 적도 없었다. 나뿐만 아니라 다른 이들도 마찬가지였을 것이다.

이것도 보이트 캄프 테스트였던가.

나는 헛기침을 하며 목청을 가다듬었다.

"우리의 방문 목적은 협력을 바탕으로 학문적 교류를 성립하는 것입니다."

"누구와 협력하려는 것인가요?"

"상트페테르부르크 국립대학이겠죠."

"어떤 의도에서?"

"의도라뇨?"

나는 커피를 한 모금 들이켰다.

"국제화를 들 수 있겠죠."

"국제화?"

나는 고개를 끄덕였다.

"학생들의?"

"모든 면에서의 교류와 연대를 의미합니다."

"폭넓은 교류를 말씀하시는 겁니까?"

"이노베이션, 시너지, 학문적 연대, 가동성 등."

그의 눈이 가늘어졌다.

"잘 알겠습니다."

"정말 그러신가요?"

그가 고개를 끄덕였다.

"저는 이만 가보겠습니다. 곧 이반과 이리나가 당신들을 데리러 올 겁니다. 네바 강가에서 사진을 찍을 예정이라더군요. 카우보이모자를 쓴 당신의 동료가 네바 강을 꼭 보고 싶다고 했다면서요?"

"그건 카우보이모자가 아니라 어번 보울러라고 해요."

"그가 왜 그런 모자를 쓰고 다니는 거죠?"

"머리가 시리다고 했어요."

"미국에서 구입한 모자죠?"

"글쎄요, 제 생각엔 하운즐로에서 산 것 같아요."

"어디라고요?"

"하운즐로."

"알파벳을 적어보시겠습니까?"

그는 내가 또박또박 부르는 알파벳을 작은 수첩에 적은 후, 목례를 하고 로비로 사라졌다.

나는 천천히 60까지 센 후 왔던 길을 되돌아갔다. 계단을 한 번에 세 개씩 뛰어올라 페터가 방문을 열어줄 때까지 손이 부서져라 노크를 했다.

"어디에 두었나요?"

나는 그의 방으로 뛰어 들어갔다.

"뭘 어디에 두었냐는 말인가요?"

"성화 말이에요!"

"아직 봉지에서 꺼내지도 않았어요."

나는 그가 손가락으로 가리키는 테이블로 다가갔다. 녹은 초콜릿과 말라빠진 크링글이 들어 있는 봉지 안에서 성화를 찾아냈다.

"여기 이렇게 두면 안 돼요! 이것 보세요. 초콜릿이 묻어 있잖아요!"

나는 수건을 찾아와 갈색 자국을 닦아냈다.

"방금 잘생긴 푸틴과 이야기를 나누었어요."

"누구요?"

"아르테미스 말이에요! 그가 우리를 의심하고 있어요. 틀림없어요. 그건 그렇고, 우린 곧 이반, 이리나와 함께 네바 강으로 갈 거예요. 우리가 호텔을 빠져나가는 즉시 그들이 우리 방을 뒤질 게 분명해요. 그러니 얼른 성화를 숨겨야 해요. 아무도 찾을 수 없는 곳에."

"그러시죠."

페터가 히스테리컬한 웃음을 터뜨리며 말했다.

"왜 웃는 거죠?"

"당신을 믿을 수 있을 것 같아요. 이 일을 잘 해결할 수 있을 것 같다는 믿음이 생기는군요."

"글쎄요, 장담할 수는 없어요. 난 단지 이번 일에 아르테미스가 관련된 것이 마음에 들지 않을 뿐이에요. 그건 그렇고, 강력 테이프가 있으면 좋겠는데……."

"제게 강력 테이프가 있어요."

"지금 가지고 있다고요?"

"물론이죠. 난 여행할 때 항상 강력 테이프를 가지고 다녀요."

나는 지금까지 그가 어떤 여행을 했는지 물어보고 싶었지만 그럴 시간이 없었다. 성화를 휴지로 둘둘 말고 베개보 속에 넣은 후, 그것을 다시 신문지로 둘둘 말고 그 위에 강력 테이프를 붙였다.

"너무 과장하는 건 아닌가요?"

"당신이 지금은 그렇게 생각할지 몰라도, 집으로 가는 비행기 안에선 분명 내게 고맙다는 말을 하게 될 거예요."

나는 성화와 테이프를 재킷 밑에 숨겼다.

"만약 누가 당신에게 묻는다면, 당신은 학장실에서 성화 비슷한 그림을 본 기억이 어렴풋이 난다고만 대답하세요. 그러니까 당신은 아무것도 모르는 거예요. 아셨죠? 아무것도!"

나는 문을 닫고 마치 뚜렷한 계획이라도 있는 듯 복도를 뚜벅뚜벅 걸었다. 하지만 실제로는 무엇을 해야 할지 전혀 모르고 있었다.

성화 전문 절도범이라면 이 상황에서 무엇을 할까 생각해보았다. 성화 전시장에 가서 다른 싸구려 성화 사이에 슬쩍 놓아두지 않았을까. 하지만 나는 성화 전시장이 어디 있는지도 모르는데다 이미 성화를 화장지와 신문지로 둘둘 말아 보이지 않게 포장까지 해버린 후였다.

우리 방과 같은 층에 성화를 숨긴다는 것은 있을 수 없는 일이었다. 그들은 분명 여기부터 수색할 것이 틀림없다고 생각했다. 어쩌면 이미 복도에 감시 카메라를 설치해놓았을지도 모르는 일이었다.

꼭대기 층은 어떨까? 나는 계단을 뛰어 올라가 꼭대기 층에 가보았다. 상트페테르부르크 시내 전경이 보이는 고급스런 바는 묵직한 소파와 안락의자, 갖가지 난초로 장식한 작은 테이블로 가득했다.

손님이라곤 한 명도 보이지 않았다.

직원들도 보이지 않았다.

이게 정말 현명한 일일까? 나는 생각을 정리할 수가 없었다.

엎친 데 덮친 격으로 화장실도 급했다.

나는 가장 안쪽 모퉁이에 있는 소파로 걸어갔다. 그리고 강력 테이프를 이용해 성화를 소파 밑에 붙여놓았다. 손쉽게 성화를 미라로 만든 것이다. 미래를 보존하기 위해. 아니, 과거를 보존하기 위해서였던가.

어쨌든 성화는 잘 숨겨놓았고, 이젠 머릿속에서 지워내는 일만 남았다.

우리가 성화를 가져가지 않은 척 시늉을 하다 보면 언젠가는 우리 스스로도 그렇게 믿어버리는 날이 올지도 모르는 일이었다. 그렇다면 진실을 밝혀내는 일은 거의 불가능한 일이 될 것이다.

누구나 복제인간의 정체를 밝혀내는 것은 쉽지 않은 일이라는 걸 잘 알고 있다. 그것은 복제인간이 스스로 자신을 인간이라 생각하기 때문이다.

"덤빌 테면 덤벼보라지. 보이트 캄프!"

나는 허공에 대고 외쳤다. 텅 빈 공간에서 내 말에 귀를 기울이는 사람은 아무도 없었다.

26

그날의 대부분은 이반, 이리나와 함께 네바 강가를 거닐며
소일했다. 그들은 우리에게 아무런 질문도 던지지 않았고,
우리는 서로 거의 아무 말도 하지 않았다. 갑자기 페터가 어
디 들어가서 점심을 먹자고 제안했다. 하지만 이리나의 차가
운 눈빛에 그는 더 이상 아무 말도 하지 않았다. 우리는 다시
침묵 속에서 강가를 거닐었다. 이리나에게 전화가 왔다. 그
녀는 서둘러 우리를 호텔로 데려다주었고, 우리는 가벼운 목
례로 작별 인사를 대신했다.

로비 바에 앉아 일행을 기다리는 동안 우연찮게도 인터넷
에 접속할 수 있었다. 나는 이메일을 열어 학부모회, 학과장,
경보기 외판원(어쩐 일인지 그는 내 이메일 주소까지 알아낸 모양이었다)
에게서 온 메일을 모두 지워버렸다. 검색창을 열어 '도난당
한 예술품'을 입력하자 '분실된 예술품 목록'이라는 페이지

가 화면에 떴다. 메뉴에는 '성화'가 독자적인 카테고리로 자리 잡고 있었다. 나는 얼른 '성화' 카테고리를 열어보았다. 대부분 비슷한 작품이었다. 하지만 예수의 성상을 닮은 작품은 등록되어 있지 않았다. 페이지 한쪽에는 도난 작품에 대한 정보를 전달할 수 있는 전화번호가 나와 있었다. 인터폴로 연결되는 전화번호!

내 몸은 숨 쉬는 방법을 잊어버린 것 같았다.

나는 신문 기사의 제목을 상상해보았다. '세계적 명작, 호텔에서 발견되다. 절도범은 선물인 줄 알았다고 변명', '노르웨이 정부는 굴라크에 갇힌 자국 학자에 대해 아무런 조치도 취할 수 없다고 발표함', '성화-빈테르 약물 과다 복용으로 숨진 채 발견'. 문제는 모든 죄를 내가 다 뒤집어써야 한다는 것이었다. 잉빌은 무슨 일이 있었는지 아직까지도 모르고 있으며, 페터는 무슨 수를 쓰더라도 뱀장어처럼 빠져나갈 것이 틀림없었다. 게다가 그는 영국 시민이기 때문에 영국 여왕의 도움을 받을 수 있을지도 모르는 일이었다.

하지만 나를 구해줄 사람은 아무도 없었다.

"어디다 숨겼어요?"

어느새 로비로 내려온 페터가 내게 나직하게 속삭였다. 그는 묘하게도 무덤덤한 표정을 짓고 있었다. 나는 그가 네바 강가에서 영구적 동상에 걸린 건 아닌가 궁금해졌다.

"당신은 모르고 있는 게 더 나아요."

"하지만 그건 내가 받은 거잖아요!"

"훔친 것! 훔친 거겠죠!"

"당신도 아시다시피……."

나는 그의 말을 중간에서 끊어버렸다.

"지금부터는 아예 생각도 안 하는 게 좋아요. 그건 아예 처음부터 존재하지 않았던 것이라고 생각하세요."

"처음부터 뭐가 존재하지 않았다는 거죠?"

잉빌이 물었다.

"아무것도 아니에요."

"아무것도."

페터가 내 말을 따라 했다.

"난 당신이 아예 처음부터 존재하지 않으면 좋겠어요."

잉빌이 내게 쏘아붙였다.

"난 당신이……."

하지만 나는 페터가 팔꿈치로 툭 치는 바람에 말을 맺지 못했다.

"이리나가 당신에게 관심이 많은가 봐요."

잉빌이 페터에게 말했다.

나는 큰 소리를 내어 껄껄 웃다가, 페터의 날카로운 눈빛에 얼른 입을 다물었다.

"왜 웃는 거죠?"

"아, 미안해요. 하지만 이리나는 당신에게 관심이 없어요."

"왜 그렇게 생각하나요?"

잉빌이 내게 물었다.

"생각하고 말고의 문제가 아니라 그냥 알 수 있는 거라니까요."

"아니, 어떻게 아냐고요!"

"일단, 그녀는 나스타샤 킨스키를 닮았어요."

"그래서요?"

"그리고 이반은 당신에게 관심이 없어요."

잉빌이 코웃음을 치며 벌떡 일어났다. 바에서 와인을 가져오려는 모양이었다.

"한 가지 알려드릴까요? 우리가 호텔로 들어오기 직전에 이리나가 내 팔을 살짝 잡아 쥐면서 다시 만날 수 있기를 고대한다고 속삭였어요. 게다가 우리 둘만 만날 수 있을지 묻기도 했다고요. 오늘 저녁에. 오페라를 보러 가기 전에 말이죠."

"뭐라고요? 언제 그런 일이 있었나요?"

"그녀가 전화를 받은 직후였어요."

나는 침묵에 빠졌다. 두려워지기 시작했다.

"페터, 그건 미인계가 확실해요!"

"뭐라고요?"

"어제 직접 그렇게 말했잖아요. 기억나요? 에이전트는 민감한 정보를 손에 쥐고 있는 사람에게 접근해 감정을 바탕으로 한 관계를 성립하려 한다거나, 상대방에게 순응하는 방식으로 정보를 빼낸다고 했어요. 그게 에이전트의 임무라고 하지 않았나요?"

"하지만, 잉그리 씨……."

"이리나가 당신과 만나서 술 한잔하자고 했나요?"

"네, 그렇지만……."

"소비에트 첩보기관에서 미인계를 사용하는 건 잘 알려진 일이에요. 심지어 베르나 게르하르젠Werna Gerhardsen(노르웨이의 정치가 - 옮긴이)도 아르메니아를 방문했을 때 함정에 빠진 일이 있어요."

"그게 누구죠?"

머릿속에서 지진이 난 것 같았다. 갑자기 너무나 피곤해져 온몸에서 힘이 쭉 빠져나가는 것 같았다.

"페터, 절대 미인계에 걸려들지 마세요."

"조금만 걸려들면 안 될까요? 민감한 정보는 절대 누설하지 않는다는 전제하에. 미국인들이 말하듯 순식간에 상황을 반전시킬 수도 있지 않을까요? 어쨌거나, 저는 지금 아는 것이 하나도 없잖아요. 성화의 행방을 아는 사람은 당신뿐이에요. 저는 지금 성화가 어떻게 생겼는지 기억도 나지 않아요."

머릿속에서 쿵쿵하는 소리가 더욱 심하게 들려왔다.

"좋은 소식이 있어요."

바에서 돌아온 잉빌이 기분 좋은 목소리로 말했다.

"무슨 소식인가요?"

페터가 기대에 가득 찬 목소리로 되물었다.

"어떤 소식이죠?"

나는 경계심을 누그러뜨리지 않으려 조심하며 물어보았다.

"방금 이반이 제게 전화를 했어요. 러시아 정부에서 우리 비자를 연장시켜주기로 결정했다는군요. 덕분에 우리는 여기 이틀 더 머무를 수 있어요. 우리는 그 기간 동안 상트페테르부르크 대학 총장님과 면담하게 될 거예요. 이반이 말하기를, 그건 푸틴과 면담하는 것과 맞먹을 정도로 영예로운 일이라고 했어요. 현재로선 확실히 장담할 수 없지만, 우리의 방문이 이처럼 구체적인 결과를 가져올 수 있게 된 것은 국경을 넘어선 저의 긍정적인 사회성과 역량 덕분이라고 생각해요."

올 것이 오고야 말았다는 생각이 스쳤다. 가슴을 졸이며 기다려왔던 일. 지금껏 나의 의식 밖으로 밀쳐놓은 채 억지로 모른 척해왔던 일. 휴면 중에 있던 싱크홀이 활동을 개시할 수 있는 빌미로 작용하는 일.

나는 굴라크에 갇혀 있는 내 모습을 떠올렸다. 빡빡 깎은 머리. 약물에 이성을 잃고 내 몸에 스스로 새긴 문신들. 내가 약물에 중독되기까지는 얼마나 걸릴까? 반나절도 채 길리지 않을 것이다. 헤로인을 손에 넣기 위해 매춘 행위를 하다가 약물 과다 복용으로 숨을 거둔 내 모습. 그 이름은 성화-빈테르.

비외르나르에게 전화를 했지만 연결이 되지 않았다. 하는 수 없이 안내 데스크를 지키던 아마존 전사 같은 여인에게 부탁해 학과장에게 전화를 해보았다.

학과장의 목소리는 평소와 달리 무척 기분이 좋은 듯했다.

"잉그리 씨, 지금까지 당신의 능력을 조금 의심했던 건 사실이라고 고백해야겠군요. 하지만 이번 일은 정말 잘해냈어요. 정말 잘된 일이에요."

"하지만 저는⋯⋯."

"상트페테르부르크 대학의 총장님과 면담을 하도록 하세요. 그러면 우리는 과거의 일은 모두 잊을 수 있을 거예요. 나는 다음 주에 대학 임원들과 회의를 할 예정이에요. 상트페테르부르크 국립대학과 자매결연을 체결하게 된다면 눈 깜짝할 새에 상황을 반전시킬 수 있을 거예요. 잉그리 씨, 최선을 다해서 맡은 일을 잘 마무리하고 돌아오도록 하세요. 그렇게만 한다면 지금까지의 당신의 과오, 예를 들어 반발과 선동, 회의 불참석, 마인드픽 등등은 모두 잊힐 거라고 확신해요. 당신을 믿어요! 행운을 빌겠습니다."

그녀가 전화를 끊었다.

"하지만 나는 집에 가고 싶단 말이에요!"

나는 공허한 블랙홀을 향해 소리쳤다.

잠시 후 아마존 여전사에게 다시 부탁해 비외르나르와 전화 통화를 시작했을 때도 나는 같은 말을 되풀이했다.

"집에 가야 해. 곧 이사를 해야 하잖아."

"응…… 집이라……."

그의 무덤덤하고 단조로운 목소리가 들렸다.

"왜 그래?"

"아무것도 아냐. 단지 피곤할 뿐이야. 오후에 집을 보러 온 사람들이 있었어. 시간이 안 되는데도 오겠다고 고집을 피워서 할 수 없었다고. 게다가 집은 난장판이었어. 알바는 울음을 그치려 하지도 않았고, 그들이 집을 둘러보는 사이에 나는 저녁식사를 준비해야만 했거든. 게다가 오늘은 밤새 일을 해야 해. 금요일 오전까지 계약서 작성을 마무리해야 한단 말이야."

"미안해. 옆에서 도와주지도 못하고……."

"이삿날을 연기해야 될 것 같아. 당신이 돌아올 때까지만이라도. 어차피 지금 사는 집에 들어오려는 사람도 없으니까."

"이삿날을 연기한다고?"

식은땀이 흐르기 시작했다.

"내가 이삿짐을 혼자 정리하길 바랐어? 난 아직 트럭을 구하지도 않았단 말이야. 게다가 부엌 짐은 하나도 정리하질 못했어. 만약 당신이 러시아에서 며칠 더 칼링카 춤을 추겠다면 나로서도 도저히 방법이 없다고."

"내가 여기 더 있고 싶어서 있는 건 아니잖아."

그가 코웃음을 쳤다.

"물론 당신이 원하는 일이 아니라는 건 나도 잘 알아. 하지만 어쩔 수 없잖아. 당신도 그렇게 말했지? 강제 이직을 당하지 않기 위해선 어쩔 수 없는 일이라고. 더욱이 이젠 새집으로 이사도 해야 하니까 일을 그만둘 수는 없겠지. 나도 돈을 벌긴 벌어. 남들보다 훨씬 많이 번다고도 할 수 있지만, 나 혼자 벌어선 생활을 꾸려갈 수가 없어. 솔직히 우린 앞으로 러시아로 휴가 여행을 갈 일도 없을 거야."

"내가 굴라크에 갇혀도 면회를 오지 않을 생각이야?"

"만약 당신이 굴라크에 갇히게 된다면 당신이 알아서 해. 내가 할 수 있는 일이라곤 담배 몇 갑을 보내주는 것밖에 없을 것 같아. 그러면 당신은 그 담배로 데오드란트나 치약 같은 물건과 물물교환을 할 수 있겠지. 하지만 내가 면회 올지도 모른다는 희망은 일치감치 버리는 게 좋을 것 같아."

"하지만 아이들은 나를 보고 싶어 할 거 아냐?"

"아이들에겐 당신이 죽었다고 말할게."

"죽었다고?"

"응. 미리 그렇게 말해놓으면 나를 귀찮게 하진 않을 거야. 당신의 자리를 대신하기 위해 반려견을 키우는 것도 좋겠군."

"하지만…… '위 아 더 월드'……?"

"우리 둘 중 하나가 굴라크에 갇히게 된다면 소용없어."

그는 내가 농담을 하고 있다고 생각해서 맞장구를 치고 있는 게 틀림없었다. 그렇게 생각하니 한편으로는 안심이 되기도 했다. 최근 내가 러시아에 가야 한다고 말했던 날을 제외한다면, 우리는 무덤덤하게 꼭 필요한 정보만 서로에게 전달했을 뿐 거의 대화다운 대화를 하지 않았다. 하지만 또 다른 한편으로는 두렵기 짝이 없었다. 다시 식은땀이 흐르기 시작했다. 비외르나르에게 성화와 관련된 이야기를 털어놓고 싶었다. 온갖 오해와 에이전트일지도 모르는 러시아인들, 그리고 굴라크에 대한 이야기가 농담이 아니었다는 것도 말하고 싶었다.

전화가 도청되고 있을 가능성은 얼마나 클까? 미국 드라마 「홈랜드」를 보면 집 안에 감시 카메라와 마이크를 설치하는 데 서너 시간밖에 걸리지 않았다. 여기선 이미 하루라는 시간이 흐른 뒤였다. 그러니 내 전화에 도청 장치가 설치되어 있을 가능성은 170퍼센트라 해도 과언이 아니었다.

"오늘 저녁엔 오페라를 보러 가기로 했어."

나는 애써 밝은 목소리로 말했다.

"뭘 볼 건데?"

"몰라."

"알았어. 잘 지내."

"응, 당신도. 혼자서 힘들어하는 걸 보니 많이 미안해. 나도 마음이 좋지 않아."

"난 이번 일이 모두 끝나는 날이 오기만을 고대하고 있어."

"나도 마찬가지야."

나는 방으로 올라가 침대에 누워 천장을 바라보았다. 도청 마이크는 그림이나 거울 뒤에 설치되어 있을 것 같았다. 감시 카메라는 어디에든 눈에 잘 띄지 않는 곳에 설치되어 있을 것이다. 도청 장치를 찾아내어 없애버린다면 그들은 나를 더욱 의심할 것 같았다.

눈을 감고 심호흡을 했다. 문득, 내가 약물 과다 복용으로 의식불명 상태에 빠져 있다 하더라도 세상은 잘 돌아갈 것이라는 생각이 스쳤다.

교통사고를 당한다 하더라도.

스트레스성 암에 걸려 생사를 헤맨다 하더라도.

몸이 너무나 무겁고 피곤했기에 정말 혼수상태에 빠진 것 같았다. 내가 의식불명 상태에 빠진 지 얼마 되지 않은 시점이라면, 비외르나르는 내 곁에 앉아 '내 말이 들리면 새끼손가락을 움직여봐'라고 말했을 것이다. 하지만 의식불명 상태에 빠진 지 한 달, 아니 1년 정도 지난 시점이라면 내 곁에 아무도 없을 것이다.

그들은 나를 요양원에 보내 전문 보호사들의 손에 맡겼을 것이고, 보호사들은 하루에 한 번 나를 찾아 대소변을 비워주고 다리를 마사지해주고, 토네 다믈리 오베르게(노르웨이의 가수 - 옮긴이)에게 새 애인이 생긴 이야기나 페터 노르투그(노르웨이의 스키 선수 - 옮긴이)가 전자발찌를 착용해야 하는 벌을 받았다고 이야기해줄 것이다. 의식불명 상태에 빠진 지 매우 오래된 시점이라면, 비외르나르는 새 여자를 사귀었을지도 모르고 내 침대의 전원을 꺼버릴 생각을 했을지도 모른다. 적어도 반려견을 키우고 있을 것은 분명했다.

나는 침대에 누운 채로 한기에 바들바들 떨며 주먹을 쥐었다 폈다 반복했다. 의식불명 상태에 빠지지 않기 위해선 그렇게라도 해야 할 것 같았다.

27

어디선가 성가시기 짝이 없는 소리가 들려왔다.

나는 휴대폰을 이리저리 만져보았지만 소리는 사라지지 않았다.

"그만해!"

나는 텅 빈 방에 대고 소리쳤지만 소용이 없었다.

한참 후, 나는 그것이 테이블 위의 전화기 소리라는 걸 알아차렸다.

"뭐 하고 있어요? 늦었어요!"

다급한 목소리였다.

"데커드Rick Deckard(영화 「블레이드 러너」의 주인공 - 옮긴이)?"

"네? 지금 오페라를 보러 가기 위해서 모두들 당신을 기다리고 있어요. 로비에 있으니까 얼른 내려오세요. 당장 내려오지 않으면 늦을지도 몰라요."

"난 지금 혼수상태예요. 나를 빼고 다녀오도록 하세요."

나는 수화기를 내려놓았다.

잠시 후 어디선가 소름 끼치듯 기분 나쁜 소리가 들려왔다.

"그만해!"

다시 소리쳐보았지만 도움이 되지 않았다. 나는 그 소리를 진동 무음 상태로 바꾸어놓기 위해 발을 질질 끌며 문 앞으로 걸어갔다.

문을 여니 잘생긴 푸틴이 서 있었다.

"아파요. 침대에 누워 안정을 취해야 해요. 나를 데리고 네바 강가를 몇 시간 동안이나 거닐 생각을 했다면 당장 잊어버리는 게 좋아요."

"금방 회복할 거예요."

그가 내게 갈색 종이 봉지를 내밀었다.

"오늘 네바 강가를 걷는 일은 없을 겁니다. 우리는 오페라 극장에 가야 해요."

"하지만 난 지금 많이 아프다고요! 열도 나고, 기침도 나요. 어쩌면 비염에 걸렸을지도 몰라요."

"이미 말했다시피 당신은 금방 회복할 거예요. 봉지 안에 약이 있습니다."

"하지만 내일은 대학 총장님과 만나야 하잖아요? 때문에 오늘은 안정을 취하고 충분히 잠을 자서 열을 내리는 게 좋을 것 같아요."

"봉지 안에 약이 있습니다."

나는 한숨을 내쉬어보려 했지만, 그 한숨은 기침이 되어 입 밖으로 새어 나왔다.

"로비에서 기다리겠습니다. 얼른 준비해서 13분 후에 내려오세요."

"페터와 잉빌도 로비에 있나요?"

"그들은 이리나, 이반과 함께 먼저 출발했습니다."

"이중 미인계……."

그가 내 눈을 뚫어지게 바라보았다. 나는 그의 눈빛이 무언가를 찾아내려 한다고 생각했다. 나는 최대한 순진하고 멍청한 표정을 지어 보였다.

"좋아요."

나는 혼잣말처럼 중얼거리며 말을 이었다.

"13분 후에 로비에서 만나요."

나는 욕실로 들어가 구토를 하고 봉지를 열어보았다.

진통제와 비강 스프레이, 그리고 냄새가 지독한 내용물이 담긴 작은 병이 하나 들어 있었다. 잘생긴 푸틴이 직접 처방한 모양이었다. 러시아에서는 처방전이 없으면 마시는 목감기 약을 구입할 수 없는지도 모른다. 나는 진통제 두 알을 삼키고 비강 스프레이를 콧속에 뿌렸다. 작은 갈색 병에 담긴 액체를 몇 모금 마시니 단번에 가슴속까지 뜨거운 기운이 퍼졌다.

나는 그것을 한 모금 더 마시고 검은색 양모 원피스를 머리에서부터 뒤집어썼다. 단화 부츠에 천천히 두 발을 차례차례 집어넣고 코트를 걸친 후 복도를 향해 힘겹게 몸을 옮겼다.

로비로 내려가려던 나는 얼른 생각을 바꾸어 꼭대기 층으로 발길을 돌렸다. 성화가 여전히 그곳에 있는지 확인해보고 싶었다. 이미 호텔 안에 도청 장치가 빽빽하게 설치되어 있을 것을 감안한다면 굉장히 위험한 행위임에 틀림없었지만, 내 눈으로 직접 확인하지 않고선 도저히 그냥 지나칠 수가 없었다. 나는 슬근슬쩍 소파에 앉아 소파 밑으로 손을 넣어 테이프로 부착시켜놓았던 덩어리를 만져보았다.

순간적으로 온몸에 생기가 돌았다. 마치 그 작은 덩어리가 내게 에너지를 전달해주는 것만 같았다. 자그마한 덩어리에서 발산되는 온기를 느끼며, 나는 그것이 진정 성스러운 물건이 아닐까 잠시 궁금해했다. 나는 학장이 KGB 시절, 직원으로부터 감사의 뜻 또는 뇌물의 형태로 성화를 받았다고 짐작했다. 그렇다면 그것은 엄청난 가치를 지닌 물건임이 틀림없었다.

하지만 성화는 내 손안에 있었다. 나는 온기와 안정감을 발산하는 그 이상한 성화를 손가락으로 한참 쓰다듬어본 후, 심호흡을 하고 잘생긴 푸틴과의 전쟁을 치르기 위해 마음을 다잡고 아래층으로 내려갔다.

그는 오페라 극장까지 택시를 타고 가자는 내 제안을 단번에 거절했다. 나는 할 수 없이 집에서 손수 짠 털모자를 귀밑까지 눌러쓰고 두 손을 주머니에 찔러 넣은 채 걸어야만 했다. 목이 간질간질했다. 가능하다면 근처 가게에 들러 목사탕을 사고 싶었으나, 상트페테르부르크의 가게들은 하나같이 고물상처럼 보였다.

"당신들도 알다시피 잉빌에게 오페라 관람을 시켜주는 건 시간 낭비예요. 그녀는 세상에서 가장 무식한 언어학자거든요."

그가 미소를 지었다.

"왜 웃는 건가요?"

"벌써 동맹관계에 금이 가기 시작했군요."

"동맹관계라는 건 존재하지 않아요. 우린 처음부터 같은 팀이라 할 수 없었거든요."

그는 아무 말도 하지 않았다. 그는 내 신경을 건드리는 방식으로 심리전에서 우위를 차지하려 한 것이 틀림없었다. 하지만 그는 목감기 약의 효과는 고려하지 않은 것 같았다. 나는 목감기 약 덕분에 온몸이 푸딩이나 젤리처럼 흐늘흐늘해 힘을 쓸 수 없었고, 지금까지 한 번도 경험해본 적이 없는 무덤덤한 눈으로 주변을 바라볼 수 있게 되었던 것이다.

나의 어린 시절은 온갖 전술과 전략으로 빽빽하게 채워져 있었다. 길을 갈 때 노란 집 열 채 세기, 웅덩이 뛰어넘기, 그림자를 밟지 않고 걷기, 인도의 왼쪽으로만 걷기, 좋은 생각만 하기 등. 그것은 일종의 나만의 생존 전략이라고도 할 수 있었다.

모든 일이 잘되기를 바라는 마음에서였다.

물론 그러한 생존 전략 속에서 살긴 했지만 내 바람이 이루어진 경우는 거의 없었다. 하지만 지금 내겐 비외르나르와 아이들이 있다. 그때 노란 집 열 채를 셀 때까지 걸음을 멈추지 않고, 내가 가지고 있는 가장 예쁜 스웨터를 입지 않았더라면 지금의 내 상황은 훨씬 나쁘게 변해 있었을지도 모른다. 비록 세월이 흐를수록 그러한 구체적 생존 전략은 미묘하고 의뭉스럽게 변했고, 텔레파시와 마법의 장막을 만드는 데 더 많은 집중력을 발휘해야 했지만, 나의 존재와 정체성은 유년기의 생존 전략을 바탕으로 확립된 것이라 해도 과언이 아니었다.

나는 코웃음을 쳤다.

"왜 웃고 계시나요?"

"스탈린을 떠올렸어요. 솔직히 스탈린의 외모가 좀 이상하다는 생각을 했답니다."

그는 아무 말도 하지 않았다.

"중요한 건 머리숱의 양이에요. 저는 개인적으로 고르바초프를 더 좋아해요. 그런데 '글라스노스트(고르바초프가 주창한 개방정책 - 옮긴이)는 책략이 아니라 우리의 확신이며 믿음이며 더없이 아름다운 것'이라는 노래를 아시나요?"

"목감기 약을 얼마나 마셨습니까?"

"적당할 정도로."

성화. 문득, 그가 원하는 것은 성화라는 사실이 머릿속을 스쳤다. 성화를 첫날 그에게 전달했더라면 얼마나 좋았을까. 에르미타시 국립미술관에 가기 전에 성화를 건네주며 '이것 좀 보세요. 바닥에 떨어져 있던 걸 찾아냈어요'라든가, '페터가 학장실에서 뭘 가져왔는지 아세요? 글쎄 이것도 선물인 줄 알고 가져왔다는군요. 정신머리가 없어서……'라는 말로 둘러댔다면 한바탕 크게 웃고 넘어갈 수 있었는데. 모르긴해도 그들은 이미 어번 보울러 때문에 페터가 정신적 장애를 가지고 있는 사람이라 생각했을 것이다. 때문에 내가 그렇게 말한다 하더라도 큰 의심을 사진 않았을 것이다.

하지만 일은 꼬이고 꼬여서 이해할 수 없을 만큼 복잡한 상황으로 전개되었다. 내가 성화를 숨기고 모른 척하자며 고집을 피웠기 때문이다.

이제 나는 죽음의 길로 들어선 셈이다.

물론 궁극적으로는 모든 이들이 죽음을 맞이할 것이다.

내가 평생 기다려왔던 것은 바로 이것이라는 생각이 스쳤다.

혼란과 재앙은 이제 현실이 되었다.

모든 것은 끝이 나버렸다.

나는 팔을 쭉 뻗어 잘생긴 푸틴과 팔짱을 꼈다.

"우린 이제부터 베스트 프렌드예요. 베프!"

그는 내가 마침내 미쳐버렸다고 생각하는 것 같았다. 모든 것을 고려해봤을 때 그의 생각은 사실과 그리 멀지 않았다. 머리가 어질어질했다. 눈앞에는 셀 수 없이 많은 점이 반짝반짝 빛을 발하고 있었고, 그것은 마치 작은 요정들처럼 여기저기 훨훨 날아다니고 있었다. 왠지 기분이 좋아졌다.

"도대체 무슨 이야기를 하고 있는 건가요? 당신은 마치……."

"마치 뭐 같아요?"

"앵무새! 당신이 쉴 새 없이 재잘거려서 생각을 할 수가 없어요. 제발 단 2분만이라도 조용히 있을 수는 없나요?"

그의 목소리는 바람 소리처럼 귓전에서 웅웅거렸고, 나는 그가 무슨 말을 하는지 정확히 알아들을 수가 없었다.

"조용히?"

"네, 조용히? 당신? 단 2분만?"

"증오심 때문에 스스로를 포기하면 안 돼요. 질서와 혼란을 생각해보세요."

28

극장에 도착하니 먼저 출발했던 일행과 로비에서 만날 수 있었다. 시간이 없다고 재촉했던 페터의 말은 그다지 신빙성이 없어 보였다. 하지만 나는 페터에게 따질 기운조차 없었다. 단지 페터와 잉빌이 각각 미인계에 걸려들었다는 것만 인지했을 뿐이었다. 페터는 이리나의 말에 나직하게 맞장구를 쳤고, 잉빌은 눈에 반짝반짝 불을 켜고 이반을 뚫어지게 바라보고 있었다. 이반은 물컵만 내려다볼 뿐이었다.

"아! 마린스키 극장! 이곳에서 참으로 좋은 추억을 만들었던 기억이 나는군요."

페터가 말했다.

"전에도 상트페테르부르크에 온 적이 있었나요?"

나는 놀란 표정으로 물었다.

"아, 그건……."

페터는 잠시 말을 멈추고 잔에 담긴 것을 한 모금 마셨다.

"적어도 오늘 우리는 훌륭한 작품을 관람하게 될 거예요. 내 기억이 맞는다면, 이 작품이 여기서 상영된 것은 오늘로 230번째일 겁니다. 그런가요?"

"맞습니다. 이 작품은 우리나라를 대표하는 서사극이기도 합니다."

이리나가 고개를 끄덕이며 말했다.

"프린스 이고르······."

나는 프로그램을 뒤적이며 말을 이었다.

"들어본 적이 없는 것 같은데······."

잉빌이 큰 소리로 웃으며 그것도 모르냐는 듯 눈동자를 휘휘 굴렸다. 나는 그런 잉빌의 모습이 소화불량에 걸린 암소를 닮았다고 생각했다.

"당신은 들어본 적이 있나요?"

나는 짜증 섞인 말투로 그녀에게 물어보았다.

"물론이죠."

"어떤 내용인가요?"

"프린스 이고르에 대한 내용이에요."

"프린스 이고르에 대한 내용이라고요? 그래서요?"

그녀는 얼빠진 미소를 지으며 화이트와인 한 잔을 사야겠다며 자리에서 일어났다. 나는 핸드백 속에 들어 있는 목감기 약을 지금 한 모금 마셔볼까 하다가, 금방 마음을 바꿔먹었다. 맛도 떨떠름한데다 마신 후엔 목이 타는 것 같아서였다. 하지만 효과가 좋은 것은 인정할 수밖에 없었다.

"「프린스 이고르」는 무의미한 전쟁에 나서는 남자들과, 집에 남아서 아이들을 보살피는 여자들의 이야기를 그린 작품이랍니다."

이리나가 설명해주었다.

나는 큰 소리로 웃음을 터뜨리며 고개를 절레절레 저었다. 무의미한 전쟁에 나서는 남자들이 어리석다고 생각했기 때문이었다. 하지만 이리나는 자존심이 상했는지 내게 날카로운 눈빛을 던졌다. 나는 오페라가 얼마나 오랫동안 상영되는지 알아보기 위해 다시 프로그램을 뒤적였다. 네 시간.

"나도 와인을 한잔 사야겠어요."

나는 자리에서 일어났다.

"제가 함께 가겠습니다."

잘생긴 푸틴이 말했다.

그와 함께 계단을 오르고 비좁은 복도를 거치니 조그마한 바가 눈에 들어왔다. 바 주변에 모여 있던 사람들은 나직한 목소리로 서로에게 무언가를 속삭이고 있었다. 나는 와인 두 잔을 사서 한 잔을 그에게 건넸다.

"드세요."

"저는 술을 마시지 않습니다."

"정말?"

그는 마지못해 내가 건네는 잔을 받아들었다. 나는 내 잔에 목감기 약을 몇 방울 떨구었다.

"그게 현명한 일이라고 생각하세요?"

그가 내게 물었다.

"우린 항상 현명한 일만 하며 살 수 없어요."

나는 술잔에 손가락 하나를 집어넣어 휘휘 저으며 말을 이었다.

"가끔은 모퉁이를 돌 때 살아남기 위해 속력을 내야 할 때도 있다고요."

"그건 그렇고, 당신은 왜 쉴 새 없이 주먹을 쥐었다 폈다하나요?"

나는 내 손을 내려다보았다.

"혹시 「행운의 반전」이라는 영화를 본 적이 있나요?"

"없습니다."

"무려 28년 동안 혼수상태였다가 2008년에 숨을 거둔 '서니 폰 뷜로우'라는 여배우의 이야기예요. 사실에 바탕을 둔 영화죠."

"그래서요……?"

"난 지금 내가 혼수상태인 게 아닌가 궁금해요."

"왜 그렇게 생각하시나요?"

"저도 잘 모르겠어요. 여긴 모든 게 다 이상해요."

"당신도 어쩔 수 없는 서유럽 사람이군요. 당신들은 매사에 자기 자신밖에 생각하지 않아요."

"무슨 뜻인가요?"

"당신은 이 모든 것을 스스로 만들어냈다고 생각하나요?"

그가 양팔을 활짝 벌리며 말을 이었다.

"이 모든 것이 당신의 상상 속에서만 존재한다고 생각하죠? 이 얼마나 이기적인 생각입니까!"

"나는 그런 식으로 생각한 적이 없어요."

"페터는 당신이 최근에 새집을 구입했다고 말해주었어요. 맞습니까?"

"네, 맞아요."

"매우 비싼 집이라고 하더군요. 그것도 맞습니까? 예산을 훨씬 뛰어넘을 정도로 비싼 집……?"

"계획했던 것보다 좀 비싸긴 해요."

"그래서 돈이 더 필요했던 거죠?"

순간, 오싹한 한기가 온몸에 퍼졌다. 그는 이미 모든 것을 꿰뚫어보고 있는 것이 틀림없었다. 그의 입가에 보일 듯 말 듯한 미소가 생겨났다.

"제가 합리적인 조언을 해드려도 될까요?"

나는 고개를 끄덕였다.

"인간답게, 사람답게 행동하세요. 손님의 입장에서 주인을 존중해줄 줄 알아야 해요. 그리고 당신에게 주어지는 것보다 더 많은 것에 욕심을 내지 마세요."

천장이 빙글빙글 돌기 시작했다. 나는 그를 무장 해제시킬 만한 말을 생각해내려 머리를 굴려보았다. 하지만 아무것도 떠오르지 않았다.

잘생긴 푸틴은 와인 한 모금을 마신 후 내게 한 발짝 더 가까이 다가왔다. 우리는 너무나 가까이 서 있었기에 다른 사람들이 보면 연인 사이로 오해할 정도였다. 마치 제임스 본드 영화에서 주인공이 러시아 에이전트와 사랑에 빠진 장면 같았다. 영화의 말미에선 러시아 에이전트가 총에 맞아 숨을 거두었던가.

"당신도 알다시피 러시아에는 여자들만을 위한 특별한 감옥이 있어요."

그가 내 귀에 대고 속삭였다.

"아, 그런가요?"

나는 더듬거리는 말투를 상쇄하기 위해 우리가 마치 관광 명소에 대한 일상적인 대화를 하는 것처럼 무덤덤한 표정을 지었다. 하지만 코앞에 바짝 다가와 서 있는 그 때문에 생각을 정리할 수가 없었다. 갑자기 온몸에서 열이 나는 것 같았다. 나는 다시 손을 쥐었다 폈다 반복했다.

주먹을 쥐고.

손을 펴고.

다시 주먹을 쥐고.

다시 손을 펴고.

잘생긴 푸틴이 내 손을 힘껏 잡아 쥐었다.

순간적으로 마취를 당한 느낌이 스쳤다. 머릿속이 텅 비어 할 말을 생각해낼 수 없었다.

언어가 존재하지 않는 순간.

그가 미소를 지으며 내 머리를 부드럽게 쓰다듬었다.

"내가 만약 당신이라면……."

그가 진지한 표정으로 말을 이었다.

"내가 지금 무슨 일을 하고 있는지 곰곰이 생각해볼 것입니다. 내가 삶에서 진정으로 원하는 것이 무엇인지도 생각해볼 것입니다."

나는 그의 연푸른색 눈동자를 뚫어지게 바라보았다. 어디선가 종소리가 들렸다.

나는 그가 내게 했던 말이 무슨 의미를 지니고 있는지 궁금해졌다. 아니, 어쩌면 그는 내게 아무 말도 하지 않았을지 모른다는 생각이 스쳤다. 머릿속이 텅 비어버린 것 같았다.

"미인계…… 미인계……."

나는 혼잣말처럼 중얼거렸다.

그가 내 말에 반응을 보이기도 전에, 나는 살짝 얼굴을 들어 그에게 입을 맞추었다. 그의 입술은 부드럽고 달콤했다.

나는 그의 입술을 빨아들였다. 그의 벌린 입술에서 달콤함과 따스함을 모조리 빨아들였다.

꽤 오랫동안 그렇게 서 있노라니 그에게서 입술을 떼기가 쉽지 않았다.

결국 그가 내 양팔을 거머쥐고 나를 밀쳤다.

"이건 있을 수 없는 일입니다."

"미안해요. 하지만 당신은……."

다시 종소리가 들렸다. 잘생긴 푸틴은 나를 이끌고 왔던 길을 서둘러 되돌아갔다. 프린스 이고르는 자신의 것이었던 것을 되찾기 위해 만반의 준비를 하고 있었다.

29

열 때문인지, 아니면 목감기 약 때문인지, 또는 문화적 이해력이 부족한 탓이었던지, 나는 눈앞에서 펼쳐진 서사 오페라를 전혀 이해할 수 없었다. 무대 아래에 설치된 자막 영상을 보며 내가 조금이나마 짐작할 수 있었던 것은 러시아 남자들은 보드카에 상당한 의미를 부여하고 있으며, 여인들의 권리를 존중하지 않는다는 점이었다. 뿐만 아니라 주인공인 프린스 이고르 또한 지나친 오만으로 가득 차 있다는 것도 짐작할 수 있었다.

이고르도 역사상 찾아볼 수 있는 수많은 비극적 영웅과 마찬가지로 주변의 상황에 적응하지 못하는 존재였다. 심지어는 그가 폴로베츠인에 대항해 전쟁을 선포했을 때 일식이 시작되었고, 야로슬라프나 공주가 전장에 나가는 것을 반대하며 울면서 애원했을 때도 그는 자신의 뜻을 굽히지 않았다.

그 결과로 그는 전쟁을 시작하자마자 적군에게 포로로 잡혔고, 그의 나라는 기아와 어려움에 직면하게 되었다.

보아하니 그 장면이 오페라극의 정점인 것 같았다. 나는 몇몇 조연의 역할을 이해할 수 없었고, 등장인물 대부분의 이름이 오푸루르, 스쿨라, 야로시카 등 악당의 이름을 연상시켰기에 혼란스럽기 그지없었다. 게다가 머리는 어질어질했고 기분도 이상했다. 어느새 나는 잘생긴 푸틴의 어깨에 머리를 기대고 잠에 빠져버렸다.

막간 휴식 시간이 되자 사람들은 자리에서 일어나 와인을 한 잔씩 더 사기 위해 관람석을 빠져나갔다. 열이 나는지 온몸이 뜨거웠다. 뜨거운 기운은 내 몸을 조금씩 갉아먹고 있었으며, 목이 너무나 간질간질해서 금방이라도 기침을 할 것 같았다. 나는 목감기 약을 꺼내 한 모금 삼켰다. 내게 몸이 어떤지 묻는 사람도, 택시를 타고 먼저 집에 가라는 제안을 해오는 사람도 없었다.

문득 폐렴에 걸렸던 그해 여름이 떠올랐다.

밤은 이루 말할 수 없이 길었다.

나는 꼼짝 않고 침대에 누워 가족들이 잠자리에서 일어나기만을 기다렸다.

5시.

6시.

7시.

7시 30분.

위층에서 발소리가 들리기 시작했다. 커피머신을 작동시키는 소리, 라디오를 켜는 소리, 빵에 버터를 바르는 소리, 신문을 읽는 소리, 서로 대화하는 소리가 어렴풋이 들렸다.

나는 그들에게 소리치고 싶었다. 내가 밤새 그들을 찾았다는 것을 알려주고 싶었다. 홀로 침대에 누워 있고 싶지 않았다. 두려웠다. 숨 쉬는 것조차 괴로웠다. 말하는 것은 더더욱 힘들었다.

어머니가 출근 전에 내 방문을 열고 들여다보았다.

"다녀올게."

나는 엄지손가락을 치켜들었다.

"얼른 나았으면 좋겠구나."

나는 고개를 끄덕였다.

가족들이 집에 돌아왔을 때도 아침 시간과 같은 일이 되풀이되었다. 그들은 장을 봐온 음식들을 조리대 위에 올려놓고, 라디오를 켜고, 냄비와 프라이팬을 꺼내고, 식탁에 접시를 올려놓았다.

나는 이해할 수 없었다.

왜 나를 찾지 않을까?

1주일 후, 몸은 회복되었지만 외로움은 여전히 남아 있었다. 그 외로움은 지금까지도 나를 떠나지 않았다.

폐렴을 원인이라 할 수 없었다. 그것은 단지 하나의 이름에 불과했다.

내가 혼자라는 것.

"호텔로 돌아가야겠어요."

나는 바에서 돌아온 잘생긴 푸틴이 내 곁에 앉자마자 말을 건넸다.

"마지막 막을 보고 가세요. 한 시간 반만 더 기다리면 돼요."

나는 한숨을 내쉬며 좀 더 편한 자세를 취해보려 이리저리 몸을 움직여보았다. 무대 위에서 진행되는 오페라극은 내게 방해가 될 뿐이었다. 4막은 혼란 그 자체였다. 극의 흐름을 통일시키는 단 하나의 요소라면 등장인물이 새에 비유되었다는 점뿐이었다. 예를 들어 러시아인들을 살상하고 그들에게 슬픔을 안겨주었던 칸 콘차크는 까마귀에 비유되었고, 프린스 이고르는 매에 비유되었다. 이러한 연결성을 이해하기는 그리 어렵지 않았다. 까마귀를 좋아하는 사람은 아무도 없다. 까마귀는 신뢰할 수 없는 동물이며, 항상 말썽을 일으키며 자기 수양적 덕목이나 도덕심이라곤 찾아볼 수 없다. 혼자 힘으로 할 수 있는 것은 아무것도 없으며 다른 동물에 기생하며 사는 동물이다.

매는 까마귀와 다른 차원의 새다. 매는 지도자형의 동물인 것이다.

우리는 매를 포획할 수 없다.

나는 나무 꼭대기에 꼼짝 않고 앉아 있는 한 마리 매를 떠올렸다.

두 눈을 감은 매.

결코 허상적인 꿈을 꾸기 위해 두 눈을 감은 것은 아니리라.

날카로운 발톱과 부리 사이의 핏줄에는 재빠른 움직임을 방해하는 그 어떤 잡생각도 들어설 자리가 없다.

살아 있는 존재의 뼛속 깊이 침투하는 매의 힘찬 날갯짓.

매의 두 발에 힘없이 매달려 있는 생명체.

종소리가 들렸다.

폴로베츠인들이 푸티블까지 진격했다.

무대 위에 등장한 이고르가 칼을 치켜들고 폴로베츠 군대를 향해 몸을 던졌고, 야로슬라프나 공주는 가슴을 쥐어뜯으며 애통해했다.

이후에는 기억나는 것이 하나도 없다.

나는 호텔을 찾기 위해 서성였다. 하지만 내가 대문을 두드리는 집마다 개가 문을 열고 아무도 없다고 대답했다. 풍경은 기괴하기 짝이 없었다. 익숙한 것은 찾아볼 수 없었다. 어쩌면 이상한 것은 풍경이 아니라 나였을지도 모른다. 나는 집으로 가는 길을 찾을 수 없었다.

30

정확히 몇 시인지는 알 수 없었지만, 창밖은 캄캄한 밤이라 말하고 있었다. 거리와 강물은 어둠에 둘러싸여 있었다. 스카프를 두른 여인이 천천히 발을 옮겨 모퉁이로 사라졌다.

거리에는 아무도 보이지 않았다.

머릿속에서 누군가가 못질을 하는 것 같았다. 관자놀이에선 핏줄이 튀어나올 것만 같았다. 코가 매콤하게 아파오기 시작했다.

나는 비강 스프레이를 콧속에 뿌리고 갈색 병 속에 얼마 남지 않은 액체를 들이켰다. 병 표면에 붙어 있는 라벨에는 하루에 복용할 수 있는 적정량이 어느 정도인지 표시되어 있지 않았다. 익숙한 삼각형의 경고 표시도 찾아볼 수 없었다. 나는 다시 한 모금을 더 마셨다. 그리고 다시 또 한 모금.

성화를 떠올렸다.

여전히 그 자리에 있는지 확인해보는 것이 좋겠다는 생각을 했다. 누군가가 지난번에 나를 미행해 이미 성화를 가져간 건 아닐까. 아니, 그것은 여전히 빛과 희망을 발산하며 그 자리를 지키고 있을지도 모르는 일이었다.

나는 억지로 침대에서 몸을 일으켜 두 계단씩 뛰어 올라갔다. 그루지아 와인을 한 잔 주문한 후 모퉁이 소파에 앉았다. 그곳은 거의 텅 비어 있었다. 창가 자리에는 실크 셔츠를 입은 남자 두 명이 열정적으로 대화하고 있었고, 바에는 여자 한 명이 앉아 지루한 표정을 짓고 있었다. 나는 그녀가 매춘부일지도 모른다고 생각했다. 영화를 보면 매춘부들은 항상 바에 앉아 남자들을 기다리고 있지 않던가.

책을 가져오지 않은 것이 후회되었다. 혼자 멍하니 앉아 있는 나를 본다면 모르는 사람들은 분명 내가 매춘부일 것이라 짐작할 것이 뻔했다. 하지만 나는 화장을 하지 않았고, 머리도 빗지 않았으며, 허름한 일상복을 입고 있었다. 게다가 누가 봐도 아프다는 것을 알 수 있을 정도로 얼굴이 창백했으니 매춘부라는 오해는 받지 않을 것이 확실했다.

목감기 약의 효력은 여전히 지속되고 있었다. 눈앞에는 작은 빛의 요정들이 둥둥 떠다녔다. 나는 손을 뻗어 만져보려 했지만, 그럴 때마다 그것들은 어디론가 재빨리 사라져버렸다. 너무나 빨리.

언제 왔는지 잘생긴 푸틴이 위스키 한 잔을 손에 들고 맞은편 의자에 앉았다. 나는 그가 허상이 아닌지 확인해보려 손을 뻗어보았다. 손으로 만질 수 있는 것으로 미루어보아 그는 허상이 아니었다.

나는 코웃음을 치며, 소파 밑에 테이프로 붙여놓은 성화와 잘생긴 푸틴 사이에 마법의 보호막을 생성시켜보려 애를 썼다.

"벌써 잠자리에 든 줄 알았는데, 여기 계시는군요."

그가 피곤한 목소리로 말을 걸었다.

"자다가 깼어요."

그가 눈을 비볐다.

"목감기 약을 다 비웠나요?"

"흠…… 글쎄요…… 비웠을 수도 있고 그렇지 않을 수도 있어요."

그가 무슨 말인가를 하려고 입을 여는 순간, 당황한 표정의 페터가 모습을 드러냈다. 그는 내가 눈에 보이지 않는지 잘생긴 푸틴을 향해 급하게 뛰어왔다.

"여기 계셨군요. 이리나를 찾을 수가 없어요! 혹시 이리나가 어디 있는지 아시나요?"

"모릅니다."

"이리나가 아래층 로비에서 만나자고 했는데 찾을 수가 없어요."

"그건 그렇고, 당신의 동료는 지금 많이 아픕니다."

"잉빌이 아픈가요?"

잘생긴 푸틴이 턱끝으로 나를 가리켰다.

"아! 난 당신이 벌써 잠자리에 든 줄로만 알았는데요?"

그가 마치 나를 잊고 있었던 것처럼 뜻밖이라는 표정을 지었다.

"괜찮아요. 좀 잤어요. 약도 먹었고, 앞엔 와인도 있으니 이보다 더 좋을 수는 없지요. 걱정할 필요 없어요."

나는 잔을 들어 보였지만, 페터는 못마땅한 듯 눈썹을 치켜올릴 뿐이었다.

"왜 눈썹을 치켜올렸나요?"

"별다른 뜻은 없었어요."

"나도 눈썹을 치켜올려볼까요? 당신이 러시아에서 만나는 여자마다 수작을 건다는 이유, 당신이 입만 벌리면 우리는 한 팀이라고 말하지만 사실 당신의 행동은 전혀 그렇지 않다는 이유로 말이죠."

"당신도 알다시피……."

"얼른 나가서 이리나를 찾아보세요. 이리나가 당신에게 만나자고 했다면 곧 올 거예요. 평소 약속 시간은 정확하게 지키는 사람이니까."

잘생긴 푸틴이 페터에게 말했다.

"아, 네. 물론 그래야죠. 물론."

페터가 가볍게 목례를 하고, 내가 무슨 말을 하기도 전에 총총걸음으로 사라졌다.

"멍청이 같으니."

잘생긴 푸틴은 아무 말도 하지 않았다. 나는 그가 내 말을 들었는지 확신할 수 없었다. 그는 창밖에 몰아치는 눈바람에 시선을 고정시킨 채 깊은 생각에 빠졌다. 나는 그가 무슨 생각을 하고 있는지 궁금했다. 어쩌면 그는 싱크홀만큼이나 깊은 생각에 빠져 있을지도 모르는 일이었다.

"당신은 조그만 일에도 가지고 있는 모든 에너지를 쏟아부어요."

그가 마침내 말문을 열었다.

"러시아 여자들의 말과 행동은 좀 더 미묘해서 속내를 감지하기가 쉽지 않답니다. 그들은 남자들이 무엇을 원하는지 잘 알고 있지요."

"남자들이 원하는 여자들은 어떤 여자들인가요?"

"신비롭고 조용하며 내성적인 여자. 남자들은 주도권을 잡기를 원해요. 남녀 관계는 역학적이지요. 주는 사람이 있으면 받는 사람이 있어야 합니다. 그렇지 않다면 그 관계는 무너져버릴 것입니다."

"하지만 나는 페터에게 조금도 관심이 없어요. 그는 빌 나이Bill Nighy(영국의 배우 - 옮긴이)를 연상시키지만 나는 그를 좋아하지 않아요. 조금도 관심이 없다고요. 게다가 페터는 멍청하기가 이를 데 없어요. 나는 누군가가 그에게 진실을 말해주는 것이 좋다고 생각해요."

"당신은 조그만 일에 필요 이상의 에너지를 쏟아부어요. 마지막 한 점의 에너지까지 다 써버린단 말이죠. 또, 당신은 말이 지나치게 많아요. 이미 말했듯이 당신은 앵무새 같아요."

"당신이 말하는 그 앵무새는 지금 화장실이 급하다고 하는군요."

몸을 일으키니 눈앞에서 훨훨 날아다니던 작은 빛의 요정들이 양옆으로 자리를 비켜 길을 내주었다. 내가 자리를 피하면, 잘생긴 푸틴과 소파 밑의 성화 사이에 쳐놓았던 마법의 보호막이 사라지지나 않을까 걱정이 되었다. 살짝 뒤를 돌아보니 그는 맞은편 소파에는 전혀 관심이 없는 듯 창밖만 멍하니 바라보고 있었다. 그에게서 외로움이 묻어났다. 나는 비외르나르가 너무나 그리워 가슴이 아플 지경이었다.

목감기 약은 가슴이 아픈 데도 효력을 발휘했다.

불행히도 갈색 병 속의 액체는 4분의 1 정도밖에 남지 않았다. 병이 비면 어떻게 견뎌낼지 앞이 캄캄해졌다.

잘생긴 푸틴에게 목감기 약을 한 병 더 달라고 부탁해보리라 마음먹었다. 숨겨놓았던 성화를 내밀며 물물교환을 하자고 제안해볼까? 그렇다면 몇 병 더 얻어 집에 가져갈 수 있을지도 모른다. 그 약을 먹으면 주변의 상황에 무덤덤하게 반응할 수 있으니 앞으로의 삶에 큰 도움이 될 것도 같았다. 게다가 눈앞에 떠다니는 작은 요정들과도 계속 함께 있을 수 있으니 얼마나 좋은가. 그들은 내가 어떤 길을 선택하더라도 앞을 환히 비추어줄 것이다.

어처구니없는 생각에 코웃음을 치며 힘없이 발을 옮겼다.

어느새 페터가 내 뒤에 따라붙었다.

"오, 안녕하세요? 별일 없나요?"

나는 밝은 목소리로 그에게 말을 건넸다.

"그녀가 나를 죽이겠다고 협박했어요."

나는 그제야 그의 얼굴이 창백하게 변해 있다는 것을 알아차렸다.

"누가요?"

"이리나! 만약 24시간 내에 성화를 가져오지 않는다면 내 고환을 차올려서 콧구멍으로 나오게 해주겠대요."

그가 코를 만지작거리며 말했다. 보아하니 벌써부터 콧구멍으로 올라가 있는 자신의 고환을 상상하며 통증에 대비하는 것 같았다.

머릿속이 어지러워 그가 무슨 말을 했는지 정확히 이해하기가 쉽지 않았다. 사실 나도 페터의 고환을 콧구멍으로 끄집어낼 생각을 안 해본 것은 아니었다.

"당신은 바보 멍청이예요."

그가 말없이 나를 쏘아보았다.

"성화를 돌려줘야 해요."

그가 천천히 또박또박 말했다.

감옥에 갇힌 내 모습을 상상해보았다. 약물에 중독되어 뇌

기능마저 중단된 내 모습. 마치 로봇처럼 생기라곤 전혀 남아 있지 않은 내 모습은 프랑켄슈타인의 신부를 연상시켰다. 페터의 앞날은 어떨까? 그는 굴라크에서 단 1주일도 버티지 못할 것이다.

나는 흐느껴 울기 시작했다.

페터도 나를 따라 울기 시작했다.

"여기서 뭘 하고 있나요?"

잉빌이 우리에게 다가오며 말을 건넸다.

"그냥 좀 슬퍼서요…… 두렵기도 하고……."

"왜요?"

"페터는 국제화 작업이 잘 진행되지 않을까 두려워해요. 자매결연 협정을 체결하지 못할까봐……."

"도대체 얼마나 술을 마신 거죠?"

"그다지 많이 마시진 않았어요, 열대과일 씨. 취할 정도로 마시진 않았다고요."

"잠시 후 바에서 이반을 만나기로 했어요. 함께 가시겠어요?"

그녀가 페터를 향해 말했다.

"페터는 지금 많이 지쳐 있어요. 곧 잠자리에 들 거예요."

나는 페터 대신 대답했다.

"오, 그래요? 난 잠자리에 들어야 할 사람이 당신이라고 생각해요. 당신은 우리나라의 수치예요. 수치라고요! 이토록 중요한 때에 술에 취해 주정이나 하고……."

"난 적어도 처음 만난 사람의 어깨를 마사지하진 않았어요."

나는 혼잣말처럼 중얼거렸다.

"당신이 학생들을 상대로 추한 짓을 한다는 걸 내가 모를 줄 아나요?"

"지금 무슨 말을 하는 거죠? 난 학생들에게 단 한 번도 그런 짓을 한 적이 없어요."

"난 당신이 학생들을 상대로 마인드퍽을 했다는 걸 알고 있어요."

"세상에…… 잉빌은 마인드퍽이 섹스를 의미하는 줄 아나 봐요."

나는 페터를 향해 말을 이었다.

"제발 그렇지 않다고 말을 해봐요!"

"당신은 스스로 세상에서 가장 잘난 사람이라고 오해하고 있어요."

잉빌이 말했다.

"자, 자, 진정하세요!"

페터가 양손을 활짝 벌리며 말을 이었다.

"모두 함께 맥주 한 잔씩 마시며 푸는 건 어때요? 국제화를 위해서! 어때요?"

나는 한숨을 내쉬었다.

잘생긴 푸틴도 한숨을 푹 내쉬었다.

우리는 상트페테르부르크의 데시그나 호텔 꼭대기 층에 모여 앉아 한마디도 나누지 않았다. 창밖에는 여전히 눈바람이 몰아치고 있었다. 거센 바람에 실린 눈송이들은 히말라야의 산이나 근처의 이름 모를 산꼭대기에 도착하기 전엔 땅에 내려앉지 않을 것 같았다. 이 순간, 몽골인들의 프린스 이고르가 활짝 열린 하늘을 향해 매 한 마리를 날려 보내고 있을지도 모르는 일이었다. 그 매는 인간의 눈으로 볼 수 없는 곳까지 올라가 새까만 점 하나로 변할 것이다.

누군가가 내 어깨를 툭툭 쳤다.

"왜 그러시죠?"

"아르테미스가 성화에 대해 아는 게 있냐고 우리에게 물었어요. 학장실에서 사라졌던 그 성화……."

"그건 딩고가 가져갔어요."

"지금 무슨 말을 하고 있는 거죠?"

"당신의 아기를 잡아먹은 건 딩고예요!"

나는 큰 소리로 웃음을 터뜨렸다. 그들은 내가 어떤 영화 속의 대사를 인용했는지 알아차렸을까? 솔직히 나도 그것이 무슨 영화였는지 자세히 기억할 수가 없었다. 하지만 꽤 적절한 유머를 담고 있는 농담이라 확신했다. 비외르나르 같으면 대번에 이해했을 텐데.

"발뒤꿈치로 바닥을 세 번 탕탕 내려치고 지금 당장 집으로 가고 싶다고 소원을 말해보세요."

나는 소파 등받이에 머리를 기대고 두 눈을 감았다. 누군가가 나를 안아 올리는 듯한 느낌이 스쳤다. 나는 잘생긴 푸틴의 목에 양팔을 가져갔다. 그에게 모든 것을 털어놓고 싶었다. 페터는 멍청한 인간이기 때문에 멍청한 실수를 했다고, 매우 침착하고 이성적인 태도로 말하고 싶었다. 그리고 성화는 내가 앉아 있던 소파 밑에 있으며, 테이프만 떼어내면 당장 손에 넣을 수 있다고 말해주고 싶었다.

그렇게만 할 수 있다면 우리는 모두 한 팀이 될 수 있을 것 같았다. 입을 벌렸다.

"나를 당신 상사에게 데려다주세요."

나는 코웃음을 치며 말했다.

"입을 다물어요."

그가 차분하고 조용하게 말했다.

나는 그가 시키는 대로 했다. 그는 나를 침대까지 데려가 조심스레 눕히고 이불을 덮어주었다. 그가 내 얼굴을 부드럽게 쓰다듬어주었다. 너무나 아늑하고 좋았다. 인간적인 온기도 느낄 수 있었다. 진정으로 나를 생각해주는 사람의 손길. 나는 그 온기를 향해 팔을 뻗었지만, 날카로운 목소리에 부딪혀버렸다.

"찾았나요?"

이리나의 목소리였다. 나는 손을 올려 예의 바른 인사를 건네려 했지만, 어쩐 일인지 팔을 움직일 수가 없었다. 때문에 나는 눈꺼풀을 깜박이는 것으로 그녀에게 인사를 대신했다.

"니엣!"

두 사람은 러시아어로 한참 대화를 했다. 자음과 모음의 기묘한 조합은 테홈을 닮은 어둠 속으로 나를 이끌었다. 그 어둠은 너무나 깊어 조물주조차도 두려워할 것 같았다. 조물주는 어둠의 심연 위를 그저 훨훨 떠다녔을 뿐이었으며, 어둠의 심연은 천지창조 이후 단 한 번, 대홍수를 계기로 세상에 모습을 드러냈을 뿐이었다.

나는 점점 더 깊이 빠져 들어갔다.

어느새 내 몸은 바람에 흩날리는 눈송이와 함께 허공을 날고 있었다.

허공에서 정처 없이 떠도는 내 몸은 땅에 내려앉을 생각조차 하지 않았다.

나는 그대로 허공을 날아 비외르나르가 있는 집으로 가고 싶었다. 그는 두 팔을 활짝 벌려 나를 맞아줄 것이다.

정신을 차리자 두려움이 엄습해왔다. 얼른 전화기를 찾아 집으로 전화를 했다.

"자고 있었어."

"당신은 세상에서 가장 잘생긴 남자가 누구라고 생각해? 누가 만약 내게 그런 질문을 던진다면, 난 당신이 가장 잘생겼다고 생각하는 남자는 라르스 보히넨(노르웨이의 축구 선수이자

감독 - 옮긴이)이나 데이비드 번(뉴웨이브 밴드 토킹헤즈의 멤버 - 옮긴이)
이라고 대답할 것 같아. 맞아?"

"뭐?"

"언젠가 당신이 그랬잖아. 라르스 보히녠이 참 잘생겼다
고 말이야. 하지만 내 생각엔 당신은 데이비드 번이 더 잘생
겼다고 믿는 것 같아. 내 말이 맞아?"

"잉그리, 난……."

"그렇다면 데이비드 번으로 하자."

"갑자기 왜 이런 말을 하는 거지?"

"문득 '위 아 더 월드'로는 부족하다는 생각이 들었어. 물
론 평상시엔 그것만으로도 충분하겠지. 하지만 이 세상엔 갖
가지 기이한 일이 쉴 새 없이 일어나고 있어. 균형을 찾기가
쉽지 않아. 예를 들어 싱크홀 같은 것 말이야. 글쎄, 나도 잘
모르겠어. 우리에겐 지표가 필요해. 일단 필요한 목록부터
작성해보는 건 어떨까?"

"잉그리, 내 말을 들어봐……."

"우리가 속한 차원을 넘어서서 다른 차원의 세계까지도
고려해야 해. 우리가 죽은 후에, 당신은 나를 찾을 수 있겠
어? 죽은 후에도 반드시 나를 찾겠다고 약속해줘."

"제발 입 다물고 내 말을 좀 들어봐. 당신, 지금 취했어? 난
당신이 취해 있기를 바라. 그렇지 않다면 당신은 지금 미쳐
버린 게 틀림없어. 술을 마셨어?"

"코에 염증이 생긴 것 같아. 그리고 이상한 목감기 약도 마셨어. 더는 여기 있기 싫어. 당신과 아이들에게 돌아가고 싶어. 더는 두려움에 시달리고 싶지 않아."

나는 전화기에 대고 흐느껴 울기 시작했다.

"알았어. 이제 전화를 끊고 잠을 자. 정신이 들면 다시 전화해, 알았지? 당신 친척들 중에도 술에 취해 여기저기 전화를 했다가 나중에 후회했던 사람이 꽤 있잖아. 유전적일지도 모른다는 소리야. 당신도 알고 있지?"

"응, 하지만 우리는……."

"술이 깨면 다시 전화해. 잘 자."

"알았어. 그리고 미안해."

"미안하다는 말은 할 필요 없어. 얼른 자. 지금은 그것만으로도 충분해."

31

잠에서 깬 후, 가장 먼저 했던 생각은 목감기 약을 먹어야한다는 것이었다. 내 몸은 식은땀에 푹 젖어 있었고, 입 속에는 마치 밤새 한 줌의 동전을 핥은 것처럼 쇠 맛이 감돌았다. 다음 날 아침 일찍, 상트페테르부르크 국립대학의 총장을 만나기 위해 분주하게 움직일 때도, 나는 그것만으로도 충분하다는 비외르나르의 말을 떠올리며 마음을 진정시켰다. 캠퍼스에는 책과 서류, 핸드백과 우산을 든 사람들이 바쁘게 움직이고 있었다. 우리는 아무 말도 하지 않고 가만히 앉아 있었다. 페터의 안색은 흙빛으로 변해 있었고, 잉빌은 휴대폰으로 이메일을 확인하고 있었다. 나는 영혼을 잃어버린 사람처럼 넋 놓고 앉아 있었다.

'미안해. 모든 것이 다 미안해.'

나는 비외르나르에게 문자메시지를 보냈다.

'유치원에서 전화가 왔어.'

그가 답장을 보냈다.

'당신이 최근 유치원에서 이상한 행동을 했다고 말하더군. 가끔 당신에게서 술 냄새가 날 때도 있다고 했어. 당신이 집에 오면 여기에 대해 이야기를 해봐야 할 것 같아.'

나는 휴대폰을 주머니에 집어넣었다.

"어제 그들에게 무슨 이야기를 했나요?"

나는 페터와 잉빌에게 말을 걸어보았다. 목이 아팠다.

"그들이라뇨? 누구를 말하는 거죠?"

페터가 내게 되물었다.

"내가 누구를 말하는 것 같나요?"

"당신이 그들이라고만 말하면, 내가 어떻게 알겠어요?"

"당신은 정말 멍청하군요. 잘생긴 푸…… 아니, 아르테미스와 이리나! 그리고 이반 말이에요."

"아무 말도 하지 않았어요. 당신이 내게 아무 말도 하지 말라고 했잖아요!"

휴대폰을 보고 있던 잉빌이 소화불량에 걸린 암소의 낯짝을 들어 올렸다.

"페터에게 무슨 말을 하지 말라고 했나요?"

"아무것도 아니에요."

"잉그리 씨, 난 이제 모든 것을 솔직하게 털어놓아야 한다고 생각해요."

페터가 말했다.

나는 양손으로 얼굴을 감싸 쥐고 이마를 빡빡 문질렀다.

"좋아요. 페터가 성화를 선물인 줄 알고 가져갔어요. 그리고 나는 그 성화를 숨겨놓았어요."

잉빌의 표정을 보니 그녀의 머릿속에는 아무런 생각도 없는 것 같았다.

"성화……."

그녀가 천천히 말문을 열었다.

"학장의 성화."

"당신이 지금 무슨 말을 하고 있는지 이해할 수 없군요."

"학장실에서 없어졌던 성화를 말하고 있는 거예요. 모두들 찾아 헤매는 성화를 우리가 가지고 있다는 말을 했어요."

"왜 우리가 가지고 있죠?"

"왜냐하면 되돌려주기가 두렵기 때문이에요. 국제화 협정 체결에 차질이 생길까봐 두려운 거예요."

"누구와의 협정을 말하는 건가요?"

"러시아인들과의 협정."

"이반과의 협정?"

"네, 맞아요, 잉빌 씨. 이반과의 협정. 국제화 작업을 책임지고 있는 사람은 이반이고, 우리가 믿을 사람은 이반밖에 없겠죠."

나는 잉빌을 한껏 비꼬았다.

"당신은 그런 말을 할 자격이 없어요! 지금 당장 보고서를 작성하겠어요. 그리고 우리나라에 되돌아가면 학장님에게 바로 보고서를 전달할 거예요. 두고 보시죠, 당신에게 어떤 일이 생길지!"

"내가 당신이 이해하지 못하는 어려운 말을 사용해서 당신을 마인드퍽 했다는 사실도 보고서에 추가하길 바라요. 예를 들어 국제화 작업 같은 단어들 말이죠."

"잉그리 씨, 농담하지 마세요."

페터가 끼어들어 말을 이었다.

"그들이 우리에게 무슨 짓을 할지는 아무도 몰라요. 난 당신에게 성화를 되돌려주라고 말했어요. 게다가 난 그것을 증명하기 위해 항상 노력해왔······."

나는 그의 뺨을 힘껏 때렸다.

"빌어먹을 영국 뱀장어 같으니! 이제 입 닥치고 내 말을 잘 들어요! 나는 오직 당신을 보호하기 위해서 그런 일을 했을 뿐이에요! 솔직히 나는 그 빌어먹을 성화를 숨길 필요도 없었어요! 하지만 당신을 도와주기 위해 성화를 숨겼어요. 오로지 당신을 위해서. 팀을 위해서. 그런데 이게 감사의 표시였던가요?"

나는 자리에서 벌떡 일어나 양팔을 치켜들고 큰 소리로 욕을 내뱉었다.

"벼락 맞을 사람들 같으니!"

시끌벅적하던 복도가 순식간에 조용해졌다. 사람들은 석고와 석면 벽으로 둘러싸인 복도에서 누가 메아리를 만들어 내는지 알아보기 위해 전부 소리 나는 쪽으로 고개를 돌렸다. 분명, 그들은 소리의 주인이 검은색 옷을 입고 올림머리와 마스카라, 루주로 치장을 한 30대 후반의 여인임을 알아차렸을 것이다. 왜 그녀가 한껏 꾸민 모습으로 이곳에 왔을까? 그건 단지 예쁘게 보이기 위해서가 아니라 일종의 보호장치가 필요했기 때문이었다.

그녀는 두려워하고 있었다. 그녀는 과거와 미래, 타인을 두려워했을 뿐 아니라 사랑이 종국으로 치달아 홀로 남게 될까 두려워했으며, 죽음을 두려워했고, 다시는 집에 가지 못할까봐 두려워했다.

그 순간이 종말의 순간으로 변할까봐 겁이 났기 때문이었다. 한 개인의 실질적 종말. 그것은 언젠가 닥쳐올 것이라 항상 두려워했던 것이기도 했다.

하지만 그들은 그녀의 두려움을 볼 수 없었다.

그것은 그녀가 평범하고 정상적으로 보이는 껍데기로 스스로를 보호하고 있었기 때문이었으며, 억겁처럼 느껴지는 바로 그 순간만큼은 두려움에 떨고 있기보다 오히려 분노하고 있었기 때문이었다.

분노는 어둠으로 향하는 첫발이라 했던 「스타워즈」 2편의 끝부분을 떠올린 나는 더욱 두려워졌고, 그 두려움은 다시 더 큰 분노로 변했다. 동시에 영화 따위에 두려움을 느끼는 나 자신이 지겨워졌고, 어느 날 갑자기 매트릭스 누에고치 속에서 잠을 깰까봐 걱정하는 나 자신이 말할 수 없이 지겨워졌다. 내 피부를 도려내어 작업복을 만들려는 살인범을 만날까봐 두려워하는 나, 무의식중에 내 가족을 살해하고자 계획해왔던 또 다른 내 모습을 발견할까봐 두려워하는 나 자신이 너무나 지겨워졌던 것이다.

조금이라도 불행하다고 느끼면, 마법의 보호막 속에 나를 가두고 더 큰 불행이 다가오지 않기만을 바라며 바들바들 떠는 나. 행복하다고 느끼면, 두 팔을 활짝 벌려 온 우주의 추하고 악한 일들을 맞아들이기에 주저하지 않는 내가 지겹기 짝이 없었다.

"젠장! 빌어먹을!"

나는 턱이 떨어져나갈 정도로 있는 힘을 다해 소리를 질렀다.

그것은 영화, 책, 만화책, 우주, 테홈, 그리고 나를 향해 뱉어내는 욕이었다.

슬픔이 밀려왔다.

절망적인 슬픔.

누군가가 내 팔을 움켜쥐었다.

"이것 놔요!"

나는 고개를 홱 돌리며 소리쳤다.

"조용히 하세요."

잘생긴 푸틴이 이를 꾹 깨물며 조용히 말했다.

"당신이나 조용히 하세요!"

그가 내 뺨을 쳤다. 손에 힘이 들어가진 않았지만 내 뺨은 후끈 달아올랐다. 갑작스런 쇼크에 눈물이 흘렀다. 나는 그의 뺨을 때리려 했지만, 그는 내 팔을 꽉 움켜잡고 놓아주지 않았다.

"여기서 카우보이를 제외한 다른 이들의 뺨을 때리려면 그보다는 동작이 빨라야 해요."

그가 페터를 턱으로 가리키며 말했다.

"내 모자는 카우보이모자가 아니라……."

잘생긴 푸틴은 손을 내저어 페터의 말을 막았다.

"총장님이 기다리고 있습니다."

우리는 몸을 일으켜 한 줄로 나란히 걷기 시작했다. 잉빌이 앞장서서 걸었고, 그 뒤를 페터와 내가 따랐으며, 내 뒤에는 잘생긴 푸틴과 이리나가 따랐다.

문 앞에 이른 나는 깜짝 놀라 숨이 멎을 것만 같았다.

총장과의 면담이라기에 나는 총장실에서 만남이 이루어지는 줄로만 알았다.

하지만 눈앞에 보이는 것은 집무실이 아니라 법정이었다.

기다란 의자가 줄지어 자리하고 있었으며, 양옆에는 기다란 테이블이 배치되어 있었다. 앞쪽의 연단 위에는 연설 테이블이 있었고, 테이블의 좌우 양쪽에는 증인석이 설치되어 있었다. 게다가 오른쪽 벽에 보이는 것. 그것은 의심의 여지가 없었다.

논쟁의 여지도 없었다.

그것은 감옥이었다.

함정.

그곳에 한번 발을 들이면 다시는 빠져나올 수 없을 것이라는 생각이 스쳤다.

무의식적으로 뒷걸음질을 치던 나는 뒤따라오던 잘생긴 푸틴과 부딪혔다.

그를 향해 몸을 돌렸다.

"화장실에 가야 해요."

그는 말없이 팔을 뻗어 나를 안쪽으로 인도했다.

"페터 짓이에요. 페터가 한 짓이라고요."

이리나가 내 팔을 끌어 안으로 밀어 넣었다.

"싫어요. 들어가기 싫어요."

"나도 옴스크로 가긴 싫답니다."

그녀가 내 등을 떠밀며 말했다. 법정으로 보이는 곳에 들어서니 안내원들이 제일 앞줄로 우리를 인도했다.

"난 감옥에 갇히기 싫어요."

이리나는 짧게 코웃음을 치며 잘생긴 푸틴과 함께 우리 뒷줄에 나란히 앉았다.

잉빌, 페터, 그리고 나는 제일 앞줄에 앉아 침묵을 지켰다. 다가올 일을 말없이 기다리는 수밖에 없었다. 잉빌은 휴대폰 화면에 손가락을 대고 바쁘게 움직였다. 마치 그녀의 휴대폰만 인터넷 접속이 된 것 같았다. 그렇지 않다면 그녀는 캔디 크러시 게임을 하고 있는 게 분명했다.

몇 분 후, 낯선 사람들의 기묘한 행렬이 이어졌다. 종이 뭉치와 서류첩, 필기구를 손에 든 한 무리의 비서들이 가장 먼저 들어왔고, 학장과 이반이 그들의 뒤를 따랐다. 마지막으로 들어선 다섯 명의 남자는 일전에 이반의 집무실에서 본 것 같은 얼굴이었지만 확신할 수는 없었다. 특히 그중 한 명은 대학 내 여기저기서 마주쳤던 경비원이었지만, 오늘은 웬일인지 정장을 입고 있었다. 스탈린 스타일의 정장. 어쩌면 오늘은 그가 경비 업무를 쉬는 날인지도 모르는 일이었다. 그래서 배심원의 한 사람으로 참석한 건 아닐까.

누군가가 내 머릿속을 망치로 쿵쿵 치는 것 같았다. 호텔 방에 두고 온 목감기 약과 서니 폰 뷜로우를 떠올렸다. 사실 서니 폰 뷜로우라는 이름을 가진 여인이 머리부터 발끝까지 샤넬로 치장하고 있다면 설사 그녀가 마약중독자라 하더라도 그다지 깊은 동정심을 느낄 수 없을 것이다. 하지만 이 세상의 대부분의 사람들은 가련하고 불쌍한 이들이 아니었던가. 아, 처음부터 일을 크게 벌이지 않았더라면. 술에 취해 비외르나르에게 전화를 하지 않았더라면 얼마나 좋았을까.

문득, 집을 보러 온 사람들 중에서 목감기 약 여인이 떠올랐다. 만약, 그녀가 미래의 내 모습이라면? 미래에 발을 들여놓을지도 모르는 알코올중독과 약물중독을 경고하기 위해, 잘못된 선택을 내리려 하는 과거의 한 시점에 서 있는 나를 찾아왔던 것이라면?

단풍이 우거진 숲속에서 두 개의 오솔길을 앞에 두고 선택을 내려야 하는 내 모습을 떠올렸다. 가끔은 두 개의 길 중 하나는 옳은 길, 다른 하나는 잘못된 길을 의미할 때가 있다. 잡초가 우거진 비좁은 오솔길과 널찍하고 환하게 열려 있는 오솔길. 하지만 내가 서 있는 자리에선 어떤 길이 어디로 이어질지 전혀 알아볼 수가 없다.

문제는 내가 이미 선택을 내렸을지도 모른다는 것이었다.

새집을 구입하며 지나왔던 길.

목감기 약을 들이켰던 길.

훔친 성화를 숨겼던 길.

아니, 어쩌면 나는 여전히 숲속의 양 갈래 오솔길 앞에 서서 어떤 길로 발을 옮겨야 할지 선택을 앞두고 있는지도 모른다.

스탈린 정장을 입은 경비원이 재판장 좌석에 앉는 것을 보자 머릿속의 울림은 더욱 심해졌다. 나는 식은땀을 흘리며 테이블 위에 올려놓은 손을 쥐었다 폈다 반복했다. 이상하게도 정면에 보이는 사람들은 마치 파티장에 온 것처럼 기분 좋은 표정으로 미소를 짓고 큰 소리로 웃기도 했다. 나머지 네 명의 남자도 서로 농담을 주고받으며 미소를 지었다. 금 방이라도 잉어 요리와 보드카가 등장하고 파티가 시작될 것 같은 분위기였다.

하지만 이처럼 들뜬 분위기는 이반, 이리나, 잘생긴 푸틴 에게 도달하지 않은 것이 틀림없었다. 뒷줄에 앉아 있는 그 들의 반응을 보기 위해 고개를 돌렸더니, 그들은 무표정한 얼굴로 앞만 뚫어지게 바라보고 있었다.

그것은 심리전이나 다름없었다. 그런데 대학 총장이라는 사람은 언제 모습을 드러낼 생각일까?

순간, 모든 것을 깨달을 수 있을 것 같았다. 총장이 그곳에 올 리는 없었다! 경비원은 잘생긴 푸틴과 마찬가지로 진직 KGB 요원임에 틀림없었고, 이반과 이리나는 이미 그에게 우리의 움직임을 세세히 보고했을 것이다. 그리고 그는 지 금 법학과 학생들을 위한 강의실 겸 실제 법정으로도 사용되 는 이 우스꽝스런 곳의 재판장 자리에 앉아 있다. 교회에서 펑크록을 연주했거나 값을 매길 수 없는 진귀한 예술 작품을 훔친 이들은 분명 이곳을 거쳐 감옥으로 갈 것이다.

나는 두 눈을 찔끔 감고 양손으로 머리를 감싸 쥐었다. 곧 나를 덮칠 다차원적 공황 상태에 대비하기 위해서였다. 하지 만 어쩐 일인지 나는 공황 상태에 빠지지 않았다. 시계의 초 침은 쉴 새 없이 앞으로 움직였지만 놀랍게도 나는 전혀 두렵지 않았다. 나는 오히려 여전히 분노하고 있었다. 이 역시 눈앞에서 아른거리는 빛의 요정을 보았던 것처럼 목감기 약의 부작용 중 하나가 아닐까 분석해보기도 전에, 더는 이대로 참을 수 없다는 울분이 강렬하게 치솟았다.

다음 순간, 나는 자리에서 벌떡 일어나 있는 힘을 다해 주먹 쥔 손으로 테이블을 내리쳤다. 너무 힘껏 내리쳐 손가락뼈가 부러지진 않았을까 내심 걱정될 정도였다. 하지만 분노의 감정 때문에 고통을 느낄 수가 없었다.

"이것으로 충분합니다! 더는 가만히 앉아 두고 볼 수 없습니다! 더 참을 수가 없습니다! 우리가 기본적인 예의도 모르는 사람들이기 때문에 선물을 하나도 가져오지 않았다고 생각하십니까? 네, 그렇습니다. 그건 사실입니다. 우리 사절단이 국제화 작업이나 국립대학 간의 양자 협력 작업에 대해서 아무것도 모르는 무지한 사람들로 이루어져 있다고 생각하십니까? 네, 그것도 사실입니다. 우리가 여기 온 이유는 유아교육학부로 강제 이직을 당하지 않기 위해서, 그리고 자기대신 동료를 강제 이직자 대상으로 밀어붙이기 위해서라고 생각하십니까? 네, 그 또한 사실입니다. 게다가 우리는 성화를 보여주었던 당신들의 의도도 잘 이해하고 있습니다!"

아무도 내 말을 끊지 않았기에 나는 큰 숨을 한 번 들이쉬고 다시 말을 이었다.

"우리는 동물이 아니라 인간입니다. 여기 모인 우리를 한

번 보십시오."

나는 마치 연극배우처럼 두 팔을 활짝 벌려 그곳에 앉아 있는 사람들을 가리켰다. 경비원과 그의 옆에 앉아 있는 한 무리의 비서들도 내 손짓에 포함시켰던 것은 물론이다.

"우리는 세상입니다. 우리는 어린아이들입니다! 우리는 세상을 더 나은 곳으로 발전시킬 수 있는 힘을 가진 사람들입니다! 그러니 우리는 앞으로 더 나아갈 수 있도록 함께 노력해야 할 것입니다. 우리에겐 선택을 할 수 있는 능력, 스스로의 삶을 바꿀 수 있는 능력이 있습니다. 우리가 더 나은 세상을 만들 수 있다는 것은 너무나 명백한 사실이며 진실입니다! 당신과 나!"

나는 마무리를 짓기 위해 무슨 말을 할까 머리를 굴리며, 앞에 앉아 있는 경비원과 나를 손으로 가리켰다. 동시에 그가 마이클 잭슨과 라이오넬 리치의 팬이었으면 좋겠다고 간절히 바랐다. 하지만 그의 속내를 알아차리기는 쉽지 않았다. 그는 무표정한 얼굴로 나를 뚫어지게 바라볼 뿐이었다. 그렇다고 해서 거기서 돌아설 수는 없었다. 할 수 없이 나는 계속 말을 이어야만 했다.

"우리는 세상입니다."

나는 했던 말을 되풀이했다.

"우리는 어린아이들입니다. 어떤 이들은 까마귀처럼 살고 있습니다. 그들은 기름진 평원에 내려앉아 이를 파괴시키는 사람들입니다. 하지만 우리는 까마귀가 아닙니다! 우리는 매입니다! 송골매! 매는 인간의 손이 닿을 수 없는 키 큰 나무 꼭대기에 꼼짝도 않은 채 앉아 있습니다. 두 눈을 감고 그 어떤 부정한 생각도 하지 않습니다. 매의 날카로운 발톱과 부리를 잇는 핏줄에는 그 어떤 장애물도 찾아볼 수 없습니다. 매는 힘찬 날갯짓으로 살아 있는 존재의 뼛속 깊이 침투하고, 두 발로 생명체를 낚아챕니다."

나는 침을 꿀꺽 삼키며, 마치 매의 발톱이 어떻게 생겼는지 보여주기라도 하듯 주먹을 쥐어 보였다.

"우리는 어린아이들입니다. 우리는 세상입니다! 우리는 매입니다. 세상을 손에 쥐고 있는 매란 말입니다."

정적이 흘렀다. 너무나 긴 정적이었다.

내가 말을 한 시간만큼이나 긴 정적이 이어졌다. 고립된 파편 같은 단어들 중 '위 아 더 월드'를 의미하는 말은 단 하나도 찾아볼 수 없는 연설이었지만, 프린스 이고르를 연상시키는 말은 포함되었다는 기억이 어렴풋이 떠올랐다.

꼼짝 않고 앉아 있던 경비원이 내 말을 동시통역해주었던 비서들에게 고개를 돌려 무슨 말인가를 나직하게 속삭였다.

"더 하실 말씀은 없습니까?"

비서가 수첩에 무언가를 분주하게 적으며 내게 물었다.

"노르웨이와 러시아는 단 한 번도 전쟁을 하지 않았습니다. 기나긴 역사상 단 한 번도 서로 전쟁을 하지 않은 나라는 그리 많지 않습니다. 어떤 면에서 보자면 우리는 동맹이라고도 할 수 있습니다."

나는 며칠 전 학장이 했던 것처럼 오른손을 왼쪽 가슴 위에 올려놓으며 말했다.

"우정!"

나는 열정적인 목소리로 말을 이었다.

비서는 내 말을 KGB 경비원에게 통역해주었고, 경비원은 짤막하게 세 단어만 대답으로 돌려주었다.

다시 정적이 흘렀다.

"왜 비서가 통역을 안 해줄까요?"

페터가 내게 귓속말을 했다.

나는 비서가 통역을 해줄 필요가 없다고 말하고 싶었다.

경비원이 무슨 말을 했는지는 너무나 분명하다고 생각했기 때문이다.

나는 새장처럼 보이는 감옥으로 눈길을 돌리며 마른침을 삼켰다.

모든 것이 끝장이라는 생각이 스쳤다. 체면도 구겨졌고 희망도 사라졌다. 처음부터 짐작했던 일이었다.

나는 목을 향해 내려치는 검을 받아들이기라도 하듯 고개를 푹 숙였다.

순간, 그곳을 둘러싸고 있던 정적이 우레와 같은 박수 소리로 바뀌었다. 경비원이 단상에서 내려와 쓸모없기 짝이 없는 노르웨이 사절단에게 한 사람씩 포옹을 하고 양볼에 입을 맞추었다. 동시에 그는 러시아어로 폭포수 같은 말을 쏟아냈기에 통역을 하는 비서들이 진땀을 흘렸다.

"협정이 승인되었다고 합니다."

비서는 경비원의 말을 간단하게 요약해서 통역해주었다.

"승인되었다고요……?"

나는 너무나 혼란스러워 되물어보았다.

"협력 체결. 축하합니다. 우리 대학 역사상 처음 있는 일입니다."

비서가 무미건조한 미소를 지으며 말해주었다.

"누구와 협력한다는 말인가요?"

비서가 어이없다는 표정으로 나를 바라보았다.

"아르카지치 모르가리치 총장님이 당신들의 대학과 상트페테르부르크 국립대학 간의 양자 협력 및 자매결연 체결을 승인했습니다. 서방국가의 대학과는 처음 체결된 협정입니다. 역사적인 날입니다. 오늘은 우정과 기쁨으로 새겨진 첫날입니다."

"이 대학에선 경비원이 총장직도 겸하고 있나요?"

"조용히 하세요."

귓전에 나직이 속삭이는 잘생긴 푸틴의 목소리였다.

"알았어요. 이제 협정서에 서명을 해야 하나요?"

"그건 내가 알아서 할게요."

페터가 끼어들었다.

"당신은 지금 많이 아프잖아요. 얼른 호텔로 돌아가 푹 쉬세요. 나머지는 제가 알아서 할 테니까요."

그가 내 등을 떠밀었다. 나는 너무나 피곤해 그에게 맞설 기운도 없었다.

"그러세요."

나는 복도로 나갔다. 마침내 법정과, 경비원인 줄 알았던 총장과, 소위 나의 동료였던 두 사람을 벗어날 수 있어 홀가분했다.

아무도 없는 복도에 한동안 가만히 서 있었다. 온몸에서 아드레날린이 쭉 빠져나갔다. 내겐 아무것도 남아 있지 않았다.

두려움도, 공허감도, 절망감도, 사지가 마비된 것 같은 느낌도 없었다.

아무것도.

"호텔까지 태워다줄게요."

어느새 복도로 나왔는지 잘생긴 푸틴이 내 곁에 서 있었다.

"오늘은 차를 가져왔어요."

"네, 고맙습니다."

32

나는 그가 호텔 근처에서 나를 내려주고 사라질 것이라 생각했다. 하지만 그는 차를 주차시킨 후 나와 함께 호텔 안까지 들어왔다. 나는 아무 말도 하지 않고 계단으로 여섯 층이나 올라가 꼭대기 층에 이르렀다. 그러고는 허리를 굽혀 소파 밑에 테이프로 붙여놓았던 성화를 떼어내어 그에게 건넸다.

"여기 있어요. 성화는 이 속에 있어요. 초콜릿 자국이 좀 묻어 있었지만 제가 다 닦아냈어요. 미안해요. 성화를 훔칠 생각은 전혀 없었어요. 페터는 이것이 선물이라고 생각했을 뿐이에요."

"우린 당신들이 가져갔다는 걸 처음부터 알고 있었어요."

"이제 어떻게 할 생각인가요?"

"몰래 학장실에 다시 가져다놓아야겠죠. 누군가가 잘 살펴보지도 않고 법석을 떨었다며 모른 척 시치미를 뗄 수밖에 없을 것 같아요. 학장실에서 근무하는 비서가 죄를 덮어쓰게 될지도 몰라요. 하지만 학장은 시도 때도 없이 비서를 바꾸는 사람이라 큰 문제는 없어요. 이런 일이 없었더라도 어차피 비서는 바뀔 테니까요."

"우리에겐 어떤 일이 생길 것 같은가요?"

"당신들은 이제 고국으로 돌아가기만 하면 됩니다. 이해할 수 없는 방법으로 당신이 기적같이 체결한 자매결연 협정서를 살펴보는 일만 남았을 뿐이지요."

"우리가 체포되진 않을까요?"

"체포라뇨?"

"성화를 훔친 죄로……?"

"이것 때문에요?"

"매우 귀중한 물건이라고 알고 있는데요?"

그가 코웃음을 쳤다.

"그건 학장이 내연녀에게서 받은 선물이에요. 그녀는 소위 예술가로 알려져 있죠. 두 사람이 사귀기 시작했을 때 직접 그린 그림을 주었던 것으로 알고 있어요. 만약 그 그림이 없어졌다는 걸 알게 되면 여자가 가만있지 않을 거예요. 그녀는 어마어마한 권력가의 딸이거든요. 우리가 상상할 수 없을 정도의 권력을 가지고 있는 사람……. 사실 학장의 비서를 고용하고 해고하는 것도 그녀가 하는 일이에요."

"하지만 내가 생각했던……."

"제 말을 들어보세요. 우리 대학도 최근에 구조조정을 실시했어요. 학부 개편과 융합이 그 목적이죠. 자세한 내역은 모르지만, 한 가지 확실하게 알고 있었던 것은 우리 중 누군가는 옴스크 대학으로 이직을 해야 한다는 사실이었습니다. 옴스크가 어디 있는지 아세요?"

나는 고개를 저었다.

"시베리아……?"

그가 고개를 끄덕였다.

"그렇습니다. 옴스크는 시베리아에 있습니다. 세상에서 가장 최악의 도시라 해도 과언이 아닙니다. 굴라크와 맞먹을 정도지요. 우리가 당신들의 대학에 접촉을 시도했던 것도 바로 그 때문이었습니다. 이반은 몇 년 전 국제 컨퍼런스에 참석했다가 당신들의 대학에서 파견된 참가자와 인사를 나눈 적이 있었습니다. 우리는 외국 대학과 협력 체결 및 자매결연을 한다면 우리가 옴스크로 이직을 당하는 일도 없을 것이라 확신했습니다. 우리 세 명은 가장 최근에 고용되었기 때문에 학문적 결과 외에도 무언가 눈에 띄는 성과를 보여줄 필요가 있었습니다. 그런데 성화가 사라져버렸던 것이지요. 우리는 성화가 사라지기 직전에 그 방에 있었던 사람들이었고, 때문에 우리 중 적어도 한 명은 옴스크로 강제 전근을 가야 할 운명에 놓이게 되었답니다. 우린 그것만큼은 피하고 싶었습니다."

"강제 이직이라고요? 당신은 에이전트잖아요? 당신은 내게 굴라크로 보내질지도 모른다고 협박을 하기도 했고, 우리의 비자를 연장시켜주기도 했잖아요?"

그가 보일 듯 말 듯 미소를 지었다.

"이리나의 오빠가 정부에서 비자 관련 일을 하고 있어요. 보드카 한 병이면 비자 연장은 문제도 아니랍니다. 그리고 당신이 협박이라고 생각했던 것은……."

그가 내게 바짝 다가와 나를 내려다보았다.

"당신은 매우 성가신 사람이에요. 항상 소리 내어 웃고, 항상 무슨 말인가를 재잘재잘하고, 항상 미소를 지어요. 하지만 난 당신이 일종의 연극을 하고 있다고 생각했어요. 사실을 말하자면, 당신은 모퉁이에 쓸쓸하게 앉아 어둠을 향해 의미 없는 농담을 던지고 있어요. 나는 당신이 왜 그러는지 알 수 없었죠. 어쩌면 당신이 어둠을 분산시키려 애를 쓰고 있는지도 모른다고 생각했어요. 아니, 어쩌면 당신 스스로의 생각을 어지럽혀보려고 그랬는지도 모르죠."

그가 내 머리카락을 쓰다듬었다.

"무지가 지혜를 이길 수 없듯, 어둠은 빛을 이길 수 없답니다."

나는 흐느껴 울기 시작했다. 지난 몇 달 동안 쌓였던 것이 한꺼번에 눈물로 나오는 것 같았다. 나는 무엇이 집에서 나를 기다리고 있을지 두려워 방과 후에도 집에 가지 않으려 흐느껴 울었던 열두 살 때의 나처럼 소리 내어 울었다.

잘생긴 푸틴이 양팔로 나를 감싸 안았다.

"당신은 한 마리 참새예요. 가지고 있는 에너지를 매 순간 마다 소비해버리지요. 무지와 두려움과 당신에게 아무 의미도 없는 사람들에게 모든 에너지를 소진해버리는 것이 과연 현명한 일일까요? 당신이 진정으로 찾고 있는 것이 무엇인지 생각해본 적은 있나요?"

나는 더 크게 흐느끼기 시작했다. 동시에 짜증이 조금씩 솟구쳤다. 도대체 이 사람이 누구기에 타인의 영혼을 두고 이래라저래라 하는 걸까? 이 사람은 나를 잘 알지도 못하는데? 게다가 나를 참새에 비유하다니!

잠시 후 나의 짜증은 한 토막의 기억과 자리바꿈을 했다. 그 기억 조각은 어디 있다 이제야 갑자기 나타났을까. 나는 그 기억이 내 머릿속에 있었는지도 모르고 있었다. 하지만 그 기억은 갑자기 어둠을 빠져나와 빛 속으로 모습을 드러냈다.

나는 주말에 아르바이트를 했던 가게 안에 홀로 서 있었다. 갑자기 열린 문을 통해 참새 한 마리가 가게 안으로 날아들었다. 순식간에 일어난 일이라 외적으로 반응을 보일 수는 없었지만, 내적으로는 순간적인 두려움을 느꼈던 기억이 스쳤다. 내가 참새를 가게 밖으로 내보내지 못할 것 같다는 두려움. 참새가 밖으로 날아가려다 창문에 머리를 부딪혀 다칠 것 같다는 두려움. 참새가 나를 공격해 내 눈알을 파먹을지도 모른다는 두려움. 하지만 걱정했던 것과는 달리, 참새는 허공에서 완벽한 곡선을 그리며 가게 벽을 따라 날갯짓을 했고, 눈 깜짝할 사이에 소리 없이 문밖으로 사라졌다.

그것을 목격한 사람은 나 외에 아무도 없었다. 그래서 얼마간 시간이 지나니 내가 꿈을 꾼 건 아닌가 하는 생각마저 하게 되었다. 그리고 그 일을 잊어버렸다. 지금 이 순간까지.

잘생긴 푸틴이 내 눈을 뚫어지게 바라보았다. 갑자기 그가 두 팔로 내 허리를 감싸 안고 나를 끌어당겼다. 그의 부드러운 입술이 내 입술에 닿았다. 순간, 나는 무無의 세계에 들어섰다. 나는 그의 키스에 갇혔고, 우리를 둘러싼 눈송이들은 춤을 추듯 허공을 맴돌았다. 우리는 마치 스노볼 속에 갇혀 있는 것만 같았다.

그리고 우리는 작별 인사를 나누었다.

33

비외르나르와 나는 입국장에서 기계적인 입맞춤을 나누었고, 다음 날부터 이삿짐을 싸기 시작했다. 새집으로 이사를 간다는 사실이 꿈만 같았다. 살던 집을 비우고 거실이었던 공간에 가만히 서 있노라니 너무나 낯선 느낌이 나를 덮쳤다.

바닥에는 미처 종이 상자에 넣지 못한 물건들과, 버리고 갈 물건들이 여기저기에 자리하고 있었다. 램프. 도마. 몇 장의 그림. 몇 개의 옷걸이.

우리는 이삿짐을 싸고 옮기면서도 거의 대화를 하지 않았다. 이사를 한 후에도 마찬가지였다. 그저 우리의 자리가 어디인지 확인하기 위해서 주변을 둘러보는 일밖에 하지 않았다.

비록 입 밖에 내어 말하지는 않았지만, 살던 집을 팔고 이토록 낯선 새집으로 이사를 온 것은 전적으로 내 고집 때문이라는 것을 우리는 잘 알고 있었다. 러시아에서의 일이 무사히 해결되었기에 들떴던 기분은 집에 돌아오니 다시 이전으로 돌아간 듯 무덤덤해졌다. 살던 집은 여전히 팔리지 않았다. 가슴을 죄어오는 쇳덩어리는 나날이 더 무거워졌다. 옴스크에 비견할 수 있는 유아교육학부로 강제 이직을 당할 사람은 내가 될 것이라는 생각에도 변함이 없었다.

게다가 비외르나르는 시간이 갈수록 나를 삶의 동반자라기보다는 오히려 부담스러운 파트너로 생각하는 것 같았다. 그는 마치 드라마 「뉴욕 경찰 24시(NYPD 블루)」의 바비 시몬 같았고, 나는 앤디 시포비치 같았다. 우리는 사이가 좋아지기 이전의 그 두 사람, 또는 서로에게 싫증을 느꼈을 때의 그 두 사람과 다르지 않았다. 시포비치가 알코올중독에 빠진 직후, 또는 시몬이 시포비치 몰래 러시아인과 바람을 피운 직후와 마찬가지로.

학교에 다시 출근한 첫날, 학과장과의 회의가 기다리고 있었다. 나는 아래층 강당으로 가는 도중에 잉빌과 마주쳤다. 그녀는 하늘하늘한 벨벳 소재의 카디건을 입고 있었으며, 올림머리 대신 양 갈래로 땋아 내린 머리였다. 그녀는 내게 말을 건넬 생각조차 없는 것 같았다. 물론 나도 그녀에게 말을 건넬 생각이 없었다.

"안녕하세요."

나는 결국 그녀에게 인사를 건네고 말았다.

"매춘부!"

"실례지만 지금 뭐라고 했나요?"

"매춘부라고 했어요. 매. 춘. 부."

"도대체 무슨 생각으로 그런 말을 하는지 모르겠군요? 혹시 투렛 증후군에 시달리고 있는 건 아닌가요? 난 당신이 나를 유아교육학부로 몰아내기 위해 갖은 노력을 다 하고 있다는 걸 잘 알고 있어요. 하지만 '마인드픽'이라는 건 당신이 생각하는 그런 의미가 아니에요. 그건 사람들의 머릿속을 헤집어놓는다는 뜻이랍니다. 당신이 생각하는 섹스의 의미가 아니라고요. 아시겠나요?"

나는 잉빌에게 한 발짝 더 가까이 다가가, 잘생긴 푸틴이 보내준 날카로운 에이전트 눈빛으로 그녀의 멍청한 눈을 쏘아보았다.

눈싸움에서 이긴 사람은 나였다. 그녀는 몸을 홱 돌려 총총걸음으로 복도를 걷기 시작했다. 나는 그녀의 뒤를 천천히 따라가 강당의 맨 뒷줄에 자리를 잡고 앉았다. 상트페테르부르크 국립대학과 자매결연을 체결한 대가로 적절한 예우를 받은 후엔 바로 소리 없이 그 자리를 빠져나올 생각이었다.

사람들이 강당 안으로 몰려들었다. 하지만 내 옆자리에 앉는 사람은 아무도 없었다. 잉빌은 앞줄에 프랑크와 함께 앉았고, 강단 바로 밑에선 교무처장이 슬라이드 영사기를 만지작거리고 있었으며, 학과장은 페터와 함께 구석에 서서 나직한 목소리로 대화를 하고 있었다. 두 사람의 몸짓과 표정으로 보아 의견 일치를 보지 못하는 것 같았다. 긴장감과 두려움이 엄습했다.

나는 성화가 우리가 생각했던 것처럼 그렇게 가치 있는 물건은 아니었다는 말을 페터에게 해주지 않았다. 우리가 체결한 협정과는 상관없다고 생각했기 때문이었다. 나는 성화와 관련된 문제에서 페터에게 도움을 주었기 때문에, 페터도 내가 강제 이직을 당하지 않도록 도와줄 것이라 짐작했다. 사실 그건 이미 약속된 일이기도 했고, 난 그 약속을 지키기 위해 내가 맡은 일을 해냈다.

하지만 그가 나를 곁눈질로 훔쳐보는 것을 바라보노라니 결코 안심할 수가 없었다. 게다가 그는 학과장의 팔을 부여잡고 무슨 말인가를 하고 있었다. 그 모습을 보니 마음을 안정시키기가 쉽지 않았다. 페터가 왜 저러고 있을까?

마침내 학과장이 페터를 자리로 돌려보냈다. 그는 잉빌의 옆에 자리를 잡고 앉았다. 그는 의자에 앉기 직전에 나를 슬쩍 바라보았다. 그 눈길은 마치 '미안해요', '행운을 빌게요'라고 말하는 것 같았다. 불안해졌다. 나는 얼른 휴대폰을 꺼내 그에게 문자메시지를 보냈다.

'방금 그 눈빛은 무슨 의미인가요?'

'아무것도 아니에요.'

'학과장과 무슨 이야기를 나누었나요?'

'별 이야기 없었어요.'

'우리가 무슨 약속을 했는지 기억하고 있겠죠?'

아무 대답이 없었다.

'우리의 약속을 기억하고 있죠?'

역시 대답이 없었다.

'나쁜 놈!!!'

':-)'

"이제 회의를 시작하겠습니다."

학과장이 말문을 열었다.

"오늘은 먼저 좋은 결과를 가지고 돌아온 우리의 러시아 사절단을 환영하는 말로 회의를 시작하도록 하겠습니다. 우리 대학은 지난 몇 년 동안 러시아의 상트페테르부르크 국립 대학과 자매결연을 체결하기 위해 노력해왔습니다. 마침내 페터를 선두로 한 사절단이 그 노력의 결실을 맺고 돌아왔습니다. 그들에게 큰 박수를 보내주시기 바랍니다! 이제 페터의 말을 들어보시죠."

학과장은 페터에게 엄지손가락을 들어 보였다. 그는 자리에서 엉거주춤 일어나 우레와 같은 박수를 받아들였다.

"감사합니다. 여러분, 진심으로 감사합니다. 하지만 이번 일은 저의 동료인 잉빌 하우예르데 씨가 없었다면 불가능했을 것입니다. 여러분, 그녀에게도 박수를 부탁드립니다."

그가 손을 치켜들자 잉빌을 향해 박수가 쏟아졌다. 잉빌은 마치 전쟁에서 승리하고 돌아온 장수처럼 두 팔을 번쩍 치켜들었다. 제일 뒷줄에 앉아 있던 나는 그 모습에 어이가 없어 입을 다물 수가 없었다.

몇 초 후 박수 소리가 사라지자 프랑크가 손을 들었다.

"영어학부에 속하는 다른 동료들은 어떻게 되는 겁니까? 사절단의 일원으로 러시아에 가기를 원했던 동료도 꽤 많았던 것으로 기억합니다. 이제 우리가 의논할 구조조정이 국제화 작업과 밀접한 관계를 맺고 있는 이상 우리는……."

"네, 그렇습니다."

학과장이 프랑크의 말을 끊었다.

"지금 영어학부에 대한 말씀을 하셨는데, 이와 관련해서도 좋은 소식이 있습니다. 잉빌은 이번 일을 계기로 유아교육학부로 이동할 것입니다. 유아교육학부에서는 크나큰 기대감으로 새로운 동료를 맞아들일 준비를 하고 있습니다. 다시 잉빌에게 큰 박수를 보내주시길 부탁합니다. 잉빌, 일어나주시겠습니까?"

잉빌은 혼란스러운 표정을 지으며 마지못해 자리에서 일어났다. 그녀는 페터를 쏘아보기를 주저하지 않았고, 페터는 바닥만 내려다보았다.

박수 소리는 자매결연 체결 사실을 발표했을 때보다 훨씬 컸다. 잉빌은 두 팔을 축 늘어뜨린 채 침묵을 지키다가 갑자기 무슨 생각이라도 난 듯 입을 열었다.

"단 한 가지만 말씀드리겠습니다."

그녀가 떨리는 목소리로 말을 이어나갔다.

"이번 조치는 결코 정당하고 공평한 것이라 할 수 없습니다. 우리 학부에서 이직을 해야 할 사람은 따로 있습니다. 지금 직접적으로 그 이름을 말할 수는 없습니다만, 여러분도 그것만큼은 알고 계셔야 한다고 생각합니다. 곧 회계감사가 시작되면 여러분은 뒤늦은 후회를 하게 될 것입니다. 이번 일의 결과가 어떻게 나올지는 그때가 되면 알 수 있을 것입니다. 저는 기계가 아닙니다! 저는 시계 속에 있는 작은 톱니바퀴가 아니란 말입니다! 저는······."

"잉빌! 잘 들었습니다."

학과장이 손을 들어 잉빌에게 자리에 앉으라는 신호를 보냈다.

"우리는 당신이 새로운 환경에 곧 적응할 것이라 믿어 의심치 않습니다. 우리는 생기로 넘치던 당신을 그리워할 것입니다. 그리고 잉그리 씨? 러시아 사절단을 대표해서 보고서를 작성해주시겠습니까? 금요일까지 열 장 정도 작성해서 제출해주시기 바랍니다. 감사합니다!"

나는 입을 벌렸지만 할 말을 찾을 수 없어 얼른 입을 다물었다.

잠시 후 학부 개편과 구조조정에 대한 토론이 시작되었다.

사전에 공표된 회의 주제는 연구 환경에 대한 설문 조사 결과를 발표하는 것이었지만 그것은 온데간데없이 사라져버렸다.

나는 슬며시 자리에서 일어났다. 길을 내어달라고 겸연쩍은 미소를 지으며 회의장을 빠져나올 생각이었지만, 길을 막고 있는 사람은 아무도 없었으며 내가 회의장을 빠져나가는 것을 알아차린 사람도 없었다. 나는 페터의 집무실 앞에서 그가 오기를 기다렸다. 5분 후, 그가 복도에 모습을 드러냈다.

"난 이제 당신의 전술에서 발을 빼겠어요."

"무슨 뜻인가요?"

"당신이 잉빌의 자리를 지켜주고, 대신 나를 유아교육학부로 보내기 위해 학과장을 설득하려 했다는 걸 내가 모를 줄 아나요? 당신은 우리가 했던 약속도 저버리고 그런 일을 했어요!"

그는 어깨를 으쓱 추켜 보이며 미소를 지으려는 듯 한쪽 입술을 씰룩거렸다.

"잉빌은 유아교육학부에서 단 5분도 견디지 못해요. 거기 강의 시간이 얼마나 많은지 아세요? 우리 학부에선 그녀에게 70퍼센트 정도의 작업량만 주는 것으로 그녀의 자리를 지켜줄 수 있었어요. 보고서와 연구 과제를 제출하지 않아도 그럭저럭 넘어갔죠. 하지만 유아교육학부에서라면 잉빌은 반년도 되지 않아 병가를 낼 거예요. 1년쯤 되면 장애연금 수

혜자가 될지도 몰라요."

"설사 그렇다 할지라도 당신이 이런 식으로 일을 꾸미는 건 받아들일 수 없어요! 여긴 능력에 따라 일을 하는 곳이에 요. 직업보호센터가 아니라고요!"

"그건 당신 생각이고요. 어쨌든 당신은 어딜 가도 맡은 일을 잘해낼 수 있잖아요."

"그건 당신 생각이고요."

그가 다시 미소를 지었다.

"적어도 난 이제부터 악당 전술에선 발을 뺄 거예요. 그리고 학부 개편과 구조조정에 대해 실용적으로 생각하고 최선의 결과를 도출해낼 수 있도록 움직일 테니 그리 아세요!"

그가 웃음을 터뜨렸다.

"우린 이미 그 전술을 폐기한 지 오래되었어요! 지금부터는 새로운 전술로 대응할 것이랍니다. 프랑크의 아이디어지요. 항상 관심과 경계심을 누그러뜨리지 않는다는 의미로 존재적 연결이라는 이름을 붙였어요. 농담과 해학, 활발한 움직임, 자발성, 순간의 연결성 등."

"하지만 프랑크는 그런 것들과 전혀 상관없는 사람이잖아요."

"오, 방금 그 말은 공정하지 않은 것 같은데요?"

"어쨌든 이미 결론은 났어요. 유아교육학부로 이동할 사람은 잉빌이에요. 이제 우리는 더 싸울 일도 없어요."

"바로 그 점이 당신이 오해하고 있는 것이랍니다! 학과장은 이미 당신을 보호해주겠다고 결심을 했는지 모르겠지만, 전쟁은 아직 끝나지 않았어요. 우리는 오드바르를 유아교육 학부로 보낼 생각입니다. 그것이 현재 우리의 계획이죠."

"어쨌든 난 그 어떤 계획에도 참여하지 않을 테니 그리 아세요! 나를 포함시킬 생각은 아예 처음부터 하지 않는 게 좋을 거예요."

"잉그리 씨, 그게 함께 일하는 동료로서 할 수 있는 말이라고 생각하세요? 나는 당신이 우리의 새로운 전술에 대해 조금이라도 배우게 되면 큰 도움을 얻을 수 있을 거라고 생각해요. 누가 알겠어요? 어느 편에 붙어야 당신에게 이득이 될지 깨달을 수 있을지도 모르잖아요? 좀 더 명확하게 상황을 읽을 수 있는 능력도 생길 것이고 스스로에 대한 생각도 확실하게 정립할 수 있을 거예요."

"러시아에서 협정 승인을 얻어낸 것은 나였어요! 사절단 멤버 중에서 그 일을 해냈던 건 나밖에 없었다고요! 그런데 이게 감사의 표시인가요?"

그가 큰 소리로 껄껄 웃었다.

"자매결연 협정에서 이득을 취할 수 있는 사람은 학과장밖에 없어요. 힐데군은 이번 일로 적어도 앞으로 4년간은 학과장 자리를 지킬 수 있겠지요. 하지만 우리 손에 떨어지는 건 아무것도 없어요. 우리 학부에서 교환학생으로 러시아에 갈 사람이 몇 명이나 있을 거라고 생각하세요? 아무도 없을 거예요! 우리 학부에서는 러시아와 관련된 과목이 하나도 없어요. 우리 학생들이 상트페테르부르크 대학에 가서 입센이나 셸란에 대해 배울 수 있다고 생각하나요? 잉그리 씨, 당신은 너무 순진해요."

"난 결코 순진하지 않아요. 난 악당이라고요!"

34

시간이 흘렀고, 나는 유치원 교사와 비외르나르에게 내가 알코올중독자가 아니라는 것을 증명할 수 있었다. 하지만 유치원 측에선 여전히 어머니보다는 아버지가 아이의 등원이나 하원을 도와주었으면 좋겠다고 완곡하게 의사 표시를 했다. 때문에 나는 티투스의 필리핀인 보모를 만나 사과할 기회도 얻을 수 없었다.

우리는 살던 집도 팔 수 있었다. 집을 매입한 사람은 곰팡이가 핀 루라의 지하 셋방에 살던 젊은 부부였다. 그들은 곧 첫아이를 낳을 예정이라고 했다.

나는 부엌을 둘러보는 그들을 유심히 관찰했다.

"정원으로 바로 나갈 수 있는 문이 있군요. 아주 좋아요."

여인이 불룩 나온 배를 쓰다듬으며 말했다.

그리고 우리는 그들에게 집을 팔았다. 처음에 제시했던 가격보다 무려 50만 크로네나 떨어진 가격으로.

"저 같으면 좀 더 기다려보겠어요. 5월까지. 예수승천일 전후엔 항상 부동산 시장이 활기차게 움직이거든요."

부동산 중개업자가 말했다.

"부동산 시장이 아무리 좋아진다 하더라도 스트레스성 암과 바꿀 생각은 없어요."

"매몰 비용."

사흘 내내 새 거실의 램프 아래에 앉아 계산기를 두드리던 비외르나르가 말했다.

"응? 뭐?"

"이미 지출해서 회수할 수 없는 비용을 말하는 거야. 즉 더는 생각할 필요가 없는 비용이지."

나는 냉장고 속의 마개도 열지 않은 샴페인 병을 바라보며 매몰 비용을 떠올렸다. 우리는 새집에서 안정을 찾게 되면 샴페인 병을 열기로 약속했다. 어둑한 지하실에 돌아다닐지도 모르는 괴물을 더 두려워할 필요가 없을 때, 테홈이 다시 안정적으로 제자리를 찾았을 때 샴페인을 마시기로 했던 것이다.

하지만 그 시간은 오지 않았다.

나는 비외르나르와 마지막 하나 남은 이야기를 나누기 전에는 공황 상태나 지속적인 두려움에서 완전히 벗어날 수 없다는 것을 잘 알고 있었다. 하지만 보나마나 궁극적인 파멸로 치달을 수밖에 없는 그 이야기를 나누기에 적절한 시간이

나 장소를 찾기는 쉽지 않았다.

나는 기회를 엿보며 기다렸다. 적절한 순간이 오기를 기다렸던 것이다.

그 적절한 시간은 비외르나르가 엡바를 축구 훈련장으로 데려가기 5분 전인 것으로 나타났다.

나는 화장실 문을 두드렸다.

"들어가도 돼?"

"지금 볼일을 보고 있는 중이야. 다른 화장실을 사용하면 안 돼?"

"안 돼!"

5분 후, 그가 화장실 문을 열었다.

"난 누가 문밖에서 기다리면 볼일을 제대로 볼 수 없다는 걸 당신도 잘 알고 있잖아."

"문밖에서 기다리지 않았어!"

"거짓말 마. 안쪽에서 당신 숨소리까지 들을 수 있었다고."

"그래, 문밖에서 기다렸어. 하지만 난 당신과 이야기를 해야 해."

심장이 쿵쿵 뛰기 시작했다.

"벌써 늦었어. 오늘은 엡바가 기술 배지를 받기 위해 마지막 훈련을 받는 날이야. 늦으면 안 돼."

"잠깐이면 돼. 고백할 게 있어."

그가 한숨을 내쉬었다.

"한숨 쉬지 마! 당신이 그러면 집중할 수가 없단 말이야."

"알았어."

"아주 바보 같은 짓을 했어."

"그래서……?"

"그 바보 같은 짓은…… 당신도 알다시피…… 상트페테르부르크에서……."

"음…… 그래서?"

"그때 우린 꽤 힘들어했잖아?"

"그래서?"

"그러니까…… 당신과 나의 관계가 힘들었다는 소리가 아니라…… 아니, 사실은 그것도 틀린 말은 아니지만…… 어쨌든 그때는 집도 팔리지 않았고, 이사하는 일 때문에 스트레스를 받고 있었기 때문에, 세상이 어둡고 절망적으로만 느껴졌어. 엎친 데 덮친 격으로 난 독감에 걸려서 굉장히 독한 약을 먹었거든. 목감기 약…… 당신도 알지?"

"이제 본론으로 들어가도 되지 않을까?"

"그게 힘들어!"

나는 손을 내저으며 말했다.

그가 나를 가만히 바라보았다.

"조금 걱정이 되기 시작하는 걸. 도대체 무슨 짓을 했기에 그러는 거야?"

나는 숨을 크게 들이쉬고, 천천히 숨을 내쉬었다. 두 눈을 감고 휘휘 내젓고 있던 손으로 주먹을 쥐었다.

"러시아 남자랑 한 번 입을 맞춘 적이 있어! 아니, 더 정확히 말하자면 내가 그 남자에게 입을 한 번 맞추었고, 그가 내게 한 번 입을 맞추었어. 딱 한 번. 미안해! 그 이상도 그 이하도 아냐. 그것만큼은 진실이라고 말할 수 있어! 딱 한 번의 입맞춤. 아니, 두 번. 그건 입맞춤의 횟수를 어떻게 계산하느냐에 따라 달라질 수 있어. 하지만 몇 번 입을 맞추었는가는 아무런 의미도 없어. 결론은 내가 당신에게 너무나, 너무나 미안해하고 있다는 거야. 다시는 이런 일이 없을 거야!"

한순간 정적이 감돌았다. 너무나 깊은 정적.

나는 내 심장이 이미 멎었다고 생각했다.

이 순간이 바로 궁극의 파멸로 들어서는 길이라는 생각이 뒤를 이었다.

너무나 비참하고 두려워 말로 표현할 수도 없었다.

나는 지금까지 이 순간을 두려워해왔다.

기분 좋은 생각을 해보려 애를 썼지만 전혀 도움이 되지 않았다.

간신히 꿰매어놓았던 옷깃이 투둑투둑 뜯어지는 것 같았다.

끝장이 나버렸다.

비외르나르가 껄껄 웃기 시작했다.

나는 감았던 눈을 떴다.

"왜 웃어?"

"미안해. 너무나 예상 밖의 이야기라 웃지 않을 수 없었어. 난 당신이 무언가 매우 끔찍한 이야기를 할 줄 알았거든."

"그렇다면 우린 이혼을 하지 않아도 되는 거야?"

"이혼? 아냐. 당신도 알다시피 우린 돈이 없어서 이혼도 못해."

"하지만 당신은 이혼하길 원해? 배신당했다는 생각은 안 들어?"

"아니. 전혀."

심장이 다시 뛰기 시작했다. 숨도 제대로 쉴 수 있었다. 가슴속에서 무언가가 방울방울 피어오르는 것 같았다.

나는 비외르나르에게 다가가 두 팔로 그를 감싸 안았다.

"미안해. 다시는 그런 일 없을 거야."

"좋아. 어쨌거나 만나는 사람마다 입을 맞추고 돌아다니는 건 보기 흉해. 특히 상대가 러시아 남자들이라면. 그런데 당신은 무슨 생각으로 그런 짓을 했어? 일종의 스톡홀름 증후군에 시달렸던 거야?"

"나도 시간이 흐른 후에 곰곰이 생각해봤어. 그건 스톡홀름 증후군과 약물 부작용으로 인한 혼합적인 결과물이 아닐까 싶어."

"결점 없는 사람은 없어. 이제 좀 마음이 놓여?"

"당신은 어때? 당신도 누군가와 입을 맞춘 적이 있어?"

"응. 한 번."

"언제?"

그가 살짝 얼굴을 붉혔다.

"성탄절 파티 때."

"성탄절 파티 때?"

"회이피엘스 호텔에서. 대학을 졸업한 그다음 해였어. 술을 너무 많이 마셨거든. 술에 취해서 직장 동료였던 메레테에게 입을 맞춘 적이 있어."

"한 번?"

"한 번!"

"그게 전부야?"

"응, 그게 전부야!"

나는 생각에 잠겼다. 무언가가 새롭게 생겨난 것 같았다. 그것은 폭탄과는 거리가 멀었다. 나가사키라 할 수는 없었다.

그것은 균형이었다.

음과 양. 해리와 샐리. 홀과 오츠.

재앙과는 거리가 먼 선물.

전혀 예상치도 못한 것이었다.

나는 비외르나르에게 키스를 퍼부었다. 그것은 연속적으로 이어진 한 번의 키스였다. 같지도 않았지만, 다르다고 할 수도 없는 키스. 그것은 작년, 아니 10년 전과 마찬가지로 따스함과 달콤함과 느낌과 감정이 고스란히 스며든 키스였다.

그것은 내게 안정감을 주는 키스였다. 마치 내 집에 있을 때와 마찬가지로 안정감을 주는 키스.

내가 가지고 있는 것들이 언젠가는 사라질지도 모른다며 두려워할 필요가 없다는 생각이 스쳤다. 단지 지금 이 순간에 감사하기만 하면 되는 게 아니었던가. 바로 지금 이 순간.

"하루 종일 뽀뽀만 하고 있을 건가요?"

축구 유니폼을 입은 엡바가 휴대폰을 들어 올리며 말했다.

"벌써 늦었어요. 제니가 대문 밖에서 기다리고 있어요. 오늘은 제니도 함께 가기로 했거든요. 얼른 서두르세요!"

"알았어."

비외르나르가 말을 이었다.

"엄마랑 뽀뽀를 조금만 더 하고 갈게."

"얼마만큼 나를 사랑해?"

"6퍼센트."

"6퍼센트?"

"27퍼센트라고 해줄게."

"27퍼센트? 적어도 97퍼센트는 되어야 하는 거 아냐?"

그가 엡바와 함께 대문 밖으로 사라졌다.

"위 아 더 월드!"

나는 그의 등에 대고 소리쳤다.

그날, 나는 비외르나르에게서 대답을 얻을 수 있었다.

잉그리 빈테르의 아주 멋진 불행

초판 1쇄 인쇄 | 2019년 11월 13일
초판 1쇄 발행 | 2019년 11월 20일

지은이 | 얀네 S. 드랑스홀트
옮긴이 | 손화수
펴낸이 | 박남숙

펴낸곳 | 소소의책
출판등록 | 2017년 5월 10일 제2017-000117호
주소 | 03961 서울특별시 마포구 방울내로9길 24 301호(망원동)
전화 | 02-324-7488
팩스 | 02-324-7489
이메일 | sosopub@sosokorea.com

ISBN 979-11-88941-34-6 03850
책값은 뒤표지에 있습니다.

이 도서의 국립중앙도서관 출판예정도서목록(CIP)은 서지정보유통지원시스템 홈페이지(http://seoji.nl.go.kr)와
국가자료공동목록시스템(http://www.nl.go.kr/kolisnet)에서 이용하실 수 있습니다. (CIP제어번호 : CIP2019040860)

N
NORLA
• 이 책은 NORLA의 번역 지원을 받아 출간되었습니다.